W0282108

Impressum

Self-Publishing-Verlag
KDP von Amazon

Deutsche Erstausgabe 05.2020
Copyright © 2020 by Thia Damra
Lektorat: Franziska Eife
Cover © 2020 by Thia Damra
thia.damra@web.de
unter Verwendung von Lizensierten Motiven der
Internetplattform Shutterstock

ISBN: 9798649616065

Vorwort

Hallo liebe Leser,

diese Geschichte, mit all ihren Handlungen und Handlungsorten wie auch Personen, steht in keinerlei Zusammenhang mit realen Ländern und lebenden oder zu dieser Zeit in den nordafrikanischen Ländern herrschenden und existierenden Personen. Sie wurden sämtlichst frei erfunden, ebenso das Königreich Bahira, Fürst Rashid und auch sein Sohn, Kronprinz Hassan, sowie auch Selli.
Wenn auch einige geschichtliche Ereignisse, die tatsächlich so stattgefunden haben, in meine Geschichte mit hineinverwoben wurden, so ist sie dennoch eine gänzlich frei erfundene erotische BDSM-Cinderella-Geschichte, und sollte auch genau als eine solche betrachtet werden.
Alle meine sexuell handelnden Protagonisten sind selbstverständlich erwachsen und nun wünsche ich Euch viel Lust am Lesen.

Eure

Thia Damra

Prolog

17.11.1980
Fürstenpalast, Bahira

Prinz Hassan al Bakhar, Kronprinz von Bahira, richtete sich langsam auf und brachte die eben ausführlichst benutzte Kamelpeitsche zurück zu seiner Spiele-Schublade und wählte sich nach kurzem Überlegen stattdessen einen biegsamen langen Rohrstock aus, mit dem er dann finster blickend zum Bett zurückkehrte.
Die Frau, die auf den seidenen Laken keuchend und mit deutlichen Striemen gezeichnet lag und nun doch endlich ein bisschen heulte, sah ihn ängstlich an, was ihm allerdings nur ein kaltes Schnauben entlockte. Gewiss, sie war wirklich sehr schön und vielleicht sogar liebreizend mit ihren dunklen, mandelförmigen Augen, dem schmalen Gesicht und der seidigglatten Haut. Doch er würde den Teufel tun, eine solche Hure mit ihren verderbten Tricks davonkommen zu lassen, seinen ehemals so zuverlässigen und treuen Kammerdiener zu bestechen und zu bedrohen, nur damit er wegschaute, während sie sich in seine Gemächer schlich, seinen Wein mit einem Trank mischte, der seine Lust steigern sollte und sich dann auch noch ganz unverfroren in sein Bett legte.
Dachte sie wirklich, ihn sich so leicht angeln zu können, nur weil ihr Vater der zweite Minister des Landes war? Seine zuvor noch eher gutmütige Absicht, sie lediglich bloßzustellen und etwas einzuschüchtern, hatte sich angesichts ihrer tatsächlich wohldurchdachten List und Lüsternheit und den eindeutig perversen Zügen, welche sich gerade immer mehr offenbarten, in blanken Zorn gewandelt.

Oh ja, ... er würde sie morgen ihrem Vater zurückbringen lassen, statt sie den Wachen zu übergeben. Doch zuvor sollte sie noch das ein oder andere Detail an ihm kennenlernen, das ihr gewiss nicht so ganz behagen würde. Und nur darum lag sie nun gefesselt und vollkommen hilflos seiner Gnade ausgeliefert vor ihm auf den seidenen Laken und erhielt ihre erste wirkliche Lektion in respektvollem Betragen. Doch egal wie hart er bislang zuschlug, sie bettelte geradezu nach mehr mit ihrem Stöhnen, ihren Blicken ... und zwischen ihren Beinen lief es nur so heraus vor Ekstase. Sie war also ganz eindeutig eine Masochistin.
„Was soll ich nur mit solch einem verdorbenen Wesen wie du es bist, anstellen, *Amora bin Abdul*?“, fragte er sie messerscharf und ließ den Rohrstock auf ihre empfindlichen Fußsohlen niedersausen. Zuerst war sie darüber schmerzlich erschrocken, doch je mehr Schläge sie trafen und frische Striemen hinterließen, desto mehr gewöhnte sie sich auch daran und genoss es wieder. Er hielt erneut inne, nun restlos entnervt über ihr lustvolles Stöhnen und die glühenden Blicke.
Nein ... Er hatte gerade überhaupt keine Gewissensbisse mehr, sie auf diese Weise zu gebrauchen. Sie wollte tatsächlich noch mehr davon, ... wollte alles!
Wer hätte das von dem sonst immer so sittsam und keusch scheinenden Töchterchen aus gutem Hause gedacht, überlegte er nur wieder und schnaubte erneut leise auf.
„Amora, ... die Verführerin verfängt sich in ihrem eigenen Netz, gesponnen aus Intrigen und Perversionen ...“, höhnte er erneut. „Du stehst also auf fiese kleine Fesselspiele und harte Hiebe, ja?“, zischte er ihr leise zu und sie nickte nur errötend und wand sich lustvoll unter seiner harten Hand, die ihre Brust nun schmerzhaft knetete und die zarten Knospen quetschte. Unglaublich, dass sie schon allein davon fast zum Orgasmus kam. Ja, ... wirklich unglaublich!

Wie konnte er sie da nun einfach so liegen lassen und gehen? Nein. So gnädig war er heute nicht.
„Du denkst wohl, ich sollte dich jetzt einfach genießen und dann heiraten, nicht wahr, meine Schöne?! - Wie wenig du mich doch kennst, obschon du nun seit Wochen um mich herumschleichst.“, strich er mit seinen Fingerspitzen ihre patschnasse Spalte auf und ab und wunderte sich kein bisschen über das starke Zittern ihres geschmeidigen Leibes. Sein Daumen strich zart über die kleine Lustperle, die schon mächtig angeschwollen schien. Ja, sie rekelte sich sogar geradezu unter seiner trügerisch sanften Hand. Hechelte nach mehr und genoss das zarte Spiel ... Bis er wiederum unversehens und extrem hart, nun sogar minutenlang, ihre Fußsohlen zu züchtigen begann und sie diesmal richtig schmerzlich losquiekte und schluchzte vor lauter Schreck und Pein.
„Bist du immer noch davon überzeugt, meine nächste Gemahlin werden zu wollen, Amora?“, fragte er sie anschließend wieder schnurrend. „Du kriechst tatsächlich in dem Glauben an meine *Ehrenhaftigkeit* in mein Bett und denkst auch noch, ich würde dann die Frucht nicht auskosten wollen, die du mir so willfährig offeriert hast?“, raunte er weiter und schlug erneut mit dem Stock auf ihre Fußsohlen ein, sodass sie unterdrückt in den Knebel quiekte.
Doch zugleich er ihr argen Schmerz bereitete, spreizten seine Finger ihre feuchten Schamlippen, um sie sich näher zu betrachten.
„Amora, Amora, ... was soll denn bitte dein Vater von dir denken? Er ist der zweite Minister von Bahira und hat eine dermaßen versaute Tochter?“, verhöhnte er die Schönheit grausam lächelnd weiter, während er ihren ersichtlich oft gefickten Eingang betrachtete. „Eine Jungfrau willst du also sein? Ich würde mich viel eher fragen, wen in eurem

Haushalt du noch nicht in deinem Bett und zwischen deinen Schenkeln hattest, du kleines Miststück. Aber keine Sorge. Ich werde es niemandem verraten, solange du ebenfalls über die heutigen Ereignisse schweigst, *verstanden*?", legte er den Stock beiseite und umfasste äußerst streng und finster guckend und dann ganz langsam ihre Kehle zudrückend ihren Hals. Prompt nickte sie heftig und röchelte halb erstickt, schüttelte schließlich ängstlich den Kopf und weitere Tränen rannen ihr die Wangen hinab.
Sogleich schnaubte er verächtlich auf und fuhr nun sogar noch mit einem dritten Finger in sie hinein, während sein Daumen nun wieder um ihre Lustperle kreiste, er zugleich hart ihre Brustspitzen zusammenkniff und ihr damit weitere Schmerzen bereitete.
Die aufgewühlt zornigen Gefühle in seinem Inneren ließen seinen Schwanz anschwellen, während er immer noch aufreizend ihr vom Schweiß feuchtes Fleisch bearbeitete. „Ja, das gefällt dir gut, wie ich sehe, meine Verruchte ... Doch eine Jungfrau, das lass dir sagen, würde niemals gleich so feucht werden, wie du es bereits bist, meine Schöne, würde ich sie derart züchtigen wie dich gerade.
Doch wenn es nur Sex ist, auf den du gerade noch wartest, wirst du wohl noch auf deine Kosten kommen, keine Sorge!", grollte er gefährlich düster und penetrierte sie dann hart mit den drei Fingern, während sein Daumen weiter sachte ihre Klitoris umkreiste und er mit dem Stock weiterhin grausam auf ihre Oberschenkel und Brüste einschlug, bis lilafarbene Striemen ihren ganzen Leib verunzierten.
Doch dem berechnenden kleinen Luder schien dies genauso zu gefallen, denn sie kam sofort heftigst spritzend an seiner Hand und stieß ein lautes Stöhnen aus, während ihre Augen sich nun kurz nach hinten verdrehten und sich ihr Hals und Gesicht extrem röteten.

Nein, ... das war beileibe keine Strafe für sie gewesen. Ganz im Gegenteil. Hassan legte den Stock enttäuscht wieder beiseite und massierte sein steifes Glied. Er war kein Kostverächter, wenn ihm etwas dermaßen feilgeboten wurde, dennoch hatte auch er gewisse Ansprüche an seine Gespielinnen, weshalb er nun nicht einfach so in ihre Vagina hineinrammte, wie die schlaue Tochter des zweiten Ministers es sich wohl gewünscht hatte, sondern stattdessen nun gegen ihren anderen Eingang stieß und die dunkle Rosette ihres Anus zum Erbeben brachte.
Der Orgasmus zuckte noch immer in dem schlanken Leib, als er nun hart rammend ihren Schließmuskel überwand und sie damit natürlich wieder zur Räson brachte. Denn auf diese Art gefickt zu werden, war der Schönheit nun wohl doch nicht so angenehm.
Hassan grinste kurz über ihre vor Entsetzen weit aufgerissenen Augen, hielt aber dennoch inne, um ihr die Gelegenheit zu geben, sich an seinen Schwanz in ihrem Rektum zu gewöhnen, während er mit den Fingern weiter in ihre Vagina pumpte und sein Daumen erneut ihre Klitoris zu umkreisen begann.
„Weißt du? So einfach ist der dumme Prinz vielleicht doch nicht zu steuern, Amora. Und auf diese Art gibt es tatsächlich auch keine Babys.
Wochenlang hast du mich nun verfolgt und gedacht, mich scharf genug gemacht zu haben.“, sprach er leise und zog sich derweil fast vollständig aus ihr zurück, nur um gleich wieder in sie zu rammen ... und zwar hart.
Sie quiekte erneut und Hassan zupfte an ihren Brüsten, kniff und knetete ihre Spitzen, während er sich nun in einem harten, schnellen Rhythmus zu bewegen begann.
„Bist du zufrieden? Ist es dir so nun hart genug?“, schlug er sie ins Gesicht, als sie nun doch schmerzlich ihre Augen zusammenkniff, und rollte dann erst wieder ihre Klitoris

zwischen Daumen und Zeigefinger, sodass Amora doch noch einen weiteren erschütternden Orgasmus erlebte, der seinen Penis molk und er sich tief in ihren Leib ergoss.
Ihr Gesicht war dann allerdings schnell nur noch eine zornig verheulte Maske, als er danach einfach aufstand und ohne sie noch weiter zu beachten, auf dem Bett gefesselt liegen ließ, um sich säubern zu gehen.
Dieser Ritt war als eine Bestrafung gedacht gewesen. Er sollte ein abschreckendes Beispiel sein und nicht noch mehr Huren dazu ermutigen, sich einfach so selbst einzuladen, in seine Gemächer einzudringen. Deshalb würde er ihr nun auch keine weiteren Freundlichkeiten mehr erweisen. Ganz im Gegenteil.
Als er nur wenig später ins warme Wasser des Badebeckens glitt, tauchte Ahmed wie immer hinter ihm auf und erwartete stumm seine Befehle.
„Sorge dafür, dass die Tochter des zweiten Ministers gesäubert wird und überreiche ihrem Vater noch während seiner Audienz beim Fürsten ein Granatarmband in Gold gefasst. - Für den unverzeihlichen Fehler eines Dieners, der ab sofort unseren Kerker von innen kennenlernt, da er seine geehrte Tochter aus Versehen im falschen Gemach, außerhalb des Frauenbereiches unterbrachte, in dem sie dann zunächst nichts ahnend ruhte.
Der Fehler wurde entdeckt. Und die liebliche Amora wird nun in ein passenderes Gemach für ehrenwehrte Gäste des Fürsten umquartiert und du schickst auch noch Sahida zu ihr. Sie soll dafür sorgen, dass sie sich nicht doch noch Hoffnungen auf den Titel *Prinzessin* machen kann.“, winkte er ihm zu gehen, doch Ahmed blieb schweigend stehen ...
sekundenlang ...
eine Minute ...
zwei,

bis Hassan schließlich resignierend seufzend im Wasser untertauchte und sich dann kopfschüttelnd wusch. „Wann soll ich bei ihm sein?“, knurrte er schließlich wieder finster.
„Sobald Ihr Euch angekleidet habt, Hoheit. Die Minister und Berater werden noch in dieser Stunde gehen.“, erklärte Ahmed ihm leise. Er nickte lediglich trübsinnig auf das Badewasser schauend und Ahmed zog sich zurück, um nun zunächst seine Wünsche zu erfüllen.
Und Hassans Zorn schwoll erneut an. Er hätte nur zu gerne wieder den Rohrstock in die Hand genommen, um weiter auf jemanden einzuschlagen. Doch helfen würde es ihm nichts mehr. Er war der Kronprinz von Bahira. Fürst Rashid hatte ihn vier Jahre lang in Ruhe gelassen, doch nun ging das nicht mehr ... und Hassan wusste es auch. Er hatte im Grunde auch schon längst darauf gewartet.
Also erhob er sich nun aus dem Wasser und eine Horde Diener strömten herbei, um ihrem Prinzen beim Ankleiden behilflich zu sein.

*

Fürst Rashid al Bakhar hatte seinen Sohn in dessen private Gemächer geladen. Doch als er ihn mit seiner nicht einmal selbst erdachten Lösung für Bahiras Probleme konfrontierte, sah Hassan seinen Vater lediglich eiskalt an.
„Das kann unmöglich dein Ernst sein, Vater. Ich soll eine der Töchter deines deutschen *Wirtschaftsberaters* zur Frau nehmen, nur um damit einen Schulterschluss mit Europa zu versuchen und Libyen von unseren Grenzen fernzuhalten?“, fragte er ihn scharf klingend.
Der alte Fürst sah ihn denkbar bekümmert an. „Mein Sohn, du musst sie ja nicht lieben. Es ist nur Politik.“, meinte er ernsthaft und Hassan schnaubte spöttisch auf, schwieg aber

still. Der Fürst paffte nun eine Weile lang nachdenklich seinen Sohn betrachtend an seiner Wasserpfeife, bevor er schließlich leise aufseufzte.
„Du hattest seit Aishes viel zu frühem Tod nun sehr viele Gespielinnen, Hassan. Ich habe dich in deinem Willen gewähren lassen, da du klug bist und umsichtig. Ich habe auch nie auf eine erneute Heirat gedrängt ...“, erinnerte er ihn wieder einmal an seine einzige große Liebe und erste Ehefrau, die ihm vor vier Jahren bei einer Grippewelle quasi unter den Händen weggestorben war, weil ihnen die nötigen Medikamente, um sie zu retten, ausgegangen waren.
Er empfand erneut jenen nagenden Schmerz in seiner Brust, den ihr Verlust bedeutet hatte, zumal sie damals auch noch ihr erstes Kind unter dem Herzen trug ...
Ach ja.
Apropos Kind.
„Gutenbergs Töchter sind beide noch *Kinder*, Vater! Erst fünfzehn und sechzehn Jahre alt. Denkst du ernsthaft, die Welt will sehen wie ich, ein orientalischer Prinz, Ende zwanzig ein europäisches *Kind* eheliche?“, knurrte der Kronprinz nun höchst logisch und verächtlich kalt vorgetragen und versuchte, seinen Zorn derweil zu dämpfen. Dieser wichtigtuerische Berater seines Vaters war ihm schon lange ein Dorn im Auge. Selbst wenn er gute Ideen für die Verbesserung der Infrastruktur und medizinische Versorgung vorbrachte und für seines Vaters kleines Land einen Weg einschlug, den Hassan durchaus billigen konnte ... *Diese* Forderung ging nun aber doch erheblich zu weit. Er drängte sich gerade mitten in den inneren Kreis der Fürstenfamilie hinein!
„Ich bitte dich, deinen Zorn zu zügeln und nachzudenken, mein Sohn, es sei denn, du möchtest, dass es uns bald ebenso wie unseren Cousins Messalah und Fessail ergeht,

deren Stamm von den Libyern zusammengetrieben und dann hinaus in die Wüste gebracht wurde. Männer, Frauen und selbst die kleinsten Kinder, Hassan. - Es waren Tausende! Und es war der Welt damals vollkommen egal. Erst lange nachher wurden sie ein klein wenig dafür getadelt, doch es war getan!
Wir brauchen gerade in der nächsten Zeit erhöhte Aufmerksamkeit auf unser kleines Land. Und wenn du eine junge Europäerin zur Frau nimmst, wird die Weltpresse ganz sicher davon berichten. Sie werden uns so zumindest *sehen, Hassan*! Und diese Blicke werden uns gleichsam vor den gierigen Klauen unserer Nachbarn beschützen, mein Sohn! Und ja, ... ich habe nun lange darüber nachgedacht. Ich bin ganz deiner Meinung, dass ein solches Arrangement für dich kaum zumutbar ist, das weiß ich wohl. Wir haben strikte Glaubensgrundsätze, die denen im Westen aufs äußerste widersprechen und doch ... Welche andere Lösung schwebt dir denn vor, um Bahira zu beschützen? Und sage jetzt bitte nicht, kämpfen, oder unseren Nachbar Tunesien um Hilfe bitten, Hassan. Sie lauern doch ebenfalls bereits wie die Hyänen auf das Aas, welches Libyen oder Algerien da vielleicht noch von uns übrig lassen werden. Das weißt du besser als ich. Also sieh dir die Töchter von Gutenberg nun ganz genau an und dann entscheidest du dich schlicht für eine von ihnen! Du hast dafür drei Tage Zeit. Immerhin kannst du dank deiner lieben Mutter ihre Sprache fließend sprechen und auch verstehen. Und wenn du dann in ein paar Jahren vielleicht eine besser passende Frau triffst ..."
„Ich bin aber nun mal leider *christlich* getauft worden, mein hoher Fürst, auch wenn davon kaum einer etwas weiß.", unterbrach er ihn rüde. „Es war damals deine Entscheidung, meiner Mutter dieses Geschenk zu meiner schweren Geburt zu machen. Nun aber von mir zu verlangen, dass ich ihr Andenken entehre ...", fauchte Hassan ihn erbost an und

stand eilig auf, um zu gehen.
„*Hassan*!", fuhr der Fürst nun energischer auf, gerade als er von der Empore herunterschreiten wollte, und er hielt frustriert inne.
„Es war nur ein *Vorschlag*, du musst dem nicht nachkommen. Ich weiß, wie sehr du Aishe vermisst, doch das Leben geht nun weiter und stellt uns vor große Herausforderungen. Es müssen viele Opfer gebracht werden und ich bin inzwischen zu alt und zu müde, um selbst noch einmal zu heiraten.
Außerdem hat Gutenberg mit seiner Meinung recht. Wenn ein junger, gutaussehender Prinz wie du es bist, ein schlichtes, deutsches Mädchen der Liebe wegen prunkvoll ehelicht, dann ist dies hoffentlich eine ausschweifende Erzählung in der Weltpresse wehrt und die Vereinten Nationen werden wohlwollend auf uns blicken."
„Der *Liebe wegen*?", spottete Hassan nur erbittert.
„So ist es!", entschied der Fürst nun eisig und Hassan drehte sich mehrmals hart schluckend zu seinem Vater um. Daraufhin wurde dessen Ausdruck wieder etwas milder.
„Ich weiß genau, wie es dir gerade geht, mein Sohn, vergiss das nicht. Auch ich bin nach dem Tod meiner ersten Frau ziellos herumgeflattert, bin dabei hart und kalt geworden und musste mich dennoch ungezwungen benehmen lernen. Ich verstehe deinen Schmerz und billige darum auch deine bisherigen Methoden, ihn zeitweise zu vertreiben. Doch nun ist es an der Zeit, wieder zuerst an das Volk zu denken, Sohn! An Bahira! Du bist der Kronprinz, Hassan, ganzer Stolz meiner ehrenhaften Blutlinie. Du hast dir in den Jahren keine andere Frau zum Weib genommen und deshalb wirst du nun ab sofort dafür sorgen, dass Bahira sicher bleibt für all die Menschen, die hier leben!", schloss Fürst Rashid noch abschließend und Hassan ballte zornig seine Hände zu harten Fäusten, wusste jedoch, dass nun jedes weitere

Wort vergebens war.
Der Fürst kämpfte schon seit Jahren gegen den Untergang seines kleinen Landes an und er, Hassan, würde sich nun opfern und ein *Kind* in sein Bett holen müssen.
Er verließ also nach der pflichtschuldigen Verneigung, die gleichfalls auch seine wiederwillige Zustimmung bedeutete, den Palast und Ahmed, sein treuer Diener und Leibwächter, öffnete ihm rasch die Tür des Bentleys, als er ihn die Treppen heruntereilen sah und verneigte sich tief vor ihm.
„Ihr hattet wohl wenig Erfolg damit, den Fürsten umzustimmen, Hoheit?", fragte er ihn sehr leise und ohne ihn direkt anzublicken.
„Es ist zwecklos, mit dem Fürsten zu reden. Er tut genau das, was Gutenberg von ihm will. Und wenn er auch seinen eigenen Sohn dabei opfert, ... es ist ihm gleich!", knurrte Hassan aufgebracht und stieg zornbebend ein.
„Nach Bazurah?", fragte Ahmed ihn noch und Hassan nickte wütend und ballte die Hände zu harten Fäusten. Ahmed verneigte sich erneut vor ihm.
„Die Informationen, die Ihr gewünscht habt, liegen auf dem Sitz vor Euch bereit, Hoheit, und ich denke, Ihr werdet vielleicht sogar angenehm überrascht sein, was bei der gründlichen Nachforschung herauskam.", sagte Ahmed noch leicht schmunzelnd zu ihm, ... was er nur höchst selten tat und Hassan nun deshalb auch umso mehr erstaunte. Schon schloss Ahmed sich verneigend leise die Wagentüre und stieg vorne ein. Der Bentley setzte sich umgehend in Bewegung, dicht gefolgt von seiner großen Leibwächter-Eskorte.
Hassans Zorn verrauchte schlagartig, als er nach dem angeforderten Bericht über die Töchter des Konrad Gutenberg griff und ihn, durch Ahmeds Lächeln aufmerksam geworden, durchzublättern begann.

Doch da gab es zunächst nichts Berauschendes zu sehen oder etwas, von dem er nichts wusste. Das Leben der beiden jungen Töchter des Wirtschaftsberaters war unschuldig und langweilig. Schule, dann Unterricht im Pianospiel, Gesang oder Malerei, sie gingen kaum einmal hinaus, hatten kaum Kontakte zu Gleichaltrigen, geschweige denn zu Jungen. Zwei sehr liebe und brave Kinder, die auf ihren stolzen und hochmütigen Vater hörten.
Doch nach der achten Seite schließlich stutzte er kurz und riss dann die vorhergegangenen Blätter über Elizabeth und Daniela einfach aus dem Bericht heraus und ließ sie ohne weitere Beachtung auf den Boden fallen.
Seine Miene erhellte sich schlagartig und er las nun fasziniert lächelnd die viel kürzeren Lebensläufe von Konrad Gutenbergs anscheinend bisher geheim gehaltenen Töchtern *Selma* und *Dorothea*. - Wobei letztere, die älteste mit ihren achtundzwanzig Jahren, natürlich bereits vergeben war, verheiratet und Mutter eines Sohnes in Norwegen, derzeit wieder schwanger mit dem zweiten Kind, angeblich diesmal eine Tochter.
Doch ihre jüngere Schwester *Selma* war noch immer ledig ... und beide waren sie tatsächlich die Kinder aus der ersten Ehe des Konrad Gutenberg mit einer gewissen Ludmilla Wiegand-Gutenberg.
Sie waren seine leiblichen Töchter. Er riss auch Dorotheas Lebenslauf heraus und betrachtete dann während der gesamten Fahrt die heute erst gemachten Bilder einer renommierten Detektei in Deutschland, welche Ahmed gestern wohl beauftragt hatte. Sie zeigten eine wunderschöne jungen Frau mit schmalem, zartem Gesicht, langen goldblonden Haaren und tiefblauen, unschuldig blickenden Augen, wie sie gerade in einer großen Tasche forschend in weißer Schwesterntracht aus einem Krankenhaus herauskam, wie sie ihr Haar aus dem allzu strengen Knoten löste,

... wie sie genüsslich lächelte ... Wie sie einkaufte und lächelnd etwas Geld entgegennahm; wie sie auf einer Bank im Park saß, im dicken, schlichten Wintermantel und lächelnd die Vögel fütterte, derweil ihr langes goldenes Haar vom Wind zerzaust wurde und ihre Wangen vor Kälte gerötet.
Sie war 24 Jahre alt und von Beruf Krankenschwester, lebte in Deutschland und hatte anscheinend kaum männliche Kontakte außer zu den verheirateten Männern ihrer Freundinnen ... Ihre Telefonrechnungen wiesen lediglich viele Gespräche nach Norwegen auf, sonst sprach sie nur mit Freundinnen, dem Stromanbieter oder einem Handwerkerbetrieb. Eine Nummer war von einem Wohnungsmakler, Mitte 50, verheiratet ...
Nanana ...?! War sie also doch nicht ganz so brav, wie es den Anschein erweckte?, fragte er sich prompt die Brauen zusammenziehend.
Doch schon im nächsten Absatz fand er bereits den Grund heraus. Sie hatte sich erst vor kurzem eine kleine 2-Zimmer-Eigentumswohnung bei eben jenem Makler gekauft und sie auch selbst renoviert, bis auf ein kaputtes Rohr im Badezimmer. Deshalb auch der Handwerker. Sie kümmerte sich ganz allein um ihre Angelegenheiten, wie es schien. Und auch ihr durchaus wohlhabender Vater unterstützte sie anscheinend nicht – wie konnte das nur sein, bei einer solchen Schönheit, ... auch noch der eigenen Tochter?
Ihr Einkommen war lächerlich gering, doch sie kam tatsächlich damit aus, ... arbeitete fleißig, war sparsam und genügsam. Warum zum Teufel war sie also noch ledig? Die Seite war zu Ende und er nun fast schon enttäuscht. Für weitere Nachforschungen über das anvisierte Objekt bat man den Auftraggeber um mehr Zeit und fragte an, ob eine weitere Observierung erwünscht sei.
Langsam blätterte er wieder zurück zu den Bildern von ihr,

berührte das Bild, auf dem sie ihr Haar lösend lächelte und ein ebenso feines Lächeln stahl sich nun auch auf sein eigenes Gesicht.
Der Wirtschaftsberater wollte seinen Fürsten anscheinend hintergehen, indem er das Juwel unter seinen Töchtern derart verborgen hielt. Doch der treue Ahmed hatte sie trotzdem gefunden.
Das hier war nun also die zukünftige Prinzessin von Bahira, … wesentlich interessanter als einen Teenager zu heiraten, der noch gar keine Lebenserfahrung besaß und den er auch tatsächlich nicht einmal leiden mochte.
Schmunzelnd faltete er die drei Blätter wieder sorgfältig zusammen, bevor er sie in seine Brusttasche einsteckte. Ja, Ahmed hatte wieder einmal Recht behalten. Er war tatsächlich aufs angenehmste überrascht.

1.

16.12.1980
in einem Linienbus in Hanau, Deutschland

... Ihr Herz schlug fast doppelt so schnell, als Mike sie durch die Tür ins Haus hineinzog, sogleich hart gegen die Wand rammte und dann atemberaubend zu küssen begann, während seine Ferse noch die Haustür zuschlug.

Ella ließ es willig mit sich geschehen. Seine rauen Hände strichen hitzig forschend über ihren zarten Hals, rissen all ihre Blusenknöpfe in gieriger Hast vom feinen Stoff ihrer Bluse ab und fuhren dann auch schon über ihre mit zarter Spitze bedeckten Brüste hinab und gleich wieder hinauf, wobei er ihren BH dabei bis unter ihren Hals hinaufschob und die beiden prallen Hügel entblößte, die ihm auch sofort schwer in die Hände fielen. Sie keuchte kurz überrascht auf und taumelte gegen ihn, schon stöhnte er erregt ihren Namen, saugte lustvoll an ihrem Hals und strich dann erneut über ihre bloße Haut, hinauf und hinunter. Oh, wie sehr sie das liebte!

Erschauernd, weil es so kribbelte und sich unglaublich gut anfühlte, presste Ella sich gegen ihn. Im nächsten Moment kniete er auch schon vor ihr und zerrte ihr die Hose über die Hüften hinunter, während sein Mund ihren flachen Bauch mit einer heißen Spur von Küssen bedeckte. Ella stöhnte überrascht und vergrub ihre Finger tief in seinem Haar, derweil er auch schon ihr linkes Bein anhob und es über seine Schulter legte. Als er mit dem Mund über ihre bereits feuchte Spalte züngelte, rutschte ihr Knie allerdings zurück auf seinen starken Oberarm und Ella konnte sich kaum mehr auf den Beinen halten, während er bereits hart an ihrer Mitte zu saugen und zu lecken begann.

„Mike ... Mike ... Oh Gott ...", keuchte sie fassungslos, schon überwältigte sie der Höhepunkt und sie sank erschauernd über ihm zusammen.
Mike aber stand nur schlicht auf, hob ihr Bein noch höher an, entblößte sich rasch selbst und drang dann hart zustoßend in sie ein, während Ella noch immer heftig nach Luft schnappte und hellglühende Sterne vor ihren Augen zu tanzen schienen.
Aufstöhnend krallte sie sich nur noch an seinen Schultern fest, während er bereits ihr anderes Bein anhob und sie sich dann beide um die Hüften schlang, derweil er nun viel drängender als vorhin in sie pumpte.
Ella stöhnte bei jeder einzelnen Bewegung vor Wollust auf. Da hob er wieder den Kopf und presste seine Lippen auf die ihren, verschlang sie mit Küssen und trug sie, dabei immer noch intim mit ihr verbunden, zurück ins Schlafzimmer, wo er sie dann einfach auf das breite Bett warf. Sie landete überrascht aufkieksend auf dem Rücken, doch noch ehe sie sich aufrichten oder auch nur nachdenken konnte, spreizte er schon wieder ihre Schenkel auseinander und stieß sich erneut wild keuchend in sie hinein, rieb dabei aber nun auch noch zusätzlich mit den Fingern über ihre angeschwollene Lustperle, sodass sie erneut von ihren Gefühlen überwältigt zuckend kam und keine Zeit mehr zum Nachdenken erhielt. Sein Keuchen war rau und abgehackt. Die Reibung an ihrer Mitte aber alles andere als schmerzlich für sie. Oh, was tat er da nur?
„Mike ...!", stöhnte sie schließlich wieder auf und versuchte, seine Hände festzuhalten, als die Erregung fast schmerzhaft intensiv wurde. Sie bekam keine Luft mehr. Seine Finger zwickten nun in den kleinen Lustknoten, den er zwischen seinen Fingern bearbeitete. Und das sanfte Quetschen katapultierte sie sogleich noch einmal schluchzend über den Rand der Klippe hinweg, als es ihr nun schon zum dritten Mal

innerhalb weniger Minuten kam.
„MIIIIKE!", schrie sie laut auf und zuckte spastisch, stöhnte ekstatisch ... Da kam auch er nun mit einem rauen Ächzen und den letzten drei ziemlich hart rammenden Stößen zum Höhepunkt und füllte ihren Schoß mit seinem Samen ...

Wow ...!
Erhitzt und den angehaltenen Atem langsam durch ihre gespitzten Lippen ausstoßend, schloss Selma das Buch und unterdrückte ein kleines Lächeln, während sie sich mit der Hand ein wenig Luft zufächelte.
Das war schon irgendwie heiß gewesen. Sich das so vorzustellen, wie Sex im wirklichen Leben sein konnte und dass es der Frau dann auch noch so sehr gefiel.
Thea sagte ja immer, genau damit hätte sich Halvor in ihr Herz geschlichen, dieser wilde, verrückte Riese. Doch Selma hatte davon keine Ahnung. Ja, ... sie gab es sogar offen zu, sich trotz ihrer Neugierde und der circa 300 Liebesromane in ihrer Wohnung fast schon ein wenig davor zu fürchten, es tatsächlich zu versuchen.
Denn Sex ohne Gefühle kam für sie nicht infrage. Doch wenn der Sex Gefühle hätte, dann würde ihr Partner später sicherlich etwas von ihr erwarten ... und das konnte sie einfach nicht leisten.
Ehe ... Familie ... Bindung ... Nein!
Da blieb sie lieber bei ihren Büchern und träumte sich in ihre Lieblings-Protagonistinnen hinein, versuchte sich vorzustellen, selbst dort zu sein, ... all dies selbst zu erleben. Eine Entführung in die schottischen Highlands von einem schwarzhaarigen düsteren Krieger, ein Überfall von Räubern, die sich eine Geisel nahmen ... Eine Begegnung in einer dunklen Ecke mit einem heißen Vampir, der auch noch etwas anderes von ihr wollte als nur ihr Blut ... Ein Gestaltwandler, der ein Panther war oder ein Wolf, und der

sie mit sich in seine faszinierende Welt voller Liebe und Leidenschaft nahm ...
Ja, Bücher waren der ganze Sinn ihres Lebens. Für Stunden war sie frei, genau das zu tun und zu sein, was auch immer sie sein wollte, denn manche Autoren spannen ihre Geschichten derart faszinierend, dass sie sich während der Lektüre wie verzaubert vorkam und gänzlich darin eintauchte. Wie anders dagegen die reale, triste Welt doch war. Grauer Nebel und strömender Regen, statt Sonnenschein und Liebesglück. Eine Krankenschwester, die nichts anderes tat, als morgens aufzustehen, sich anzuziehen, an die Arbeit zu fahren, einzukaufen, ab und an einen Spaziergang im Park zu machen und dort die Vögel zu füttern, Freundinnen auf Geburtstagsfeiern treffen, die alle schon verheiratet waren und demnächst Kinder bekommen würden so wie Thea ...
Sie seufzte leise auf und schob das Buch noch tiefer in ihre Leinentasche hinein. Der Bus würde gleich an ihrer Station halten und sie musste noch einkaufen ... oder sollte sie sich doch besser nur eine Currywurst vom Imbiss holen? Hm, ... scharfe Currywurst und diese besonderen Kartoffelsticks dazu, die sie dort anboten. Das würde sie sicher noch erfolgreicher von dem heutigen, sehr stressigen Tag in der Klinik ablenken, bei dem sie ihren ersten ernsthaften Rüffel vom Chefarzt der Notaufnahme kassiert hatte, obschon sie dort ja nur ausgeholfen hatte und gar nichts dafür konnte, über die Abläufe nicht Bescheid zu wissen.
Wenn es nur zwei OP-Teams, aber drei Schwerverletzte gab, und kein Arzt mehr zur Verfügung stand, rief man eben den Chefarzt an, der eigentlich ja auch noch genau für solch einen Fall Bereitschaft hatte. Da konnte sie doch nichts für, wenn sie ihn bei einem heißen Date mit einer sexy Rothaarigen störte, oder? Und sie konnte es auch nicht wirklich bedauern, ihn gestört zu haben, denn sonst hätte der

Patient es vielleicht nicht überlebt.
Also hatte sie die Schelte hingenommen, ihn nur bezeichnend angesehen und gemeint, dass man sie vielleicht besser nicht mehr für die Notaufnahme anfordern sollte, wenn die dortigen Bereitschaftsärzte gar keine echte Bereitschaft für ihren Job an den Tag legen wollten.
Okay ... Das war dann vielleicht doch ein bisschen zu viel des Guten gewesen, denn daraufhin hatte sie natürlich noch ein Gespräch mit der Pflegedienstleitung gehabt, die ihr nachdrücklich in Erinnerung gerufen hatte, dass sie, nur eine kleine Krankenschwester, einen Chefarzt immer respektvoll zu behandeln hätte ... Sie hatte sich also seufzend bei dem versnobten Idioten entschuldigt, ... der daraufhin tatsächlich auch noch ihre Nummer haben wollte, ... um nun noch tatsächlicher *sie* als Ersatz für die verschnupft abgezischte Rothaarige zu *daten*.
Oh Mann!
Welch ein Klischee ...
Der erfolgreiche Chefarzt und die junge, hübsche Krankenschwester? – Nein, danke! Schon gar nicht mit so einem Casanova, der mindestens doppelt so alt war wie sie selbst.
Tja, ... vermutlich würde es darum morgen auch gleich wieder das nächste Gespräch mit der Pflegedienstleitung geben, wenn der Arzt erst mal die Nummer, die sie ihm aufgeschrieben hatte, anrief. Denn sie gehörte natürlich nicht ihr, sondern einer ganz neuen Escort-Agentur, die zurzeit immer Plakat-Werbung für ihre Dienstleistungen auf der Litfaßsäule gegenüber ihrer Bushaltestelle machte. Sie hatte die Nummer schon so oft gesehen, dass sie sie inzwischen auswendig kannte.
Lächelnd, weil sie dem Chefarzt so tatsächlich einen mehr als nur frechen Streich gespielt hatte, wand sie sich ihren dicken Schal um den Kopf herum und stand auf, als der Bus ihre Haltestelle erreichte. Rasch stieg sie aus und schloss die

obersten Knöpfe an ihrem Mantel. – Hu ... kalt! Und es tropfte auch schon wieder ganz unangenehm.
An der Fußgängerampel angekommen, musste sie warten und hibbelte ein wenig auf und ab, um sich zu wärmen. Heute Morgen hatte sie leider ihre Strickmütze und ihre Handschuhe zu Hause liegen lassen. Nun büßte sie dafür.
Genauso wie sie vermutlich wieder zu Weihnachten für ihre Frechheiten büßen würde, wenn man sie dann einfach wieder zum Dienst einteilte, da sie ja keine eigene Familie und Kinder hatte, mit denen sie das Fest feiern konnte ... Warum nur alles immer wieder ausgerechnet darauf hinauslief ... Wer in einer Ehe war und Familie und Kinder besaß, hatte für die Feiertage stets Vorrang.
Es schmerzte sie, auch nur an dieses Thema zu denken, also kramte sie nur wieder ihren Geldbeutel hervor und sah nach, ob sie noch genug Bargeld hatte, um sich die heiß geliebte Currywurst zu holen.
Ja, ... gerade noch so eben.
Eine Windböe kam auf. Seufzend strich sich Selli eine Strähne ihres dicken, langen Haares zurück, die ihr in die Augen geweht war.
Im Dienst bändigte sie ihre blonden Strähnen ja stets in einem dicken Knoten am Hinterkopf, doch heute Abend hatte es sie so sehr geschmerzt, dass sie ihn gelöst hatte, sodass es nun frei und schwer bis zu ihrer Hüfte herunterhing.
Seufzend zupfte sie an den glatten, seidigen Strähnen. Als kleines Kind hatte sie sich immer solches Haar gewünscht, doch man hatte nicht zugelassen, dass sie es lang wachsen ließ. Eine ordentliche, leicht zu pflegende kurze Frisur war modisch gewesen. Haare höchstens bis zum Kinn, exakt geschnittenen Pony und zu den Festtagen noch ein netter Haarreif mit einem ordentlichen, an den Schultern gerüschten Kleidchen und hochgeschlossenen Blusen in ge-

deckten Farben. Immer fein still sein, immer brav sein, gute Tischmanieren ... Das war's.
Vorbei ... aus ... Ende!
So musste sie nun nie mehr sein. Jetzt konnte sie niemand mehr daran hindern, es wachsen zu lassen ... ohne Pony. Und es war seit nunmehr sechs Jahren ihr ganzer Stolz. Das Schönste an ihr, auch wenn sonst nichts wirklich schön war. Nichts war je wirklich richtig gut, außer natürlich die verwunschene Welt in ihren Romanen.
Da fanden zuletzt schließlich alle ihr Glück, egal wie schwer das Leben auch manchmal war. Also las sie von all dem, was sie nicht haben konnte, und wärmte sich ein wenig an deren Happy End.

Als sie gar nicht viel später in die schmale Gasse einbog, die zu ihrer Wohnung führte, bemerkte sie nicht den schwarzen Wagen, der plötzlich aus dem Halbdunkel auf sie zugerast kam.
Sie hatte gerade noch die letzten Fritten mit den letzten Resten der Currysoße aufgefuttert und die Müllreste in einem öffentlichen Abfallbehälter entsorgt, als der Wagen direkt neben ihr hielt und zwei fremdländische Männer ausstiegen. Erschrocken aufkeuchend wich sie vor den beiden zurück und umfasste ihre Tasche prompt etwas fester. „Was ... Was soll das? Wer sind Sie?"
„Selma Gutenberg?", fragte der eine sie seltsam höflich, aber mit einem dicken Akzent und sprach sie dabei noch mit ihrem *Kindernamen* an?!
Selma wich prompt noch einen weiteren Schritt von ihm zurück. Unsicher, was er von ihr wollte. „N... Nein ... Mein Name lautet Wiegand ...", stotterte sie irritiert zu dem tiefgebräunten Mann im feinen Anzug hoch. Er war sehr groß, vielleicht so um die dreißig und hatte schwarze, krause Haare. Außerdem trug er noch so eine Art Turban und

einen Vollbart.
War das etwa ein Araber ... oder ein Inder? Selli war verwirrt und stolperte prompt noch ein paar weitere Schritte von den Männern weg, als auch die anderen sich nun auf sie zubewegten.
Hu ...?
Schon standen sie vor ihr und der Sprecher verneigte sich kurz vor ihr, statt ihr die Handtasche zu klauen oder sie zu packen ...
„Verzeihung, Prinzessin, falls wir Sie erschreckt haben. Mein Name ist Ahmed und ich komme aus Bahira. Kronprinz Hassan al Bakhar lädt Euch ein, um noch die letzten Details zu besprechen."
Selli sah ihn erst verwirrt an, schüttelte dann aber sogleich langsam den Kopf. „Ich ... ähm ... Tja ... Ich kenne leider keinen Hassan al Ba- hi- ra ... oder wie er noch mal heißt ... und ... also, ich glaube wirklich, Sie verwechseln mich gerade mit jemand anderem, Herr Ahmed.", stotterte sie verunsichert. Der Araber lächelte nur fein und verneigte sich erneut vor ihr. „Euer Vater ist Konrad Gutenberg, der Wirtschaftsexperte, nicht wahr?", fragte er schlicht.
„Keine Ahnung, was *mein Vater* ist oder nicht. Ich habe schon lange keinen mehr. Und auch wenn er mit Nachnamen Gutenberg hieß, so bin ich per Gerichtsentscheid schon lange nicht mehr seine Tochter. Er darf sich mir auch gar nicht nähern, ... nicht auf 500 Meter, weil ... - *Hey!!!*
Die beiden Männer hatten sich gerade einfach nur zugenickt und sie plötzlich gepackt und zum Auto gezerrt. „Verzeihung, Prinzessin, wenn wir diese Unterhaltung nun abkürzen. Sie begleiten uns jetzt erst einmal nach Bahira, dort können Sie dann mit Fürst Rashid und Kronprinz Hassan alles Weitere besprechen.", befand Ahmed ruhig, während sie nun zu schreien und sich zu wehren begann. „Was tun Sie denn ...? ... *Hilfe*! - *Lassen Sie mich los ...!"*,

schrie sie entsetzt und wehrte sich mit Händen und Füßen. Doch sie konnte nicht verhindern, trotzdem innerhalb von drei Sekunden in den Wagen geschoben zu werden. Hinter ihr schlug sofort die Türe zu.
Sofort drehte sie sich um, um sie wieder zu öffnen, aber sie war bereits verriegelt worden. In Panik schlug sie gegen die Fensterscheibe, um vielleicht irgendwelche Passanten auf sich aufmerksam zu machen. Dabei schrie sie so laut, sie nur konnte um Hilfe.
Doch niemand war gerade auf dem Gehsteig unterwegs. Niemand hatte sie rufen gehört oder gesehen, wie diese Männer sie gerade entführten, die wohl irgendetwas mit ihrem Vater zu tun haben mussten.
Sie sah nur noch ganz kurz die kühlen Blicke von Ahmed und dem Fahrer im Rückspiegel des Wagens, kurz nachdem auch sie eingestiegen waren, bevor auch schon eine schwarze Trennscheibe zwischen ihnen hochfuhr, während sie noch stammelnd darum bat, wieder gehen gelassen zu werden. Doch schon fuhr der Wagen mit rasantem Tempo an und sie wurde hart in den Sitz gedrückt und hielt sich fassungslos fest, um nicht hin- und hergeschleudert zu werden.
Warum war sie denn nur stehen geblieben, statt sofort wegzurennen, als dieses Auto neben ihr angehalten hatte? Warum hatte sie sich überhaupt mit diesen fremdländischen Leuten unterhalten?
Oh, was war sie doch für ein Dummkopf, rang Selli prompt ihre Hände und versuchte, möglichst nicht durchzudrehen. Doch das fiel ihr zunehmend schwerer, je länger sie nun fuhren. Sie hätte trotz all ihrer romantisch verklärten Bücher und Fantasien wirklich niemals gedacht, selber einmal auf offener Straße überfallen und entführt zu werden! Wieso auch? Sie war weder reich, noch hatte sie irgendwelche Feinde. Sie war einfach nur eine Kranken-

schwester ... oder ginge es hier vielleicht gar um einen Patienten, der bei ihnen gestorben war? Ging es hier in Wirklichkeit um eine Art *Rache* gegen das Krankenhaus? Sie erbleichte allein bei dem Gedanken daran. Denn besonders in letzter Zeit hatte es so einige Männer gegeben, die in Messerstechereien verwickelt gewesen waren und denen nicht mehr zu helfen gewesen war ...
Doch warum nannte dieser Herr *Ahmed* sie dann *Prinzessin* und faselte etwas von einem *Rashid und Hassan*? ... Nein, nein ... Sie mussten sich einfach vertan haben. Sie mussten eine ganz andere Selma Gutenberg meinen. Ja, genau. Egal, ob ihr Vater nun Konrad Gutenberg war oder nicht, ... aber *der Wirtschaftsexperte* ...?
Seit wann denn das? Er war doch früher nur ein einfacher Finanzbuchhalter gewesen, oder? Oh, sie wollte ihn niemals wiedersehen. Wenn das hier irgendetwas mit ihm zu tun hatte, dann würde sie ausrasten, würde sie ...
Sie atmete ganz tief durch und versuchte erneut, ihre Angst zu unterdrücken, minutenlang. Ein Blick aus dem Fenster zeigte ihr, dass sie Hanau nun schon längst verlassen hatten und in Richtung Frankfurt fuhren. Oh Gott, ... was sollte das denn nur? Wohin würden sie sie jetzt bringen? Es war mittlerweile schon ganz dunkel geworden und sie konnte wegen des anhaltenden Regens nicht erkennen, wohin genau sie nun fuhren. Nur, dass sie nun wohl auf der Autobahn waren.
Ich muss versuchen zu fliehen, gleich wenn sie anhalten, dieser Gedanke fuhr ihr wieder und wieder durch den Kopf. Sie hatte früher jahrelang Kampfsport gemacht und erinnerte sich auch noch gut an diverse Griffe und Techniken, doch das erschien ihr im Augenblick nicht so günstig. Schließlich waren die Entführer zu zweit, waren starke Männer und sahen zudem höchst gefährlich aus. Besonders dieser Herr Ahmed mit seiner grausigen Nabe im

Gesicht.
Und was, wenn sie nun auch noch bewaffnet waren? - Nein, ... *nein*! Sie brauchte dringend einen besseren Plan. Angestrengt dachte sie nach und eine Idee formte sich langsam in ihrem Kopf. Es war zwar immer noch wenig aussichtsreich, doch wenn nachher jemand ihre Autotüre öffnete, würde sie demjenigen die Tür so heftig gegen den Körper schlagen, wie sie nur konnte, und dann so schnell wie möglich davonlaufen.
Sie war immerhin schnell und hatte auch immer recht gute Noten in Leichtathletik gehabt, als sie noch zur Schule ging. Doch ihr Plan hatte trotzdem noch einen Haken! Es durfte nämlich nur *ein* Mann auf ihrer Seite stehen und der andere musste, wenn möglich, auf der anderen Seite gerade erst aussteigen, damit sie einen kleinen Vorsprung bekam. Oh Gott! ... Sie musste es einfach schaffen! Sie wollte nicht, dass diese irren Leute ihr etwas antaten!
Ein Opfer ist nur dann ein Opfer, wenn es sich auch als solches anbietet. Also seid mutig und bewahrt Ruhe, selbst wenn ihr in so einer Situation wohl Todesangst habt. Diesen Satz hatte ihr Karatelehrer immer und immer wieder von sich gegeben.
Selli hatte vor lauter Pläneschmieden nicht bemerkt, dass das Auto plötzlich langsamer wurde und in einen geteerten, breiten Waldweg fuhr. Doch als sie nun wieder aus dem Fenster sah, gefror ihr das Blut in den Adern zu Eis. Denn sie waren hier nun gar nicht am Frankfurter Flughafen, sondern schon weit davor in einem Waldstück auf ein altes, abgelegen liegendes Militärgelände gefahren.
Selli kannte es noch, denn sie waren hier früher in der Schule einmal herumgegangen, um sich die Hinterlassenschaften des 2. Weltkrieges anzuschauen, wie auch alte Bunker und Transportwege der Amerikaner, welche zum Teil immer noch als Munitionslager verwendet wurden.

Selli sah nun angestrengt hinaus.
Gleich da vorne lag der Militärflughafen mit seiner breiten Start- und Landebahn. Auch wenn diese eigentlich nur noch für Segelflieger und kleinere Maschinen in Betrieb war. Doch ... da stand tatsächlich ein kleines Flugzeug! Entsetzt riss Selli die Augen auf.
Oh Gott! ... Nein! NEIN! Die würden sie nun also ganz im Geheimen in einem Flugzeug von hier wegschaffen!? *Waren das also Mädchenhändler!?*
Man würde sie niemals finden, wenn sie erst einmal da drin war. Fest entschlossen, auf gar keinen Fall in dieses Flugzeug einzusteigen, atmete Selli mehrmals tief durch und machte sich bereit.
Da hielt das Auto schon direkt neben dem Flugzeug und ein dritter Mann öffnete ihr lächelnd und sich auch noch verneigend wie ein Diener die Autotür.
Selli zögerte keinen weiteren Augenblick mehr und trat, so fest sie nur konnte, gegen die Tür.
Der Mann verlor, hart am Kopf getroffen, das Gleichgewicht und fiel mit einem verdutzten Ausdruck auf dem Gesicht nach hinten um.
Mit einem Satz war Selli aus dem Wagen und rannte, so schnell sie nur konnte, auf den nahen Wald zu, während die Männer hinter ihr nun laut zu brüllen und zu rufen begannen.
Gott sei Dank hatte sie aber die bequemen Gesundheitsschuhe vom Krankenhaus an. In denen konnte sie fast ebenso schnell laufen wie in ihren Sportschuhen. Keuchend rannte sie noch schneller, als sich hinter ihr plötzlich trampelnde Schritte näherten. Sie folgten ihr ... und waren auch noch deutlich schneller als sie! „Mein Gott, ... mein Gott!“, keuchte sie verzweifelt und lief noch ein bisschen schneller.
Die Angst schien ihr regelrecht Flügel zu verleihen, doch ein

hastiger Blick zurück zeigte ihr, dass die Verfolger ihr bereits dicht auf den Fersen waren und rasch aufholten.
Da hatte sie das Ende des geteerten Flugfeldes erreicht und kam auf dem unebenen Rasenstück ins Stolpern. Schon fühlte sie eine Hand an ihrem Arm und schlug um sich. Doch der Verfolger hatte sie bereits fest gepackt und riss sie auf den Boden nieder.
Sellis Kopf schlug auf einem Stein auf, der im hohen Gras versteckt gelegen hatte. Sie spürte noch einen grellen Schmerz und schrie kurz laut. Dann versank sie in tiefster Schwärze und verlor die Besinnung.

2.

Laute, zornige Stimmen erreichten Selli in ihrem halb bewusstlosen Zustand.
Mehrere Männer schienen sich gerade noch zu streiten. Auf einmal herrschte jedoch Ruhe. Sie öffnete mühsam die Augen und schloss sie dann aber sogleich wieder, geblendet durch das grelle Licht im Raum und den Schmerz in ihrem Kopf.
Doch sie hatte immerhin den Grund für das plötzliche Schweigen der anderen Männer noch gesehen. Ein weiterer Mann war angekommen, wohl der Anführer. Sie hörte, wie er zu ihr herüberschritt, sich neben sie hockte und ihr sanft über die Wunde an der Stirn strich. Selli zuckte vor Schmerz zusammen und drehte stöhnend den Kopf weg. Der Mann sagte etwas in einem barschen Tonfall, dann hob er sie auf, als würde sie gar nichts wiegen und trug sie fort. Seine Brust war breit und hart und er trug Kleidung aus einem seidig anfühlenden Material.
Es fühlte sich schön kühl an ihrer Wange an. Sie kuschelte sich unwillkürlich an ihn. Er strahlte irgendwie Sicherheit und Geborgenheit aus und hielt sie seltsam zärtlich an sich gedrückt. Ein leiser Schauer rann ihr über den Rücken, als er seinen Daumen an ihrem Rückgrat streichelnd bewegte. Selli versuchte, ihre Augen erneut zu öffnen, um den Fremden anzusehen, doch wieder schien ihr Kopf dabei explodieren zu wollen. Leise wimmerte sie auf.
„Schon gut, *Habibi*, ich kümmere mich um dich! Niemand wird dir mehr wehtun!“, versprach er leise mit einem seltsamen Akzent.
Es roch nun ganz intensiv nach Sandelholz und Patschuli ...
Die tiefe Stimme war warm und leise und schien über ihr zu

schweben. Selli gab es schließlich auf, richtig wach werden zu wollen, und sank wieder zurück in die schwerelose Dunkelheit.

*

Hassan konnte seine Blicke nicht mehr von dem wunderschönen zartgliedrigen Wesen lassen, das nun auf den seidenen Laken neben ihm ruhte. Der Hofarzt hatte sie versorgt, ihr die nötigen Impfungen für diese Breitengrade gegeben, die sie natürlich nicht hatte, und gemeint, sie würde sicher bald schon erwachen, hätte nur eine leichte Gehirnerschütterung von dem Sturz davongetragen.
Er hatte Salih, der nicht genügend auf seine Braut achtgegeben hatte, bereits aus seinen Diensten entlassen. Ahmed war ebenfalls zutiefst beschämt gewesen, als er mit der ohnmächtigen und überdies verletzten Prinzessin in Bahira angekommen war, und hatte ihm dasselbe angeboten. Doch er war schon sein Leben lang treu an Hassans Seite. Also nein. Er mochte nicht auf ihn verzichten. Zumal sie ja noch genau mit solch einer Szene gerechnet hatten, denn natürlich hatte Konrad Gutenberg nicht darauf bestanden, einen Namen in den Eheverträgen geschrieben zu sehen. Und natürlich hatte Hassan sowohl ihn als auch Selma mit dem Passus, die älteste unverheiratete Tochter des Konrad Gutenberg zu wählen, verschlagen hereingelegt und nur sein Vater, der Fürst, war von ihm darüber in Kenntnis gesetzt worden, dass er lieber die bereits erwachsene Tochter, welche von solcher Schönheit war, dem unscheinbaren Kind Elisabeth vorzog, ... welche tatsächlich wohl immer noch dachte, dass sie demnächst im Palast als neue Prinzessin von Bahira an seiner Seite Einzug halten würde.
Nun denn ... Sobald es Selma besser ginge, würde er alle

Parteien mit den Neuigkeiten konfrontieren und bis dahin die bestehenden Wiederstände dieser wunderschönen Frau ausgeräumt haben. Denn was gab es schon an einem Kronprinz auszusetzen, der reich und angesehen und auch noch höchst attraktiv war? Dazu nur wenige Jahre älter als sie selbst.
Ja, er fand, dass sie beide ein ideales Traumpaar für die Weltpresse abgeben würden, ... wenn sie sich erst einmal an die hiesigen Verhältnisse gewöhnt und eingefügt hatte. Das sollte indes nicht allzu lange dauern bei all den Möglichkeiten und ehrenvollen Absichten, die er hegte. Er nahm seine Kaffeetasse mit seinem türkischen Mokka und nippte genüsslich an dem süßen, aber auch bitteren Getränk.
Genauso wie dieser Mokka musste auch eine Frau wie Selma Wiegand-Gutenberg sein, dachte er lächelnd. Etwas bitter und ansonsten sehr, sehr süß.
Sein Blick schweifte über den Rand der Tasse hinweg zu ihr, die noch immer reglos lag, ... auf der Seite und ihm zugewandt, wie er das gerne gewollt hatte, um sie betrachten zu können. Sie war nicht so übermäßig schlank, wie es gerade europäische Mode war, füllig an genau den richtigen Stellen, mit Brüsten, die ihn schon während dem Umziehen durch die Dienerinnen verlockten, mit ihren vollen rosa Höfen und der straffen jungen Haut. Sie besaß zwar einige seltsame Narben am Unterleib, hatte aber dafür ein schmales, klassisch schönes Gesicht wie ein Engel, Meterlange Haare wie gesponnenes Gold und eine Haut, so rein wie feinster Alabaster. Er hatte ihr darum ein gold-seidenes Hemdchen anziehen lassen, das ihre Beine nun fast bis zu den Knien bedeckte. Der Vergleich zwischen weißer Sahnehaut und dem lichten Gold des Stoffes faszinierte ihn sehr.
Er stellte sich nur zu gerne vor, wie sie sich beim Erwachen rekeln und dann leicht benommen zu ihm aufblicken würde

... Er könnte dann einfach nur seine Hand ausstrecken und ihre zarte Haut an den Schenkeln hinaufstreicheln oder sie auf ihre Schulter küssen, das Schlüsselbein nachzeichnen. Er könnte sich vorlehnen und sanfte Küsse auf ihren Hals hauchen. - Und sie würde es natürlich sehr genießen.
Oh ja ... Er konnte es kaum noch erwarten, mit einem derart schönen Wesen das Bett zu teilen ... und noch viel, viel mehr. Er hoffte sogar darauf, schon bald ein wenig intensiver mit ihr spielen zu können. Denn er machte sich natürlich keine Illusionen. Ein derart bezauberndes Wesen, schon vierundzwanzig Jahre alt ... Sie hatte gewiss schon so einige Erfahrungen mit dem anderen Geschlecht gemacht. Nun ... Zumindest ließ die Wahl ihrer Lieblingsliteratur darauf schließen, die eindeutig *schlüpfrig* zu nennen war. Es gefiel ihm sehr.
Und so hatte er bereits Anweisung gegeben, die Bibliothek sowohl hier als auch daheim in Bazurah mit ihrer bevorzugten Literatur in deutscher Sprache aufzustocken, ganz zu ihrem Gefallen.
Kurz schlug er wieder die Stelle im Buch auf, welche sie wohl zuletzt gelesen hatte. Die wenigen Zeilen, die er las, brachten ihn zum Schmunzeln. Ob sie wohl auch auf solche, schon ein wenig härtere Spiele stand? Er hatte gerade goldene Handfesseln für sie in Auftrag gegeben und wer weiß, vielleicht mochte sie es ja genau so auch am liebsten. Er würde ihr garantiert keine Gelegenheit mehr dazu geben, ihm je wieder zu entwischen. Darum hatte er auch bereits alle wichtigen Dokumente an sich genommen, die sie besaß. Schließlich mussten sie nun rasch geändert werden, wenn sie nun ab sofort seine Prinzessin sein sollte.
Er hatte also Ahmed damit beauftragt, obwohl es für einen Leibwächter seines Formates eigentlich unzumutbar war, sich um solcherlei Kleinigkeiten zu kümmern. Allerdings hätte er ihn auch stattdessen für einige Tage in die Küche

verbannen können zum Zwiebeln schneiden ... oder Geschirr spülen.
Dass seine wunderschöne Braut verletzt in Bahira ankommen würde, war ganz sicher der letzte Fehler, den der treue Leibwächter, dem er stets sein Leben anvertraut hatte, sich würde leisten dürfen.
Sein Blick wanderte wieder zu ihrer Lektüre zurück, die er auf den Tisch gelegt hatte, damit sie sie fand ... später. Ein feines Lächeln zuckte um seine Mundwinkel herum. Ob sie sich wohl beim Lesen ausgemalt hatte, diese Art von Sex bald schon mit einem echten Mann aus Fleisch und Blut nachzustellen?
Oh, er würde sich da gewiss nicht lange bitten lassen, wenn sie es gerne wollte, lächelte er vor sich hin, bevor er seinen Mokka zurück auf den Tisch stellte und kurz tief durchatmete.
Laut der Detektei, die Ahmed beauftragt hatte, gab es derzeit keinen festen Geliebten in ihrem Leben und es war den Leuten zu seiner Verwunderung auch noch nicht gelungen, irgendeinen *Ex* zu finden, um mehr über ihren Geschmack und ihre sexuellen Vorlieben herauszufinden. Auch wenn diese Detektive natürlich die Nachbarn ihrer alten Wohnung eingehend befragt hatten, ob die nun ausgezogene junge Mieterin viele Verehrer gehabt hätte. Keiner hatte dazu aber irgendetwas zu sagen gewusst. Selma galt vornehmlich als angenehme junge Frau. Sehr hilfsbereit, freundlich und still. Nun ja.
Vielleicht hatte sie auch nur, um ihren Ruf zu wahren, stets bei ihren jeweiligen Geliebten geschlafen, ... wenn sie überhaupt jemals zum Schlafen gekommen waren. Er lächelte wieder kurz und betrachtete erneut ihr fein geschnittenes Gesicht.
Zukünftig neben dieser Schönheit aufzuwachen, war sicher nicht das Schlimmste, wie er bis gestern noch befürchtet

hatte, fand er. Vor allem wenn er sie sich nun erst noch ein wenig erzogen hatte ...
Hassan runzelte die Stirn, als sie sich plötzlich schmerzlich stöhnend zu bewegen begann und dann einfach von ihm wegrollte, ... ja, ihm gar den Rücken zuwandte. Dabei schob sich ihr Hemd jedoch noch ein ganzes Stück nach oben, sodass er ihr weißes, seidenes Spitzenhöschen erkennen konnte.
Hm, ... auch nicht schlecht, fand er interessiert. Ihre Hüften waren wohlgerundet, ebenso wie ihre Schenkel. Sie zog nun sogar eines ihrer Knie ein wenig an ... und prompt sah er noch mehr von ihrem hübsch gerundeten Po.
Es juckte ihn in den Fingern, seine Hand unter das kleine Stoffstück gleiten zu lassen und ihre Spalte nachzuzeichnen, ihre kleine Lustperle zu erforschen, ... sie dann auch gleich noch zu lecken und dabei ausgiebig zu kosten ...
Sie atmete laut ein und wieder aus, schien kurz vor dem Erwachen zu stehen. Nun ja ... Dann sollte er wohl besser vorerst seine Gedanken zügeln. Denn sein Penis war gerade schon ziemlich angeschwollen. Eigentlich seltsam, dass nur der reine Anblick einer Frau, wie auch seine Gedanken an das, was er gerne mit ihr machen wollte, solch heiße Erregung in ihm auslösten. Das war ihm tatsächlich auch schon sehr lange nicht mehr so geschehen.
Entschlossen platzierte er seinen Laptop nun mitten auf seinem Schoß und begann zu tippen, denn sie regte sich nun mehr und mehr.

Selma blinzelte benommen, als sie erwachte und sah ein schwarzseidenes Laken vor sich, das sie nicht kannte, ... dann weiter, noch einmal blinzelnd und nun auch sehr verwirrt, zu einem ziemlich orientalischen Wandbehang hinüber in Gold und Rot und dann noch weiter zur Decke hinauf, die mit seltsamen Ornamenten wie auch einem

gigantisch kitschig aussehenden Kronleuchter aus tausenden von Kristallen verziert war, neben dem sich auch noch zwei Deckenventilatoren eifrig drehten. „Also, ... *das* ist *nicht* mein Schlafzimmer!“, entfuhr es ihr unwillkürlich. Und obschon ihre Worte nur geflüstert waren, bekam sie trotzdem eine Antwort.
„Du bist in Bahira, Selma!“
Es war eine männliche Stimme, die das sagte ... und dabei absolut ruhig klang.
Selli blinzelte nur wieder irritiert, runzelte dann aber die Stirn und rollte sich zurück auf den Rücken, um den ihr vollkommen unbekannten Mann, der gerade gesprochen hatte, anzusehen, der tatsächlich gänzlich ruhig und gelassen, aber ziemlich fremdländisch aussehend, neben ihr auf dem Bett saß, auf dem Schoß einen geöffneten Laptop, auf dem er eben noch getippt hatte. Doch nun sah er sie forschend wie auch interessiert an.
„Wer sind Sie?“, fragte sie einzig nur, während sie noch versuchte, den Kopfschmerz irgendwie zu vertreiben, klarer zu sehen und nicht nur ständig wie eine Eule zu blinzeln. Denn der Mann sah tatsächlich seltsam aus, ... oh ja, ... ganz seltsam sogar. Er hatte etwas längere, dunkle Haare, die er am Hinterkopf zu einer Art Dutt gedreht trug und einen sehr gepflegten Bart. Zudem war er auch noch recht jung, vielleicht Mitte zwanzig und seine dunklen Augen wirkten gegen das diffuse Dämmerlicht wie zwei Opale in seinem gebräunten Gesicht. Sie überlegte noch kurz einen Moment lang, woher sie seine Stimme kannte. Dann fiel ihr plötzlich alles wieder ein. ... Das Auto, die beiden Männer, die Entführung, ... das Flugzeug und ihre Flucht ...! Sie war gestürzt, ... nein, umgerissen worden ... *Oh Gott*!
Hastig bedeckte sie ihr Gesicht mit beiden Händen, wobei sie sich aber auch prompt wieder auf die Seite und von dem Mann wegrollte. Ihr Kopf schien dabei allerdings beinahe

platzen zu wollen ... *Au*!
Sie stöhnte unwillkürlich schmerzlich auf. „Das ist bestimmt nur ein böser Traum!", ächzte sie leise und schloss kurz wieder ihre Augen.
„Böse? - Warum denkst du das?", fragte der Mann sie nun verwirrt.
Er beugte sich gerade halb über sie. Sie konnte schon die Wärme seines Körpers spüren, fast so, als hätte er sie gerade berührt ... Nein, falsch, er berührte sie tatsächlich und zog sie nun sogar wieder zu sich herum und ihre Hände mit ruhiger Bestimmtheit von ihrem Gesicht herunter. „Na, komm schon, Frau, stell dich der Realität und mach deine herrlichen blauen Augen auf, damit ich sie mir mal richtig ansehen kann!", forderte er fast schon spottend von ihr.
Bitte???
Das klang gerade viel zu vertraulich, dachte Selli nur wieder irritiert, öffnete nun rasch ihre Augen und setzte sich trotz des Schwindels mühsam auf, bemüht eisig und kalt und abweisend, wie sie sich sonst immer bei unliebsam aufdringlichen Patienten verhielt.
„Also schön, wenn es nun wirklich kein Traum ist, ... *Finger weg von mir, Freundchen*!", riss sie sich aufbrausend von ihm los und stieß ihn hart vor die Brust, dass er nun doch mal überrascht guckte und dann prompt finster die Stirn runzelte.
„Du scheinst mir ganz schön frech zu sein ...", knurrte er düster. Selma hielt sich aber nur schon wieder den brummenden Schädel und tastete mit schmerzverzerrter Miene an der dicken Beule über ihrem Ohr herum.
„Das gibt's doch nicht! Die haben mich wohl auch noch auf den Kopf geschlagen, ... diese elenden Verbrecher. Ich habe ganz sicher eine Gehirnerschütterung, ... war lange bewusstlos ...!? - Ganz toll!", urteilte sie schließlich, als sie kurz

wieder alles verschwommen sah und sie warten musste, bis die Welt aufhörte, sich zu drehen.
„Niemand hat dich geschlagen, Selma. Du hast dich bei einem Sturz verletzt, als du weggelaufen bist. Dr. Alhamed wies an, du solltest besser liegen bleiben.“, sprach er nur wieder und wollte nach ihrem Arm greifen, doch sie schlug ihm erneut erbost knurrend auf die Finger.
„*Sturz? Ha!* Ja, klar! - Von wegen!“, zürnte sie ihm nun bereits mit Tränen in den Augen. Schließlich war sie einfach so entführt worden und was immer auch ihr Hiersein bei diesem Mann bedeuten mochte ... Es war sicher nichts Gutes.
Also fuhr sie extra hart sprechend fort, ihn anzukeifen: „Dieser blöde *Gorilla-Typ* hat mich einfach umgerissen, so als wären wir beim Rugby und ich hätte gerade den Ball ... Das erfüllt den Tatbestand der Körperverletzung, nur dass Sie es wissen. Und wer zum Teufel sind Sie überhaupt, dass Sie hier einfach so denken, mit mir zusammen auf dem Bett sitzen zu dürfen? Warum haben Sie mich entführt?“, brüllte sie ihn nun fast schon an und schlug wieder nach seiner Hand, als er nach ihrer greifen wollte. Nun ernsthaft geworden.
„Nur dass Sie es wissen ... Ich habe kein Geld, schulde auch niemandem etwas und habe auch niemandem jemals etwas zu Leide getan, außerdem hasse ich Männer. Also *lassen Sie mich gehen*!“, forderte sie wild und stützte sich dann gleich wieder Halt suchend auf der Matratze ab, um nicht gleich wieder schwindelig umzusinken.
Sie musste wieder mehrmals blinzeln, um ihre Sicht wieder zu klären. Doch die Umgebung drehte sich immer noch ein wenig ...
„Letzteres hast du nur gesagt, um mich auf Abstand zu halten, doch ich vergebe dir deine Lüge, denn du hast ganz offensichtlich Schmerzen und bist deshalb gereizt.“, meinte

er nun deutlich kühler zu ihr und sie knirschte vor Wut fast mit den Zähnen.
„Ich lege keinen Wert auf die Vergebung eines Entführers. Und ich habe auch nicht gelogen ...“, verteidigte sie sich hitzig aufbrausend. Doch er drückte sie nun einfach nieder.
„Du schadest dir nur selbst, wenn du dich jetzt nicht ausruhst, Selma. Und du wirst mindestens noch zwei bis drei Tage benommen sein, bevor du dich wieder halbwegs erholt hast. In dieser Zeit können wir uns kennenlernen. Und was den *Gorilla* betrifft, der deine Verletzungen zugelassen hat, obschon er eigentlich für deine Sicherheit sorgen sollte ... Er wurde bereits aus unseren Diensten entlassen.“
„Unseren!?“, spottete Selli nur wieder um Fassung ringend. Seine linke Braue hob sich fragend und Selma beschloss, nicht mehr länger hier sitzen zu bleiben und diesem seltsamen Kerl zuzuhören. „Leute, die von sich selbst in der ersten Person Plural sprechen, sind in meinen Augen nur eins ... *größenwahnsinnig*! Aber wissen Sie was? Es ist mir gerade tatsächlich vollkommen egal, wer Sie nun sind und was Sie wollen. Sie haben mich einfach von der Straße weg in ein schwarzes Auto zerren lassen, am Kopf verletzt und auch noch entführt! Und jetzt habe ich genug von ihren spöttischen Kommentaren. Ich will *sofort* zurück nach Hause. Denn ich habe die Wahrheit gesagt! Ich lege keinen Wert auf Männer und will ganz besonders *Sie* absolut nicht noch näher kennenlernen.
Mit Psychopathen verkehre ich nämlich nicht. Also wenn Sie mich nun bitte entschuldigen würden ...?! Ich suche mir jetzt ein Telefon und rufe die Polizei an. Und dann ... muss ich noch im Krankenhaus Bescheid geben. Ich habe morgen schließlich wieder Dienst ...“, murmelte sie noch schwach und hielt sich wieder die Beule, während sie ihre Beine nun über den Bettrand schwang und versuchte, aufzustehen. Doch sie knickte schon beim ersten Schritt ein und wäre

gestürzt, wenn sie nicht auf einmal von hinten umfasst und an eine breite Brust gezogen worden wäre.
Oh ... oh je, ... da drückte außerdem noch etwas ziemlich Hartes gegen ihren Po. Sie keuchte unversehens geschockt auf und spürte, wie ihr Herz zu rasen begann.
„Ich halte dich, ... *Habibi*!“, raunte der Mann derweil sanft schnurrend an ihrem Ohr und ignorierte ihre Fingernägel, die sich prompt tief in seine Arme gruben.
„Lassen Sie mich los!“, hämmerte sie schließlich mit der Faust auf seine Hände ein. Doch er zog sie nur zurück auf das Laken und drückte sie wieder zurück in die Kissen. „Du solltest dir besser einen anderen Tag zum Kämpfen wählen, Selma. Du bist gerade nicht in der Verfassung, mit gleich wem zu streiten oder vor mir wegzulaufen. Also lege dich jetzt brav hin und höre auf den Arzt!“, bestimmte er weiterhin ganz ruhig bleibend.
Sie versuchte derweil zappelnd, auf ihn einzuschlagen und sich wegzurollen. Da packe er sich nun doch etwas gröber ihre Handgelenke und drückte sie mit nun tief gerunzelter Stirn deutlich heftiger auf das Kissen zurück, wobei er sich auch noch mit einem leisen Fluch über sie schob und auf ihre Hüfte setzte, als sie sich nur erneut eigensinnig aufzusetzen versuchte.
Sofort begann sie, laut zu schreien, sich zu winden und nach ihm zu schlagen, wie auch wild mit den Beinen zu strampeln. Doch auch dieser Ausbruch dauerte nicht lange, denn ihr Kopf tat dabei höllisch weh und so hatte er nicht die geringste Mühe, sie sogleich wieder herunterzudrücken und festzuhalten.
Verzweifelt schluchzte sie schließlich auf und brach in Tränen aus. „*Runter ... von ... mir*!“, stieß sie sich noch aufbäumend auf, um ihn loszuwerden, doch er war viel zu stark.
„Zuerst beruhigst du dich, Selma!“, befahl er ihr nun

deutlich kälter als eben noch und ihr Widerstand erlahmte nun vollkommen.
„Hören Sie endlich auf, ... mich *so* zu nennen! Sie haben kein Recht dazu ... und auch nicht, mich einfach so zu verschleppen ...“, weinte sie vor Schmerzen und Furcht, was er nun mit ihr tun würde.
Doch er überraschte sie und ließ sie einfach nur wieder los, drehte sich mit einer geschmeidigen Bewegung zur Seite und saß dann auch schon wieder in einer halben Yoga-Pose neben ihr, wobei er sie aber diesmal reichlich finster betrachtete.
„Du musst dich nicht vor mir fürchten. Ich werde dir kein Leid zufügen, solange du dich benimmst, verstanden?“, wies er sie nun deutlich strenger an und sie wandte nun eingeschüchtert den Kopf zur Seite und schluckte hart und krampfhaft, blieb aber bebend und ängstlich keuchend liegen.
Und wieder überraschte der fremde Mann sie, indem er daraufhin nun wieder seinen Laptop nahm, ihn aufklappte und darauf zu tippen begann. Einfach so, ... seelenruhig, als sei gerade gar nichts weiter vorgefallen.
Insgeheim schaute sie sich den Mann nun noch mal richtiger an und diesmal nicht nur sein Gesicht. Oh je, ... ihr blieben die Worte fast im Halse stecken bei dem irren Anblick. Denn der Typ sah aus wie aus einem Märchen von Tausend-und-eine-Nacht. Fehlte eigentlich nur noch der Turban oder so ein arabischer Schleier, wie auch immer das hieß.
Er war zudem wohl doch schon etwas älter, so um 30 Jahre alt, trug ein grünes, seidenes und eher jackenartiges Obergewand, das mit einer goldbestickten Schärpe gehalten wurde, hatte eine gerade, sehr aristokratische Nase und tatsächlich nicht schwarze, sondern unglaubliche oliv*grüne* Augen, die ihren Blick nun fesselten. Seine Hosen waren weiß und glänzten metallisch. Er trug so eine Art Pump-

hosen und nichts weiter an den Füßen. Blinzelnd, weil da etwas an seiner Seite funkelte, und ihr aber immer noch der Kopf dröhnte, drehte sie sich nun doch ein wenig zu ihm hin. Ja, sie hatte richtig gesehen ... Da funkelten Juwelen an seiner Seite. Es war eine Zierscheide aus goldverbrämten Leder, in der wohl ein Messer steckte ... Er war also auch noch bewaffnet? ... Prompt begann sie wieder zu zittern und rutschte unauffällig weiter zur Bettkante hin. Er wirkte durchtrainiert, aber doch eher athletisch als auffällig muskulös und war zudem wohl auch noch sehr groß für einen orientalischen Mann. Obschon er eher braune Barthaare hatte als schwarze ... – Tja ... Alles in allem sah er wirklich großartig aus ... und war gefährlich. Also was zum Teufel wollte er von ihr?

Er hatte ihre Blicke oder ihr Zittern wohl bemerkt und runzelte nun ein wenig die Stirn. „Was hast du?“, fragte er sie kurz. „Du sollst dich nun schlicht ausruhen. Also mach den Mund wieder zu und hör auf zu schlottern.“, fügte er noch gelassen hinzu.

Schnell schloss Selli den tatsächlich gerade offenstehenden Mund und wandte dann heftig errötend ihren irritierten Blick von ihm ab.

„Ich ... ich weiß aber immer noch nicht, wer Sie sind und ... was Sie von mir wollen.“, fragte sie weiter bebend. Sein gereizter Blick verwirrte sie. Denn zuerst sah er ihr noch ins Gesicht ... und dann tiefer ...

Rasch folgte sie seinem Blick und bemerkte zu ihrem Entsetzen, dass sie tatsächlich nur ein dünnes, goldenes Hemdchen trug und dass gerade die Rundungen ihrer Brüste darunter hervorzuquellen schienen.

„Oh ...“

Hastig griff sie nach der dünnen Decke, die verkrumpelt auf dem Bett zwischen ihnen lag, und zerrte sie rasch vor ihre Brust, was dem fremden Mann nun doch zumindest mal ein

kleines Schmunzeln entlockte, bevor er sich leise räusperte, den Laptop wieder zuklappte, um ihn beiseite zu stellen. „Nun ... auf die Gefahr hin, dich wieder aufzuregen, ... doch da du nun höflich fragst, will ich dir ebenso höflich antworten: Ich bin Hassan al Bakhar, ... *dein Ehemann*!"
Sie starrte ihn lediglich sprachlos an ... Was? Bitte ... was hatte der Irre da gerade zu ihr gesagt ...?
Doch schon sprach er weiter und sein Mund verzog sich zu einem feinen Lächeln. „Und ich habe dich auch nicht *entführt*, sondern lediglich nach Hause geholt, nach Bahira. Das ist ein kleines Fürstentum zwischen Libyen, Tunesien und Algerien.", erklärte er ihr sanft.
- *Okay*?!
Selli wurde kreidebleich, als er nur noch einmal bekräftigend nickte und auch noch dazu eine Braue hob. Schnell schluckte sie angestrengt und starrte ihn nur noch fassungslos an. - Er dachte also wirklich, er sei ihr *Ehemann*? Mit beinahe allem hatte sie gerechnet! ... Doch dass dieser ihr völlig Fremde auf einmal behauptete, ihr *Mann* zu sein, ließ jedes aufkommende Wort in ihrer Kehle stecken bleiben. Sie senkte den Blick auf die Bettlaken hinab, um seinem durchdringenden Blick auszuweichen und bezwang einen hysterischen Anfall, der sie aber gerade sicherlich nicht weitergebracht hätte. Im Gegenteil schien er nur ernsthaft darauf zu lauern, ob sie wieder schreien oder toben würde, ... um sie dann erneut festzuhalten und sich auf sie zu setzen?
Doch nein, ... nein, nein, nein. Es bestand doch eigentlich gar kein Grund zur Sorge. Denn der Mann verwechselte sie hier gerade ganz offensichtlich, ... ja, ganz eindeutig sogar. Das war alles nur ein riesiges Missverständnis. Und er wusste es sicher auch noch nicht einmal, dass er sie gerade verwechselte, oder?
Sie räusperte sich also, bemüht die Fassung zurückzuge-

winnen und sah dann erst wieder zu ihm auf. „Ich kann mich wirklich nicht daran erinnern, irgendwann irgendwen geheiratet oder auch nur mein Einverständnis dazu gegeben zu haben, Herr Ba-*kira* ...“, riet sie einfach seinen Namen, weil sie ihn schon nicht mehr wusste. Es brachte ihn auch sogleich zum Schnauben, Schmunzeln und Kopfschütteln.
„Verzeihung ...“, entschuldigte sie sich rasch, doch er schien es ihr nicht übel zu nehmen.
„Hassan *al Bakhar* ...!“, sagte er nochmals langsam und nun viel deutlicher betonend.
Sie nickte nur erneut abwinkend. „Nun gut, Herr *Alpaka,* ... wie auch immer, ... doch ich glaube wirklich gerade, Sie verwechseln mich mit jemand ganz anderem. Denn ich habe keinen Ehemann und weiß nicht, wovon Sie da reden. Bis eben gerade war ich, glaube ich, bewusstlos ...?! Und davor lebte ich in Deutschland, ... *allein*! Ich bin dort nur eine einfache Krankenschwester, ... verstehen Sie? Und wenn Sie mich nicht augenblicklich wieder zurückgehen lassen, Herr wie-auch-immer-Sie-tatsächlich-heißen, werde ich meine Botschaft kontaktieren, sofern es in diesem unzivilisierten Land überhaupt eine solche gibt, und Sie dann leider wegen Entführung anzeigen müssen ...“, brachte sie nun mit schon reichlich aufbrausender Stimme hervor, weil sein Lächeln sich nur noch verstärkte, bis er sogar bei ihren letzten Worten belustigt auflachte.
Wie konnte er das denn nur nicht ernst nehmen, regte sie sich sofort auf? Sie verstand gerade die Welt nicht mehr. Dieser Hassan musterte sie derweil lediglich belustigt und kein bisschen beeindruckt von ihrer Rede und Selli erkannte entsetzt, dass ihm anscheinend gefiel, was er da sah, und er keinesfalls beleidigt oder erschrocken war, so wie sie es aber beabsichtigt hatte.
Errötend versuchte sie, sich vorzustellen, wie sie selbst wohl gerade für ihn aussah mit diesem unanständig kurzen

Hemdchen und offenen, wirren Haaren und schluckte hastig, um ihr Entsetzen vor ihm zu verbergen.
Selbst ihre Kopfverletzung konnte bei ihren anderen fraulichen Reizen sicher keinen allzu großen Dämpfer erwirken. Außerdem galten hellhäutige, blonde Frauen ja durchaus als beliebt bei Arabern, die ja nur an dunkelhaarige Schönheiten gewöhnt waren. Sie musste darum sicher noch mal ganz besonders reizend auf ihn wirken, ... oder?
Oh je!
Selli schluckte erneut und Panik kroch in ihr herauf. Was, wenn dieser verrückte Typ plötzlich meinte, auch noch eheliche Rechte an ihr einfordern zu können? Würde er sich dann einfach so auf sie stürzen?
Der Gedanke entsetzte sie sehr und auch Hassan las wohl gerade von ihrem Gesicht ab, woran sie dachte, denn er schüttelte nur mit sogleich wieder grimmiger Miene den Kopf und stand nun doch noch seufzend auf, um ihr etwas Raum zu lassen.
„Ich merke gerade, dass du wohl tatsächlich überhaupt keine Ahnung davon hast, welchen Vertrag dein Vater mit dem meinen geschlossen hat ...“, begann er leise seufzend und unterbrach sich dann aber rasch, als er ihr Erschrecken sah.
„Mein ... *Vater ...*?“, krächzte sie schrill und setzte sich nun doch wieder heftig keuchend und schwankend auf. Selli war es, als hätte eine riesige Faust in die Magengrube getroffen. Sie starrte ihn entsetzt an.
Schnell setzte Hassan sich erneut zu ihr aufs Bett und hielt sie an den Armen fest, damit sie nicht vom Bett kippte. Selli bemerkte es indes nicht einmal und starrte ihn nun erst recht fassungslos und aus schreckgeweiteten Augen heraus an.
„Mein ... mein Vater ist, ... ist er etwa *hier*?!“, würgte sie er-

neut hervor. „Aber was will er denn von *mir*? Er ... er darf sich mir doch gar nicht mehr nähern ... u... und er hat doch nun auch eine neue Familie ... und andere Kinder ...“, stotterte sie fast schon panisch.
Hassan sah sie diesmal ehrlich verwirrt an.
„Du fürchtest ihn ...?! Und was soll das heißen, ... er *darf* sich dir nicht nähern?“, fragte er sie nun sichtlich kühler. Doch sie schüttelte nur heftig den Kopf. „Das geht Sie alles rein gar nichts an!“, brüllte sie nun fast und hielt sich gleich darauf wieder schmerzerfüllt den Kopf und sah ihn kurz schlucken, ... die Stirn runzeln, bevor er schließlich leise weitersprach: „Warum, so frage ich dich, hat er dann diese Verbindung zwischen uns beiden arrangiert, Selma, und für seine *älteste noch unverheiratete Tochter* einen Ehevertrag unterschrieben ...?“, versetzte er ihr einen herben Schlag und brach dann doch wieder ab, weil sie ihn nun wirklich unheimlich erbleichend anstarrte und dann plötzlich heftigst zu zittern begann.
„Er ist also *wirklich hier*! Er ist hier ... Er steckt dahinter ... *Er*!“, flüsterte sie nun schon richtig panisch.
Er runzelte prompt finster die Stirn. „Ja, Konrad Gutenberg lebt schon ziemlich lange hier in Bahira und ist der wirtschaftliche Berater des Fürsten. Willst du ihn vielleicht gerne sehen und selbst nachfragen, warum er diese Ehe für dich arrangiert hat?“, fragte er sie nun vollkommen ausdruckslos.
„*NEIN*!“, schrie sie zutiefst erschrocken auf. „Bitte, bitte, *nein*! Ich will ihn niemals sehen, ... *nie*! Das darf er auch gar nicht. Das Gericht hat es verboten! Er geht sonst ins Gefängnis zurück. Ha... Halten Sie den Typen bloß fern von mir!“, fügte sie noch schrill hinzu.
Sie sah aus, als würde sie gleich tot umfallen und Hassan machte sich unwillkürlich große Sorgen um sie. Außerdem hatte sie nicht bemerkt, dass sich ihre Hände gerade in seine

Kleidung verkrallt hatten, ihre Fingerknöchel traten weiß hervor, ... doch Hassan bemerkte es sehr wohl und sah sie nur wieder vollkommen ernsthaft an.
„Er kann dir nichts mehr tun, nun, da du mir gehörst!", sagte er eindringlich zu ihr, doch das schien sie tatsächlich kaum zu beruhigen, ganz im Gegenteil, sah sie ihn nur noch viel entsetzter an.
„Nein, ... *nein*! Sie begreifen es einfach nicht, ... woher auch? Sie wissen ja nicht, ... *was er getan hat*!", riss sie nun heftig an seinen Ärmeln und verdrehte dann die Augen. Ihr war so schwindelig, ... schlecht, ... ihre Ohren rauschten, ihr Kopf dröhnte ... Schon spürte sie, wie der Fremde sie leise fluchend auffing und sachte zurück in die Kissen bettete. Sie keuchte heftig aus und ein. Fast schon hyperventilierend. Eine meterdicke Gänsehaut überzog ihre Arme. Sie zitterte erneut heftig und fühlte nur noch, wie der Fremde sie sorgsam mit dem Seidenlaken zudeckte und über ihr Haar strich. Dann war erneut alles dunkel.

3.

Hitzige Gefühle wallten in Hassan auf, als sie erneut ohnmächtig geworden in sich zusammensank. Behutsam strich er ihr das Haar aus dem erröteten Gesicht zurück und breitete die Seidendecke über ihr aus.
Er hätte sie nicht gleich so hart angehen dürfen, dachte er kurz bei sich. Schließlich war sie gerade verletzt und schwach. Außerdem ...
Da war etwas in ihrem Blick gewesen, das ihn innerlich berührt hatte. Ganz entgegen seiner Prinzipien, sich von nichts und niemandem je wieder berühren zu lassen ... nach *Aishe*.
Doch Selmas Verletzlichkeit und Angst trafen da einen empfindlichen Nerv tief in seinem Inneren, den er längst vergessen und vergraben gedacht hatte.
Rasch stand er auf, holte sich seinen Laptop und klemmte ihn sich unter den Arm. Zwei Dienerinnen standen wartend im Vorraum und verneigten sich tief vor ihm, als er die Türen aufstieß.
„Kümmert euch um die Prinzessin.“, sagte er lediglich kurz und verließ dann die Frauengemächer, wovor bereits Sedan, sein zweiter Leibwächter, auf ihn wartete und sich tief vor ihm verneigte.
„Bitte den zweiten Minister am Freitag zum Gespräch in den Palast. Außerdem finde mir Ahmed. Ich habe doch noch etwas anderes für ihn zu tun. Meine Frau wird von zwei Wächtern an jeder Tür bewacht. Sie sollte vorerst in ihren Gemächern bleiben. Will sie hinaus, sollen die Dienerinnen ihr den Hof der Frauen zeigen. Kein Einlass für ihre Familie, ... falls Gutenberg doch schon früher von ihr erfährt. Sie muss sich erst vollständig von ihren Verletzungen erholen.

Dr. Alhamed soll später noch einmal nach ihr sehen. Und sendet dem Fürsten eine Nachricht über die Verwundung der Prinzessin, wir werden die offizielle Begrüßung leider verschieben müssen, da sie sich mir gerade noch widersetzt.", wies er ihn kühl an.
„Sehr wohl, mein Prinz!", verneigte Sedan sich erneut vor ihm und wartete dann, in der Verneigung halbwegs verharrend und aufmerksam, ... weil Hassan nun seine Stirn gerunzelt hatte.
„Mein Prinz?", fragte er ihn also schließlich noch einmal leise.
„Meine Braut hat behauptet, ihr Vater, also Konrad Gutenberg, der wirtschaftliche Berater von Fürst Rashid al Bakhar, habe schon einmal *im Gefängnis gesessen* ... Beauftragt also noch einmal diese Detektei, Näheres zu ergründen. Ich möchte schließlich nicht, dass unser Fürstentum von einem Kriminellen beraten wird ... oder dass unser verehrter Fürst vielleicht sogar durch einen falschen Freund in Gefahr gerät.", dachte er laut nach und Sedan verneigte sich erneut tief vor ihm und eilte davon.
Hassan aber stand noch eine ganze Weile lang im Korridor und starrte die prächtig gestickten Seidengemälde an den Wänden an. Er hatte schon einmal so hier gestanden und nur nachgedacht, erinnerte er sich gut. Stundenlang sogar. Und am Ende waren dennoch all seine Hoffnungen zerschmettert und sein Herz gebrochen worden.
Er schloss die Augen und sah sofort wieder die ängstlichen Blicke seiner deutschen Braut vor sich, erinnerte sich an ihre kleinen Hände, die sich flehend in sein Hemd gekrallt hatten.
Ihre Augen waren regelrecht magisch, oh ja. Die reinsten und schönsten Saphire, die es überhaupt gab.
Sie verzauberte ihn allein mit ihren Blicken. Oder nein, ... nein, ... nicht nur damit. Das hatte sie sogar schon bewusst-

los in seinen Armen liegend getan. Ihr weicher, fraulicher Körper hatte sich so unglaublich passend an ihn geschmiegt und statt die Minister zu treffen, wie er es eigentlich nach dem Treffen mit ihr geplant hatte, war er geblieben. Er hatte es damit gerechtfertigt, dass er bei ihrem Erwachen anwesend sein wollte, um sie mit seiner Erscheinung sogleich zu beeindrucken, wie auch um sie genauer in Augenschein zu nehmen.

Bisher hatte ihm schließlich noch jede Frau binnen kürzester Zeit zu Füßen gelegen und es nicht erwarten können, endlich in seinen Armen zu liegen. Nun, ... beeindruckt hatte er sie wohl tatsächlich. Aber anscheinend im negativen Sinne. Sie fürchtete sich vor Männern, sonst wäre sie doch kaum direkt nach seiner Offenbarung, dass er nun ihr Ehemann sei und ihre Väter die Verträge dazu unterschrieben hatten, in Panik verfallen und dann in Ohnmacht gesunken.

Unwillkürlich ballte er die Hände zu harten Fäusten und verhärtete sein Herz gegen das aufkommende Mitleid, welches sein Gewissen ihm eingab.

Er durfte ihr nicht nachgeben und mehr Zeit zum Nachdenken lassen ... Nein.

Bahira hatte schlicht keine Zeit mehr.

Sie mussten jetzt handeln und dieses gelebte Märchen für die Welt aufführen. Also musste er nun schnellstens dafür Sorge tragen, dass sie ihn als ihren Ehemann akzeptierte, lächelte und die perfekte Braut an seiner Seite sein würde. Auf keinen Fall durfte sie ihm entfliehen und ihre Ankündigung wahr machen, die Botschaft ihres Landes aufzusuchen, um den Kronprinzen von Bahira der Entführung und Körperverletzung zu bezichtigen. Denn das würde das kleine Land in seiner momentanen kritischen Lage letztlich noch viel mehr als alles andere schädigen.

Nein.

Er brauchte nun schleunigst einen guten Plan, wie er seine

widerspenstige und leider auch viel zu ängstliche Braut unwiderruflich an sich binden und zur Mitarbeit bewegen konnte. Seine Bemühungen durften nicht fehlschlagen.

*

Selli erwachte mit einem etwas klareren Kopf bei Tageslicht und auch die Schmerzen waren nun deutlich besser. Doch die Gedanken an den seltsamen Mann, der gestern behauptet hatte, ihr *Ehemann* zu sein, weil ihre beiden Väter das so unterschrieben hätten, beunruhigten sie sofort wieder.

Hatte Konrad Gutenberg sie also nach all den Jahren doch noch gefunden und kaltblütig an einen Araber verkauft?

Ja?

War das so?

Himmel, sie musste dringend hier raus. Weg von diesem Kerl, der sie gestern noch so leicht überwältigt und sich sogar auf sie gesetzt hatte.

Es war höchst beunruhigend, wie stark er war ... und noch beunruhigender war auch dieses harte Stück Fleisch gewesen, welches sie an ihrem Bauch gespürt hatte, als sie sich zappelnd unter ihm wand.

Oh ja, sie hatte in der Tat schon mehr als genug Romane gelesen, um zu wissen, was das bedeutete. Er war eindeutig erregt gewesen. Und vielleicht hatte ihr Widerstand diesen Zustand sogar noch verstärkt. Denn es hieß doch gemeinhin, dass Männer Jäger waren, oder? Also ... was, wenn er sich nun aufgrund ihrer Gegenwehr noch mehr von ihr angezogen fühlte ...?!

Oh Gott im Himmel. Ihr wurde schon allein bei dem Gedanken daran ganz anders zumute.

Lieber nicht mehr daran denkend, stemmte sie sich leise aufkeuchend hoch und rieb sich den prompt wieder

schmerzenden Kopf, bevor sie die lächerlich dünne, seidene Decke von sich schob.
Es war sehr warm ... trotz der beiden Ventilatoren an der Zimmerdecke, die für Abkühlung sorgen sollten. Außerdem hatte sie großen Durst ... und Hunger und benötigte dazu auch noch dringend ein Badezimmer!
„Prinzessin! Ihr seid erwacht!“, sprach eine junge Frau mit schwerem Akzent und eilte sofort zu ihr hin, um ihren Arm zu ergreifen. Eine zweite Frau kam von der anderen Seite und ergriff ebenfalls ihren anderen Arm und sie stützten sie beide beim Aufstehen.
„Möchtet Ihr nun Baden, Prinzessin?“, fragte die Sprecherin sie fürsorglich und Selli sah sie nun sehr verwirrt an. „Ich ... Ähm ... suche eine Toilette und hätte außerdem gerne eine Flasche Wasser, wenn Sie haben. Ich bin sehr durstig. Gibt es hier vielleicht ein Telefon?“, fragte sie nun auch die andere Frau, die aber nur hastig den Kopf senkte und ihn dann stirnrunzelnd schüttelte.
„Die Prinzessin muss den Prinzen fragen, wenn sie jemanden anrufen will. Wir sind Eure Dienerinnen. Mein Name ist Shanty, das ist Leyla. Wir sprechen Eure Sprache. Wir bringen Euch nun ins Bad. Dort könnt Ihr auch speisen. Später kommt Dr. Alhamed zur Untersuchung ... Habt Ihr noch starke Schmerzen von Eurem Sturz?
Der Prinz war sehr ärgerlich, als seine Braut ohnmächtig eintraf. Doch bald wird es Euch besser gehen. Wir haben Medizin für euch. Prinz Hassan hat Anweisung gegeben, all Eure Wünsche zu erfüllen, Prinzessin ...“, erklärte ihr Shanty und Selli sah sie nur wieder höchst verstört an.
„Ich ... ich glaube, da liegt ein Irrtum vor. Ich bin keine *Prinzessin*, Shanty. Aber ... Danke für eure Hilfe. Mein Name ist Selli.“
„Oh, ... aber ... wir dachten, ihr heißt Sel*ma*?“, fragte Leyla nun ganz leise und hörbar irritiert. Die andere Dienerin

zischte leise auf und sofort zog Leyla wieder die Schultern hoch und den Kopf ein.
„Hör auf, Sie zu schimpfen, nur weil sie mich etwas fragt! Was soll denn das?“, runzelte Selli kurz die Stirn und Shanty sah sie nun ganz fassungslos an. Doch sie wandte sich bereits an die schüchtern wirkende Leyla.
„Selma ist nur mein Taufname. Aber ich finde ihn nicht schön. Er klingt alt und langweilig. Und deshalb nennt mich auch niemand so ...
Außerdem bin ich wirklich keine Prinzessin. Ich wurde in Deutschland von diesen bescheuerten Arabern gekidnappt und gewaltsam hierher verschleppt. Deshalb bin ich verletzt! Und nicht, weil *gestürzt* bin.“, erklärte sie den Frauen finster, Shanty zog nur kurz die Brauen hoch. Leyla aber nur wieder den Kopf ein. Doch sie hatte ihren mitleidigen Blick bereits gesehen. Also setzte sie noch einmal nach.
„Dieser Herr *Alpaka* hat mir gesagt, mein Vater hätte das für mich so arrangiert, ... mich quasi *verkauft*. Aber das ist purer Unsinn. Ich bin erwachsen und mündig. Er darf das gar nicht für mich entscheiden. Und ich stimme dieser Farce nicht zu, ... ich werde heute zur deutschen Botschaft gehen und die Sache klären. Dann kehre ich zurück nach Hause ...“, fuhr sie finster fort, ihre Pläne zu schmieden.
Und nun schwieg auch Shanty besorgt still, während sie Selli ins nächste Zimmer, einer Art Wohnzimmer, führten, in dem es vor Büchern und Spielen nur so wimmelte. Verwirrt sah sie sich um. „Was ist das hier nur für ein Ort?“, flüsterte sie unsicher.
„Dies sind Eure persönlichen Privatgemächer im Palast des Fürsten, Prinzessin. Doch wenn sie Euch so nicht gefallen, dürft Ihr sie auch gerne nach Euren eigenen Wünschen umgestalten.“, wagte es Leyla zu flüstern.

Selli sah sie nun ihrerseits sprachlos an. „Meine ... *Gemächer*?“, echote sie krächzend, schon schob Shanty einige duftige Schleiertücher beiseite und sie betraten eine Art überdachten Außenhof, gefliest mit reinstem weißen und grünlich blauem Marmor mit goldenen Einschlüssen, die an Lapislazuli erinnerten. Und dann erst die Boden- und Wandbilder ... Winzige farbige Marmorplättchen bildeten unglaublich kunstvolle Mosaike auf dem Boden und Wänden und lenkten den Blick von dem riesigen, leicht dampfenden Schwimmbecken in seiner Mitte ab, um das eine weitere Frau mit großen Ohrringen und in einem Tuch eingeschlungenen Kopf, aus dem sich ein langer, geflochtener, schwarzer Zopf herauswand, herumbewegte und dabei etwas aus einer großen Amphore ausgoss.
Sofort begann es intensiv nach Klatschmohn und Rosen zu duften, ... herrje!
„Prinzessin, das ist Dajah, sie massiert sehr gut, wenn Ihr das mögt und bereitet Euch zukünftig das Bad. Dort auf der anderen Seite ist die Toilette, die Ihr sucht. Leyla holt Euch nun Essen und Trinken. Wünscht Ihr vielleicht Geflügel, Fisch, Obst und vielleicht auch etwas Wein?“, fragte Shanty nun wieder lächelnd.
Selli blinzelte nur einige Male verwirrt umher und konnte es immer noch nicht fassen, wo sie sich nun gerade befand. Doch schließlich drangen Shantys Worte irgendwie in ihr Gehirn vor und sie sah sie verwundert an. „Bist du noch gescheit? Ich habe eine Gehirnerschütterung! Da trinkt man weder Alkohol, noch isst man deftiges und schweres Zeug. Vor allem nicht, wenn man auch noch Medizin schlucken soll.“, erklärte sie der Dienerin prompt ärgerlich, die nur sogleich errötete.
„Die Prinzessin will doch Wasser!“, flüsterte Leyla leise und Selli nickte nur kurz.
„Genau. Und wenn ihr dazu noch ein paar Cracker oder

Salzstangen oder Zwieback hättet, wäre das sehr schön. Ich glaube nämlich, dass ich das durchaus bei mir behalten kann."
Beide Frauen sahen sie nun verständnislos an. Oh, dachte Selli, vermutlich kannten sie weder Cracker noch Salzstangen noch Zwieback, also schüttete sie nur wieder den Kopf und seufzte leise auf. „Ein bisschen Brot vielleicht, wenn ihr so etwas habt?", fragte sie Leyla lahm und diese nickte sofort und verneigte sich tief vor ihr, bevor sie auch schon auf- und davonrannte.
„Ich geleite Euch hinüber zu den Toilettenräumen, Prinzessin.", lächelte Shanty erneut und wollte sie weiter stützen. Doch Selli war das nun alles zu lächerlich und sie machte sich von ihr los.
„Hör bitte endlich auf, mich *Prinzessin* zu nennen, Shanty! Ich will das nicht noch einmal sagen. Und zur Toilette kann ich übrigens auch allein gehen, danke.", wies sie ihre Hände nun ab und wandte sich leicht taumelnd um.
„Prinzessin!", rief die Dienerin erschrocken, doch Selli war schon genervt und verärgert schnaubend auf dem Weg zu den Räumen hin, zu denen die Dienerin vorhin gewiesen hatte.
Wo zum Teufel war sie hier nur hineingeraten? Das war ja der reinste *Harem* hier ... mit einem türkischen Bad, einer eigenen Masseurin und *Gemächern.*
Zum Glück waren wenigstens die Toiletten einigermaßen normal. Und vor allem mit einer festen und blickdichten *Tür* davor, die auch abschließbar war. Denn nur hinter luftigen Schleiertüchern hätte sie sich nicht hingehockt. Absolut nicht.
Doch dass sie nun eine halbe Weltreise machen und quer durch diese Riesenvilla laufen musste, nur um sich mal zu erleichtern, stieß ihr schon ein wenig sauer auf. Naja, ... andere Länder, andere Sitten. Hoffentlich würde sie bald

hier herauskommen und zurück nach Hause gelangen. In ihrer kleinen Wohnung fühlte sie sich sicher und geborgen. Hier dagegen ... sie schüttelte kurz vorsichtig den Kopf, ... nein, ... hier würde sie sich niemals wohlfühlen. Ganz ausgeschlossen.

Prinz Hassan unterbrach verblüfft seine Arbeit und sah die junge Dienerin Leyla ausdruckslos an, die nun, eingeschüchtert von seinen Leibwächtern Ahmed und Sedan, welche sie vor den Frauengemächern abgefangen hatten, vor ihm stand.
„*Was* wollte die Prinzessin?“, fragte er sie noch einmal kühl.
„Mein Prinz, sie wollte telefonieren, weil sie meinte, entführt worden zu sein. Und ... sie behauptete außerdem, sie sei gar nicht gestürzt, sondern es seien ihre Entführer gewesen, welche sie verletzt hätten. Sie will gleich zur Botschaft und zurück nach Hause, sagte sie.
Außerdem bestand sie noch darauf, nicht *Prinzessin*, sondern *Selli* genannt zu werden. Sie sagte, *Selma* sei ein alter Name, der ihr nicht gefällt. Niemand würde sie je so nennen. Sie hat bisher auch nicht nach Euch gefragt. Und zu ihrem Mahl verlangte sie erst seltsame Dinge, *Cracker, Zwieback* und ... und hm ... *Salzstangen.* Sie hat dann aber wohl gesehen, dass wir nicht wussten, was sie gerne möchte. Also verlangte sie schlicht Brot und mehr nicht. Ihr Kopf schmerzt noch, Euer Hoheit, das kann man gut erkennen, sie ist gereizt und unruhig. Doch sie verlangte keine Medizin von uns, obschon Shanty ihr noch sagte, dass wir welche für sie bereithielten.
Sie wollte nur einzig von uns zur Toilette gebracht werden und Dajah bereitet ihr gerade schon ein warmes Bad vor zur Entspannung. Shanty sandte mich nun, ihr Brot und Wasser zu holen, Hoheit.“, berichtete Leyla ihm weiter und Hassan pochte sekundenlang mit dem Finger auf dem Tisch herum,

bevor er schließlich nickte.
„Die Prinzessin scheint mir nicht sehr verwöhnt zu sein. Ganz anders als ihre Schwester Elizabeth. Dennoch kann ich nicht zulassen, dass sie Hunger leidet ...
Sie soll eine kräftigende Suppe nach der Art meiner Mutter mit frischen Kräutern zu essen haben. Das hilft gegen die Gehirnerschütterung und ist etwas nahrhafter als Brot. Nennt sie zudem auch weiterhin Prinzessin, stellt Früchte für sie bereit und achtet nicht auf ihre zornigen Worte. Das wird sich sicher schon bald geben. Ihr Vater scheint sie gegen ihren Willen und Wissen mit dem Fürstenhaus verheiratet zu haben. Verständlich, da sie mit bereits 24 Jahren noch ungebunden war ... und dass bei ihrem Aussehen. Doch besteht für ihren Ärger auf mich kein Grund, denn ich behandle sie freundlich und zuvorkommend. Sie sollte sich besser schnell daran gewöhnen.“, befahl er noch und Leyla verneigte sich erneut tief vor ihm.
„Wie Ihr wünscht, Hoheit.“, flüsterte sie scheu.
Hassan entließ die Dienerin mit einem Winken und sie eilte auch sogleich davon, ... während er nun aufstand und zum Fenster hinüberging, das in den Innenhof hinausführte. Seine Frau kam gerade aus den Außentoiletten heraus. Natürlich hätte sie auch das Bad in ihren Gemächern aufsuchen können, doch er hatte Shanty explizite Anweisungen für heute erteilt, wo sich Selma, die scheinbar wirklich nur *Selli* genannt wurde, wie es auch die Detektei in ihrem Bericht erwähnt hatte, nach dem Erwachen aufhalten sollte.
Er wollte sie ansehen, wenn sie einmal nicht ärgerlich oder ängstlich war. Wollte sie eingehend betrachten, wenn sie sich entspannte ... und vielleicht sogar lächelte.
Doch davon war gerade wenig zu sehen.
Leyla hatte Recht.
Sie litt anscheinend immer noch Schmerzen, rieb sich die

Schläfen und sah bleich und erschöpft aus. Was nichts an der Tatsache änderte, dass sie die verdammt schönste Frau der Welt war. Vor allem in dem dünnen Hemdchen, das ihre vollendete frauliche Figur vorteilhaft unterstrich, mit diesen Augen, die wie der tiefe blaue Ozean glänzten.
Prompt lockerte er seine Schärpe, legte seinen Zeremoniendolch ab und wandte sich zu Ahmed um.
„Verschieb die Unterredung mit den Libyern um eine Stunde.“, befahl er ihm schlicht und der verneigte sich stumm, während Hassan nun seine Schärpe auszog und auch noch seine zeremonielle Tunika abstreifte. Dann benutzte er den Hintereingang zu den Frauengemächern der Kronprinzessin und betrat den Badebereich, begierig darauf, seiner Frau bei ihrem Bad *beizustehen*.

*

Selli schüttelte erneut finster den Kopf, als Dajah ihr in den Weg trat und lächelnd arabisch redend und sich halb verneigend auf das Schwimmbecken wies.
„*Nein,* ... ich werde mit Sicherheit *nicht* baden gehen! Am Ende ertrinke ich noch, weil ich eine verdammte *Gehirnerschütterung* habe, klar?“, fauchte sie gestresst und genervt auf. Weil es gerade immer heißer zu werden schien und ihr Kopf auch schon wieder hämmerte.
„Aber, Prinzessin, das Bad wird Euch entspannen ... Ihr werdet sehen, danach geht es Euch sicher schon besser.“, eilte die nervige, vorlaute Dienerin wieder herbei und versuchte nun, der Badefrau zu helfen, ihr das dünne Hemdchen abzustreifen.
„Also ... *so was* ...?! Was erlaubt ihr euch eigentlich ...? Ich sagte, *ich will nicht baden*!“, zürnte Selli nur sofort los und schlug nach den Händen der beiden Frauen.
„Doch der Prinz hat dies Bad extra für Euch angeordnet. Es

wäre sehr ungehörig, seine Güte abzulehnen.", versuchte Shanty sie zu überzeugen, machte sie aber bloß noch wütender.

„Was euer blöder Prinz angeordnet hat und was nicht, kümmert mich nicht die Bohne! Ich gehe zurück in mein Zimmer. Ich bin krank und sollte so auf keinen Fall baden, herrje! Das weiß sogar schon eine Schwester im ersten Lehrjahr und hier spielt ihr einfach so fahrlässig mit meinem Leben und wollt mich nun einfach dazu zwingen ...!?", herrschte sie die beiden erbost an.

„Shanty, Dajah, ... geht! Ich kümmere mich um die Prinzessin.", sagte eine männliche Stimme sanft von der anderen Seite des Schwimmbeckens her.

Selli hob prompt ihre Arme vor ihr Dekolleté und sah dem Araber grimmig entgegen, der nun lächelnd um das Wasserbecken herumgelaufen kam, während die beiden Dienerinnen sich nur rasch verneigten und dann verschwanden.

Heute trug dieser Hassan sein braunes Haar am Kopf zurückgegelt, statt im Dutt und erst im Nacken wellte es sich ein wenig. Zu ihrer Verwirrung hatte er kein Oberteil an, eine glatte, goldgebräunte Brust und wie gestern war er wieder einmal barfuß. - Was zum Teufel ...?

„Was machen Sie denn hier?", griff sie ihn sofort aufbrausend an.

„Welch ein Aufruhr im Badebereich. Man hört dich ja bis nach Bazurah schimpfen, Frau. Darf ich fragen, wie diese treuen Dienerinnen des Fürstenpalastes dein Missfallen erregt haben?", fragte er sie sanft klingend, jedoch mit eindeutig begehrlichen und im hellen Licht der Sonne nun eindeutig *moosgrün* funkelnden Augen, die er nun über ihre Gestalt schweifen ließ. Es wurde ihr prompt ganz anders und seltsam dabei ... Und wieder griff sie ihn frontal an. „Nein, das dürfen Sie tatsächlich *nicht, Herr Alpaka.*

Verzeihung, falls Sie das befremdlich finden, aber ich rede grundsätzlich nicht mit brutalen Entführern, die erst eine Frau verletzen und dann auch noch daherkommen und behaupten, sie sei selbst schuld daran, weil ja angeblich *gestürzt* ... pfff!", ereiferte sie sich barsch, was ihm aber nur ein leichtes Hüsteln entlockte, mit dem er wohl sein Lächeln überspielen wollte. Oh, es regte sie so auf ...
„Und wenn wir schon beim Thema Entführung sind ... Ich will sofort telefonieren ... mit der deutschen Botschaft! Und ich will so schnell wie möglich wieder nach Hause zurückkehren, bevor ich hier noch umkomme ... bei euch unwissenden Stümpern und Frauenverachtern. Klar doch, ... dass ich mit einer Kopfverletzung schwimmen gehen soll ... Ich soll wohl ertrinken, was?", herrschte sie ihn nur noch einmal abschließend an und wollte sich dann einfach nur umdrehen und wieder hineingehen, doch ihr war schon wieder ganz schwindelig und auf einmal taumelte sie in seine Arme hinein.
Hu?
Wie war er nur so schnell vor sie gekommen?
Kurz schloss sie verwirrt erzitternd die Augen, während dieser *Hassan Alpaka* nun irgendetwas Leises brummelte ... und sie dann aber ganz unversehens auf seine Arme hob. „He!", protestierte sie noch, doch da trug er sie schon so, wie sie beide waren, er in Hosen und seidenem Hemd und sie im dünnen Hemdchen, die sechs Stufen in das lauwarm temperierte Wasserbecken hinunter und achtete auch gar nicht mehr weiter auf ihren verwirrten Aufschrei.
„Nein ...! Nicht ins Wasser!", brüllte sie schrill.
„Beruhige dich, Habibi! Wenn du Angst vor Wasser hast, so halte dich einfach an mir fest. So kannst du dich entspannen und wirst auf keinen Fall ertrinken!", raunte er belustigt an ihrer Schläfe, während sie nun wild mit den Beinen strampelte und dann auch noch mit der Faust gegen ihn schlug.

Doch es half alles nichts. Er watete nur immer tiefer in das Becken hinein und das Wasser stieg ihr rasch bis an die Brust, was sie entsetzte. Denn das dünne Hemdchen wurde so nass natürlich sofort transparent und schmiegte sich nun wie eine zweite Haut um ihre Brüste herum an.
Oh, du lieber Himmel!
Und dieser Mistkerl sah es auch noch, ... feixte, grinste, lachte schließlich leise glucksend auf und betrachtete sie nun gänzlich unverschämt. Also schlug sie wieder schrill aufkreischend zu und diesmal aber nicht mehr gegen seine Brust oder Schultern, sondern so fest sie nur konnte mitten in sein Gesicht.

4.

Er knurrte böse auf, als ihre Faust seine rechte Wange traf und ließ sie einfach los. Sofort ging sie unter wie ein Stein, weil sie ja mit dem schrillen, empörten Aufschrei auch zugleich ausgeatmet hatte und sank schnell immer tiefer. Einen kurzen Moment lang war sie desorientiert, weil sie keinen Boden mehr unter den Füßen hatte und strampelte nur wie wild herum ... Da packte sie eine Faust am Arm und zerrte sie ruckartig wieder nach oben und über die Wasseroberfläche zurück. Sie hustete keuchend auf, während er laut fluchte, ... doch er sprach Arabisch, nicht Deutsch. Vielleicht war es ja auch nur eine verächtliche Beschimpfung gewesen.

Nur weiter hustend und nun erschrocken um sich patschend, versuchte sie einzig nur mit dem Kopf über Wasser zu bleiben und genügend Luft zu schnappen, damit sie ein erneutes Untertauchen überleben würde. ... Falls ihm das nun noch mal so einfallen sollte. Doch schon wurde sie um die Mitte gepackt, an seine Brust gerissen und dann im Wasser herumgeschleudert. Schon während er sie wieder losließ, landete sie schwindelig und desorientiert mit dem Rücken an der Marmorumrandung des Schwimmbeckens und zuckte erschrocken zusammen. Schnell versuchte sie nur noch einzig ihr nasses, langes Haar, das ihr nun die Sicht versperrte, beiseite zu schieben, als sich seine kräftigen Finger auch schon um ihre Kehle schlossen, und ihr tatsächlich schon wieder halb die Luft abwürgten.

„Wie kannst du es wagen, mich mit der Faust ins Gesicht zu schlagen, Weib?“, fauchte er sie an und drückte ihr fast die Kehle zu.

„Lassen ... Sie mich ...!“, würgte Selli halb erstickt zappelnd und umklammerte sein Handgelenk, während er nun plötzlich an ihren Trägern zog und ihr das Hemdchen herunterriss.

„Du bist nun *mein Weib*, Selma! Und ich bin Kronprinz Hassan Al Bakhar von Bahira! Mit einem *Alpaka* hat das nichts zu tun. Du verhöhnst mich und schlägst mich, obschon ich dir eine hohe Ehre erweise und dich, einen absoluten *Niemand,* zur Prinzessin von Bahira erwähle ...", schüttelte er sie kurz grob durch und drückte dann noch etwas fester zu, als sie wieder nur mit den Fäusten heftig gegen ihn schlug ... Bis sie schließlich fiepend und nach Atem ringend aufgab. Da lockerte auch er seinen Griff und ließ sie wieder einatmen.

Mit tränenden Augen sah sie schockiert zu ihm auf, doch er achtete schon gar nicht mehr auf ihr Gesicht. Seine Finger zupften gerade an ihrer linken Brustspitze herum und der Ausdruck seiner Augen war mörderisch, doch zugleich auch begehrlich.

Oh, er war nun richtig sauer ... Selli bekam panische Angst und versuchte nur noch einzig, sich zu bedecken und seine Hände von sich zu schieben.

„Nein, ... nein, das dürfen Sie nicht ...", würgte sie keuchend. Doch schon wieder packte er sie am Hals und zerrte sie nahe an sich heran.

„Ich bin dein Mann! Ich weiß ja nicht, wie das in Deutschland so zwischen Ehepaaren läuft, aber hier in Bahira ist es Sitte, mit seiner Frau auch zu schlafen, wann immer der Mann nach ihr verlangt, Selma! Also wage es nicht, mich auch noch hierbei aufzuhalten, sonst binde ich dich gleich einfach irgendwo fest und stille nur einfach meine Lust an dir!", drohte er ihr eisig.

Selli wurde es nun heiß und kalt, denn sie wusste absolut und zweifelsfrei, dass das nun sein Ernst war. Trotzdem hatte sie noch nicht aufgegeben.

„Aber *ich bin doch gar nicht Ihre Frau!",* schrie sie schrill auf.

„DOCH, DAS BIST DU!“, brüllte er sie nun an und riss das Hemdchen über ihre Hüften nach oben, wobei er ihr Kreischen und Zappeln nun vollends ignorierte, nur einzig wieder ihre Kehle packte und ihr noch einmal kurz den Atem nahm, um sie wieder unter seine Kontrolle zu zwingen. Schon hatte er auch ihr Höschen zerfetzt und rieb mit seinen Fingerspitzen nun sehr fordernd und hart über ihre zarte Spalte.
Selli hätte schier im Erdboden versinken mögen vor Entsetzen. „Nein, ... bitte, *bitte nicht*!“, hustete sie erstickt an seinem Handgelenk reißend und zappelte prompt noch heftiger, trat mit den Füßen gegen ihn, während er sie nun sehr hart und eindringlich ansah.
„Halt jetzt still, Weib!“, fuhr er sie grob am Hals schüttelnd an, während sie zu schluchzen begann, aber immer noch seinen reibenden Fingern auszuweichen versuchte, bis er erneut ihre Kehle zudrückte und sie schon nach nur wenigen Sekunden ohne Luft verkrampfend stillhielt, wie auch hochrot anlief.
Da erst ließ er sie wieder los und drehte sie mit dem Gesicht zum Beckenrand um. Sie keuchte und hustete und schluchzte erneut laut auf. Seine Hand packte sie nun hart im Genick und drückte ihren Kopf auf den Marmor, während seine Finger erneut und diesmal von hinten zwischen ihre Beine drangen.
„Nein ...!“
„Wenn du es nicht freiwillig zulässt, nehme ich mir einfach, was ich will. Und du bekommst später noch die Peitsche zu spüren für den Hieb mit der Faust, Weib!“, drohte er ihr wütend.
„Bitte nicht, ... tun Sie mir nicht weh, bitte, ich will das nicht!“, keuchte Selli nur weiter und spürte gleich darauf, zwei Finger in ihre enge Mitte eindringen. „Auuuu!“

„Himmel, bist du eng!“, knurrte der Prinz kurz verwundert und Selli verkrampfte sich nur noch mehr.
„Au ... aua ... Aufhören, ... bitte, bitte! Es tut weh, ... bitte, bitte! Ich habe das doch noch nie gemacht, ... *bitte!“,* schrie sie nun schrill auf. Und auf einmal hielt er wirklich inne. Und sein Mund kam ihrem Ohr nun ganz nahe, während sie schluchzend und schniefend erzitterte.
„Verarsch mich nicht, Weib!“, sprach er derweil rau und auch ein klein wenig heiser klingend. „Mit solch einem Gesicht und Körper ... und du bist schon 24 Jahre alt ...“
„Aber es ist die Wahrheit, ... bitte! Sie ... können mich zu einem Arzt schicken, wenn Sie wollen, es ist so! Bitte, ich habe Angst! Es tut weh, ... aufhören, ... bitte!“, weinte sie nun erst richtig los.
Doch da riss er sie bereits am Nacken packend vom Beckenrand weg und drehte sie wieder heftig aufknurrend an den Armen fassend zu sich um. Seine Miene war nun ausdruckslos, während Selli ihn nun völlig verängstigt und am ganzen Leibe bebend anblickte.
„Bitte, ... bitte, tun Sie das nicht. Bitte!“, flehte sie schluchzend weiter.
„Du willst also tatsächlich behaupten, noch eine Jungfrau zu sein?“, fragte er sie nun beinahe schon spottend.
„Ich ... ich, ja, ... ich bin es ... wirklich, ich schwöre bei meinem Leben ... U...und ich will das hier nicht ... Bitte! Ich will nicht vergewaltigt werden. Hören Sie bitte auf damit, ... Prinz ... *Wahhhh ... NEEEIIIN*!!“
Er umschlang erneut ihre Hüfte und drang mit zwei Fingern diesmal ausgesprochen tief in ihren Schoß ein. „Auuuuu!“, schrie sie entsetzt und drückte unwillkürlich gegen ihn, doch er hob nur mit eisigem Blick seinen nassen Haarschopf und sah sie nun eiskalt an.
„Stillhalten ...! Ich sehe nun selbst nach, ob du mich gerade belügst!“, knurrte er sie erbost an und Selli zwang sich dazu,

ihm zu gehorchen, auch wenn seine Finger ihr Innerstes nun schmerzlich dehnten und sie wieder aufschluchzen und am ganzen Leibe zittern ließen.
Da tat es kurz scharf weh und seine Finger zogen sich dann auch wieder zurück, während sie gequält aufkeuchte.
„Au ...!“
„Wahrlich ... Eine 24-jährige Jungfrau, ... wer hätte das gedacht.“, spottete er kurz und sah auf sie herunter, während sie nur wieder versuchte, sich irgendwie zu bedecken und seinem forschenden Blick auswich.
„Bitte, ... tun Sie mir nicht weh!“, bat sie ihn nur noch einmal schlotternd und schwankte schon wieder im Wasser stehend, zittrig ein- und ausatmend. Er hob eine Hand an ihr Gesicht, und obwohl sie sich prompt duckte, strich er einmal kurz ganz sachte über ihren Scheitel.
„Beruhige dich. Ich denke, der kurze Schreck war gerade Strafe genug für dich. Doch wenn du dich mir noch einmal derartig wiedersetzt, *Selli*, werde ich alle meine Drohungen wahr machen!“, gebot er ihr finster.
Sie schluckte nur wieder mehrfach hart und nickte kurz eingeschüchtert. Obschon sie sich ganz kurz fragte, warum er sie nun *Selli* nannte. Wie konnte er denn nun auf einmal ihren Nennnamen kennen?
Schon zog er sie am Arm zurück ins tiefere Wasser und schwamm, sie mit sich ziehend, zur anderen Beckenseite hinüber, wo er sich an der Kante angekommen zu ihr umdrehte und sie erneut fest an sich zog.
„Dies Bad war zu deiner Entspannung gedacht. Bei Kopfverletzungen hilft es, zu ruhen, also lass es nun zu, dass ich dich halte und entspanne dich.“, befahl er ihr kurz.
„I...ich möchte aber nicht mit Ihnen zusammen im Wasser sein ...“, begann sie flüsternd.
„Selli! Sei jetzt still und bringe mich nicht wieder gegen dich auf. Denn ich will dir keinen irreparablen Schaden zufügen,

indem ich dich gleich zur Strafe für deine Frechheiten und Beleidigungen aus dem Becken schleppe, an eine Bank fessle, dich auspeitsche, bis du grün und blau bist und dann doch noch durchficke. Denn dann hast du wahrlich Grund zu schreien und zu zittern, klar?", drohte er ihr nur wieder scharf sprechend und umfasste, seine Finger hartnäckig unter ihren Arm schiebend, eine ihrer Brüste.
Sie ächzte nur leise, wimmerte und erzitterte dann aber doch wieder so heftig wie ein Kaninchen vor der Schlange, traute sich aber nicht, seine Hand wieder von sich zu schieben oder ihn noch einmal zu schlagen.
„Sind Sie ein ... Sadist?", fragte sie nur noch einmal ganz, ganz leise und ängstlich.
Er schloss kurz tief durchatmend die Augen und strich dann federleicht über ihre zart anfühlende Brustspitze. Irgendwie tat sie ihm nun doch etwas leid. Doch besser er sorgte von vornherein für klare Verhältnisse.
„Ich mag Sex gerne ein wenig rauer. Doch ein Sadist werde ich nur dann, wenn man mich richtig wütend macht, mich anlügt oder aber hereinzulegen versucht. Und jetzt *still,* ... du bist immer noch verletzt und erschöpft! Du solltest es als Krankenschwester wirklich besser wissen und nicht gegen einen viel zu starken Gegner antreten."
„Aber wenn Sie sich doch nun mal irren?", flüsterte sie nur wieder ängstlich. „Wenn ich doch gar nicht die richtige Braut bin, die Sie in Deutschland abgeholt haben ..."
„Du bist Selma Wiegand-Gutenberg, von allen nur Selli genannt. Tochter von Konrad Gutenberg, aus erster Ehe mit Marianne Wiegand. Wohnhaft in der Tillsitterstraße 12 in Hanau, Single. Ausgebildet als Krankenschwester und arbeitest im Krankenhaus St. Vincents, im Schichtdienst, derzeit in der Notaufnahme und lässt dich dort für alle unangenehmen Dienste eintragen, weil du zu gutmütig bist und deine Kollegen und Vorgesetzten dies ausnutzen.

Dein derzeitiger Chefarzt stalkt dich seit letzten Herbst. Auch wenn du davon nichts mitbekommen hast, so ist er doch der Grund, warum du gerade in der Notaufnahme einspringen musstest. Er hatte vor, dich noch ein bisschen zu bearbeiten, bevor er seine Position ausnutzt, um dich ins Bett zu bekommen ..."
Selli wandte nur sprachlos den Kopf zu ihm um und er grinste reichlich kühl auf sie herab.
„Was denn? Es schockt dich, dass ein Mann eine schöne Frau in seinem Bett haben will?", spottete er leise und rieb erneut sachte zupfend über ihre Brustspitze und diesmal verzog Selli doch wieder scharf einatmend das Gesicht und schob gegen seine Hand.
„Nein! *Keine. Bewegung*!", warnte Prinz Hassan sie sogleich streng und Selli hielt ganz kurz den Atem an.
Er sah nun wirklich verärgert aus.
„Es ist dir noch sichtlich unangenehm, mit deinem Körper vertraut gemacht zu werden, ich weiß ... Dennoch wirst du mich gewähren lassen oder aber bestraft.", bot er ihr gefährlich eindringlich blickend an.
„A...aber ... ich will das n..."
„*Will das nicht,* ... ja, ja. Doch gerade ist es mir verdammt egal, ob du etwas willst, Selli. Denn ich bin Hassan al Bakhar, Kronprinz von Bahira. Mein Land braucht diese Verbindung zu Europa, mein Vater befahl mir daher eine Heirat mit einer Tochter Konrad Gutenbergs ... Also wirst du dich nun zusammenreißen und ebenso wie ich entweder in einen extrem sauren oder aber herrlichen süßen Apfel beißen, das liegt ganz bei dir.", schnurrte er nun schon fast und hauchte einige kleine Küsse auf ihren Hals und ihre Schulter.
Oh Gott!
Selli wagte es kaum mehr zu atmen.
„T-t-t ... Du sollst dich doch entspannen, Selli!", rügte er sie nur wieder sanft mit der Zunge schnalzend, als sie sich bei

seinem erneuten nun stetigen Reiben über ihre Brustknospe verkrampfte.
„Dann hören Sie damit auf ...“, flüsterte sie nur wieder ängstlich. Schon wanderte seine andere Hand zurück zu ihrer Mitte. Und Selli zuckte heftig zurück.
„Aber, aber!“, fing er sie ein, indem er einmal mehr ihre Kehle mit seiner Hand umschloss, auch wenn er sie diesmal nicht würgte.
„Sage es mir nur, Selli, wie du deine ersten körperlichen Erfahrungen gerne verleben willst. Wenn du Schläge mit der Peitsche, Fesseln und Gewalt brauchst, um dich mir hinzugeben, bekommst du das, ... sogar sehr gerne.“
„Nein ...!“, keuchte sie erstickt aufschluchzend, als er kurz heftig in ihre Brust kniff und seine Augen sich zu schmalen Schlitzen verengten.
„Wirklich nicht? ... Warum weichst du dann vor mir zurück, Selli? Bin ich tatsächlich so abstoßend?“, schnurrte er weiter.
„Ich ... ich will das einfach nicht. Lassen Sie mich in Ruhe! Das ist Vergewaltigung, was Sie da vorhaben! Das lasse ich nicht mit mir machen ...!“, riss sie sich nun doch noch von ihm los und schwamm, so schnell sie nur konnte, zum Beckenrand hin, wollte sich dort rasch hochziehen und hinausklettern, doch er war schneller und umfasste einfach nur aufknurrend ihre Hüften, sodass sie aufkreischend mit dem Bauch auf dem harten Marmor landete. Schon umfasste er nachgreifend ihre Oberschenkel, um sie ruckartig daran zurückzuzerren. „Das hättest du jetzt besser nicht gemacht!“, hörte sie ihn noch leise knurren, schon planschten ihre Beine wieder im Wasser und nur ihr Oberkörper lag noch draußen. Durch das Zurückzerren war er auch noch zwischen ihren Beinen gelandet und ließ nicht zu, dass sie ihre Schenkel wieder schließen konnte. Sie versuchte, sich erneut hochzustemmen, strampelte laut

schreiend mit den Beinen, versuchte sogar, wieder zurück ins Wasser zu kommen, doch er wickelte sich nur gerade in aller Seelenruhe ihre langen, nassen Haare um seine linke Faust herum, während er wiederum mit zwei Fingern in ihrer Spalte wühlte.
„*NEIN*!!!", schrie sie laut auf, doch er lächelte nur kühl und umstrich mit dem Daumen kreisend ihre Klitoris, derweil er nun damit begann, sie mit zwei halb gekrümmten Fingern zu penetrieren.
„Ahhhh!!!", schrie sie nur wieder verkrampfend. Doch zugleich sie immer noch fassungslos versuchte, zu flüchten, begann in ihrem Unterleib nun alles zu pochen und zu glühen und zu ziehen. „*Aufhören*!", schrie sie und er ruckte einmal kurz an ihren Haaren. „Wenn du nicht sofort still bist, ficke ich dich die ganze Nacht lang und du wirst dabei gefesselt und geknebelt sein, ... ist das klar?", knurrte er sie dominant an und Selli kamen nun doch wieder die Tränen.
„Bitte ... Bitte ...", flehte sie ihn nur wieder an, da begann sein Mittelfinger auf einmal in ihrem Schoß nach unten und von innen gegen ihre Lustperle zu klopfen, während der andere weiter geradeaus in ihre feuchte Wärme hineinstieß. Sein Rhythmus beschleunigte sich, wurde nun so schnell, dass es sie schüttelte.
Doch statt nun bestialisch weh zu tun, wie sie es bereits erwartet hatte, bei ihrer Enge und dem unangenehmen Anfangsgefühl, reizte diese Handbewegung ihre Lustperle nun ganz seltsam, ließ sie pulsieren und pochen und jucken, während von außen auch noch der auf der kleinen Perle kreisende Daumen dagegenhielt.
Selli keuchte verwirrt, ihr Schoß schien plötzlich zu brennen. Sie wand sich hin und her, schrie wieder und ihre Beine waren jetzt nur noch reinster, schwach zitternder Pudding. Trotzdem versuchte sie, sich erneut hochzustemmen, ihre Knie aus dem Wasser hochzuziehen, von ihm wegzu-

kommen und schrie schockiert auf, als sie plötzlich wie aus dem Nichts eine nie gekannte Welle an Gefühlen überwältigte, pure Hitze floss durch ihre Adern, alle Gedanken in ihrem Kopf wurden hinfortgewirbelt, als sie erst wieder stöhnend, doch dann laut aufkreischend und mit einem letzten harten Eindringen von nun drei Fingern in ihre feuchte enge Spalte zum Höhepunkt kam und wild zuckend auf den Fliesen zusammenbrach.

Sie lag hart keuchend auf dem nassen Marmor und zitterte wie Espenlaub, während seine Hände nun sanft ihren Po massierten und sie dann erneut zwischen ihren Beinen durchgreifend zurück ins Wasser rissen. Er zog sie rücklings an seine nackte Brust und umfasste mit einer Hand erneut ihre Kehle.
„Siehst du, Habibi? *Das* war der *süße* Apfel. Man könnte direkt süchtig danach werden, nicht wahr?“, raunte er an ihrem Ohr, während er nun wieder ihre Hüfte umfasste und zugleich sie immer noch vor Emotionen schaudernd, willenlos und schlaff an ihm hing, mit seinem Penis zwischen ihre zitternden Beine drängte.
Selli wollte noch erschrocken auffahren und ihm ausweichen, als sie die dicke Eichel seines Gliedes gegen ihren Eingang drücken spürte, holte schon tief Luft und wollte ihre Beine noch hastig schließen und zusammenpressen, da stach er sich auch schon ruckartig und tief in sie hinein und durchbrach damit sofort die zarte Barriere ihrer Jungfernschafft.
Und *Das. Tat. Weh!*
„AAAAAHHHHHHH!“, schlug sie kreischend um sich und heulte und schrie, weil sein Penis so unglaublich groß und dick und hart war und sie bis fast zum Zerreißen dehnte, während er sich immer tiefer in sie drängte. Doch dann zog er sich plötzlich wieder halb zurück und stieß erneut in sie

hinein, hart und tief und wieder und wieder ...
Das bis eben noch klare, hellblaue Wasser färbte sich leicht rötlich, was ihm nicht entging und ihn sogar erfreut lächeln ließ.
„*AUUUU ... NEIN*!“, rief sie derweil schluchzend auf. Doch er ließ sie nicht aus seinem festen Griff entkommen. „Doch, ... genau. *so*! Das ist nun dein erstes Mal, Habibi! Und du wirst es gleich noch genießen, keine Sorge“, keuchte er an ihrem Ohr und schob sie dann aber, weil sie sich immer noch schmerzlich wand und mit den Fäusten schluchzend auf seine Hände einschlug, wieder hart gegen den Beckenrand, um sie zwischen der Wand und seinem Leib einzuklemmen, während seine Hände, Daumen und Zeigefinger nun erneut ihre kleinen, zarten Brustknospen und an ihrer Mitte die kleine Lustperle umfassten und heftig daran zu reiben und zu kneifen begannen.
„NEIN ...!“, rief Selli erneut wegzuckend und dabei seinen Penis ungewollt noch viel tiefer in sich aufnehmend. Doch als er nun wieder ihre Lustperle berührte, begann diese ein weiteres Mal zu pochen und zu ziehen, während er sich gleichzeitig nur immer weiter forsch und tief in sie hineinstieß.
Selli hätte sterben mögen vor Schmerz und Angst und Scham und strampelte wieder wild mit den Armen, kratzte sogar über seine Hand an ihrer Brust ... Da änderte er den Eintrittswinkel auf einmal so ab, dass sein Penis nun in voller Länge an ihrer Klitoris entlangfuhr, die er mit seinen Fingern absichtlich dagegen drückte.
Das war zu viel!
Sie bekam keine Luft mehr, keuchte, schluckte Wasser, ging fast unter, bis er sie wieder am Nacken packend nach oben und ihren Kopf auf den Beckenrand zog, nur um dann erneut noch härter und schneller in sie zu treiben, nun genussvoll stöhnend vor Lust und Erregung.

Selli aber schrie erneut zappelnd, keuchend und schluchzend auf und wusste nicht mehr, wie ihr geschah! Da war so ein drückendes, hitziges, irres Gefühl, wenn er das tat ... Wenn er sie so nahm ... so ... so ...
„*BITTE* ...!“, fiepte sie nur noch einzig und wusste schon gar nicht mehr, worum sie ihn da gerade bat.
„Gleich, *Habibi,* ... gleich!“, keuchte er einzig und rieb sie erst noch fester und dann aber doch wieder sanfter, drehte ihre Lustperle zwischen seinen Fingern und wischte dann auf einmal ganz hart und schnell darüber, während er nun heftig rammend in sie fuhr, zugleich auch ihren Schopf packte und ihren Kopf zu sich nach hinten zog, zart in ihren Nacken biss und derweil brutal schmerzhaft in ihre Brustwarze kniff, sodass sie von all den vielen unterschiedlichen Gefühlen zur selben Zeit schlicht überwältigt wurde.
Und da kam es ihr schon wieder, ... hart und explosiv und ebenso unvermittelt und noch viel heftiger als beim ersten Mal.
Zu viel ...
Sie bekam keine Luft mehr!
Ihr Kopf schwirrte, ihr Leib brannte und pochte. Sie schrie, bis ihr die Stimme versagte, und ihr Blickfeld rasch enger und das Rauschen in ihren Ohren zu einem gewaltigen Dröhnen wurde.
Viel. *Zu. Viel* ...!
„JAAAA!“, keuchte der Prinz unterdessen noch einmal triumphierend lachend auf und penetrierte nun grausam hart und rasend schnell in sie hinein, bevor er selbst ebenfalls zufrieden aufstöhnte und sich zuckend und pochend und noch einige Male sehr tief in sie vorstoßend ergoß ...
Nur Selli bekam das schon gar nicht mehr mit. Sie war schon wieder in tiefster Bewusstlosigkeit versunken.

5.

Hassan sah auf seine ohnmächtig gewordene Frau hinab und strich ihr über das nun wieder reglose, bleiche Gesicht. Halbwegs schlug ihr Anblick ihm nun auf das Gewissen.
Er hatte schließlich schon sehr früh gelernt, Frauen mit Respekt zu behandeln, solange sie sich anständig und ehrenvoll benahmen. Und dass Selli ein hochanständiger und äußerst ehrenwerter Mensch war, stand nun zweifelsfrei fest.
Der Fürst hatte da ja noch gezweifelt und ihn gefragt, ob er tatsächlich eine Frau mit lockerer Moralvorstellung an seiner Seite haben wollte. Denn europäische Mädchen galten gemeinhin als frühreif und nicht besonders wählerisch, was ihre ersten sexuellen und vor allem außerehelichen Kontakte betraf.
Doch nicht so Selli!
Seine Selli!
Sie war keusch und rein und absolut perfekt für ihn.
Sie war noch Jungfrau gewesen. Und er hatte sie gerade eben zum Vollzug ihrer Ehe genötigt ...
Nun, ... zumindest würde sie das sicher so sehen und vielleicht sogar überall herumerzählen, wenn er dem nicht sogleich Einhalt gebot ... und zwar mit derselben brutal harten Linie, die er gerade eben bereits begonnen hatte, zu fahren.
Kurz schluckte er hart und stellte sich vor, wie einfach es gewesen wäre mit der anderen Tochter von Gutenberg. Sie hätte sich ihm garantiert nicht wiedersetzt, noch widersprochen oder ihm gar damit gedroht, ihre Botschaft zu verständigen, sie sei aus ihrem Land brutal entführt worden. Den diplomatischen Eklat, der nur allein dadurch ausgelöst würde, wollte er sich lieber nicht ausmalen. Doch

andererseits musste er sich nicht wirklich fragen, wie er sich nun fühlen würde mit der entnervenden und viel zu aufdringlichen *Elisabeth* an seiner Seite. Auch wenn sie natürlich ein durchaus hübsches Mädchen war, ... sie war doch ziemlich arrogant und eingebildet, besaß weder Anstand noch Würde. Also nein.

Er hatte gerade nicht anders handeln können, als die Ehe schnellstmöglich zu vollziehen und nun seine Braut auf den in ein paar Tagen offiziell stattfindenden Termin, also ihre offizielle erste Begrüßung an Hassans Seite, und zugleich auch die offizielle Ernennung zur Prinzessin von Bahira vorzubereiten.

Gutenberg würde erst dann von seiner wahren Braut erfahren. Sie würden die Weltpresse einladen und Selli musste sich bis dahin ordentlich benehmen ... oder sie dürfte ihm zumindest nicht öffentlich widersprechen, sagte er sich, derweil sich sein Herz beim Anblick des verweinten Gesichtes seiner Braut verhärtete und er bettete ihren Kopf an seine Schulter, watete mit ihr zurück zu den Stufen und brachte sie hinaus.

Leyla und Shanty standen nur wenige Schritte entfernt mit Trockentüchern und tief gesenkten Blicken und Köpfen, während er nun zu ihnen hintrat und Leyla sogleich eines der Tücher über die nackte Ohnmächtige ausbreitete.

„Zu niemandem ein Wort! Im Übrigen kehrt ihr zurück an eure alten Arbeitsstätten. Die Prinzessin schimpfte dich heute, Shanty ... und auch dich, Leyla, ... du bist ihr nicht wirklich ergeben und ängstigst dich vor deinem eigenen Schatten. Ich suche für meine Frau Dienstpersonal, das selbst noch den Kronprinzen und Fürsten persönlich abweist oder sogar aufhält, wenn er intime Fragen über sie stellt, oder sich ihr unerlaubt nähert. Ahmed würde sein Leben geben, nur um mich zu beschützen ... Ihr dagegen seid einfach gegangen, obschon sie schrie und gegen mich

ankämpfte.", stellte er ausdruckslos fest und beide Dienerinnen schluchzten leise auf.
Er sah ihren Gesichtern an, dass sie sich gerade fragten, wie sie ihn denn bitte hätten aufhalten können, doch das war ihm gänzlich egal.
„Selbst wenn ihr es sicher nicht geschafft hättet, mich davon abzuhalten, die Ehe mit meiner Prinzessin zu vollziehen, hatte ich erwartet, ihr würdet zumindest etwas versuchen, um sie zu beschützen.", beschied er sie beide und sie sahen kurz ziemlich entsetzt aus.
Hassan nickte nur grimmig und schnaubte schließlich leise.
„Geht und kommt nicht wieder. Ahmed wird in seiner weiteren Familie und seinem Bekanntenkreis nach geeigneterem Personal forschen, welche meiner Prinzessin besser dienen und all ihre Befehle widerspruchslos befolgen werden.", wies er sie hart an und beide huschten sie eilig davon.
Er sah ihnen nicht einmal mehr weiter nach und trug Selli lediglich zurück durch ihre Gemächer, die aber noch sehr an seine Mutter erinnerten, eher altbacken eingerichtet waren und vermutlich viel zu orientalisch, um ihr wirklich zu gefallen.
Was sie wohl gedacht hatte, als sie das alles hier gesehen hatte? - Hatte sie es sich denn überhaupt schon richtig angesehen? Sie hatte noch immer Schmerzen gespürt. Ihr war im Wasser tatsächlich wieder schwindelig geworden und sie hatte untertauchend sofort die Orientierung verloren.
Ihre Einschätzung ihrer eigenen gesundheitlichen Situation war also richtig gewesen. Es wäre gerade wirklich lebensgefährlich für sie geworden, ganz allein in tiefem Wasser zu baden. Es war demnach auch lebensgefährlich für sie, zu schwimmen. Ihre Reaktionen waren getrübt. Er hätte also ihren Schlag gegen sein Gesicht, der sowieso nur leicht gewesen war, einfach mal hinnehmen und nicht gleich

ärgerlich darüber werden dürfen, nur weil sie sich selbst verteidigte, ihre Ehre, ihre Unversehrtheit, ihren wunderschönen Körper und auch den erhabenen Stolz, rügte er sich selbst und versprach sich, zukünftig etwas mehr Kontrolle zu üben.
Nun ... zumindest, wenn er mit ihr erst mal zu Hause in Bazurah angekommen war. Denn nach den Feierlichkeiten würde er sich gleich wieder aus dem Palastgeschehen zurückziehen. Seine Firmen verwalteten sich schließlich nicht von selbst und auch seine Programme, um die Volkswirtschaft noch weiter auszubauen, waren noch nicht genügend gediehen. Er hatte noch so einiges vor, dass er am Liebsten ohne die allzu neugierigen Augen und Ohren der Minister und Konrad Gutenberg zu erledigen und zu planen gedachte. Doch zu allererst musste er sich natürlich nun um seine widerspenstige Schönheit kümmern, musste er Sellis trotzigen Willen brechen, ihn oder den Fürsten demnächst in der Öffentlichkeit einer schweren Straftat zu bezichtigen, und bei jedem Anlass eine Szene zu machen.
Er musste ihr nun schlicht zeigen, dass sie nicht mehr in Deutschland war, dass hier andere Gesetze galten. Dass tatsächlich er ein Teil des Gesetzes und diese Verbindung nun tatsächlich schon unauflöslich vollzogen worden war. Ja, er musste sie, wenn nötig, mit sanfter Gewalt dazu zwingen, ihn baldmöglichst zu akzeptieren.
Er lächelte ein wenig bei dem Gedanken daran, auf welche Weise er sein Ziel vielleicht deutlich schneller erreichen konnte. Zum Glück hatte sie nur wenig Erfahrung in der Liebe. Sie konnte ihre Reaktionen noch nicht kontrollieren. Das machte es bei weitem angenehmer. – Für sie beide. Denn nachdem er gerade erst von ihrer wirklich süßen Frucht gekostet hatte und eindeutig auf den Geschmack gekommen war, würde ihm dieser Teil ihrer Ehe gewiss sehr angenehm werden, doch ihr vermutlich noch nicht so bald.

Er würde ihr irgendwann vielleicht sogar noch mal die Gelegenheit geben, eine Flucht zu versuchen, einfach um ihr zu zeigen, dass es sinnlos war. Denn sie hatte nun natürlich keine Chance mehr auf ein Entkommen. - Oh nein. Ganz im Gegenteil würden ihr die Konsequenzen, die ein solcher Versuch nach sich zog, vermutlich erst so richtig klarmachen, wie ernst es ihm war und dass sie sich nun schlicht fügen musste.
Er lächelte leicht bei der Vorstellung, was sie eventuell alles versuchen, und wie er sie dann mit unerbittlicher, aber dennoch sanfter Hand dafür bestrafen konnte, bis sie ihn um Gnade und noch mehr erregende Lust anbettelte. Ein paar ganz simple Exemple, die er an ihr statuieren konnte, sollten schon genügen, um sie baldmöglichst in die richtige Richtung zu treiben ... und zwar direkt in seine Arme. Seufzend presste er den schlanken Körper noch ein wenig fester an sich und fühlte seinen eigenen Körper noch immer fast schmerzhaft pochen.
Er konnte es tatsächlich kaum noch erwarten, baldmöglichst wieder in ihrer weichen Wärme zu sein, umhüllt von ihrem engen Schoß, denn seine Erregung war kein bisschen abgeflaut. Er hätte die nächsten zwei Tage einzig nur damit verbringen können, sie zu ficken, bis sie vom Schreien heiser war und vermutlich würde es sogar genau darauf hinauslaufen, ... wenn sie nun allzu störrisch und unnachgiebig bliebe. - Hoffentlich.
Die nächsten Wochen würden ohnehin eine echte Herausforderung und vielleicht sogar ein Krieg werden, bis sie sich an ihn und seine körperliche Nähe sowie auch seine Begierden gewöhnt haben würde. Doch eigentlich freute er sich schon darauf. Denn seine Frau war jetzt schon sehr leidenschaftlich. Ihr die Geheimnisse der Lust beizubringen, würde ihm ein echtes Vergnügen bereiten.
Er brachte sie zu Bett und legte sich neben sie, trocknete

ihre zarte Haut mit dem weichen Tuch ab und legte sie behutsam auf den Rücken, bevor er ihre Handgelenke über ihren Kopf nach oben bog und in die goldenen Fesseln einband, die gerade zusammen mit einer Kiste eigens ausgewählten Spielzeugs geliefert und sicher von Ahmed in Sellis Zimmer bereitgestellt worden waren. Er befestigte die Fesseln an dem dafür vorgesehenen goldenen Karabinerring am Kopfteil des Bettes, damit sie sich bei seiner weiteren Erziehung nicht wehren konnte, band auch ihre zarten Fußgelenke mit einigen weichen Seilen und festen Knoten links und rechts an das Bett, damit ihre Beine leicht gespreizt bleiben würden.
Zuletzt legte er sich dann noch einige Dinge bereit, die er nachher gerne an ihr verwenden wollte, sobald seine Braut wieder erwacht war. Dann legte er sich neben sie ... und wartete.

*

Selli spürte etwas sachte über ihre Brust streicheln. Es kitzelte sie, also wollte sie unbewusst ihre Hand darüber decken ... und stellte gleich darauf fest, dass sie ihre Arme nicht bewegen konnte. Sie wurden ihr festgehalten ... von irgendetwas ...!?
Verwirrt schüttelte sie den Kopf, schlug die Augen auf und starrte sogleich zutiefst entsetzt in *sein* Gesicht. Hassan, ... der Prinz, ... der sie im Wasser vergewaltigt hatte ... und nun offenbar auch noch an ein Bett gebunden hatte? Rasch wollte sie die Beine anziehen und ihn treten, doch ein Ruck an ihrem Knöchel belehrte sie eines Besseren, ... er hatte auch noch ihre Beine ans Bett gefesselt.
„NEIN! *AUFHÖREN* ...!“, brüllte sie laut auf und zappelte heftig, riss an ihren Händen und Füßen und schrie schrill los. Doch da wandte Hassan sich einfach nur lächelnd zur Seite

und hielt ihr einen Ball mit zwei Lederriemen vor die Augen.
„Entweder du hörst jetzt auf, ohne jeden Grund zu kreischen oder ich kneble dich auch noch, Selli. Das ist allein deine Entscheidung!“, warnte er sie freundlich lächelnd.
„Sie ... sind ein Vergewaltiger! Ein irrer Entführer und Vergewaltiger, wie auch immer Sie heißen! Lassen Sie mich sofort gehen, ... HÖREN SIE!?“, brüllte sie ihn nur wieder aufschluchzend an und heiße Tränen rannen ihr schon wieder über das vor Entsetzen bleiche Gesicht.
„Nicht doch ... Du musst nicht weinen. Und sei versichert, dass ich dich vorhin auch nicht vergewaltigt habe. Denn in unserem Land gibt es solches zwischen Eheleuten nicht, Selli.“, schnurrte er fast schon wieder. Oh, sie hätte ihm die Augen auskratzen wollen!
„Wie oft soll ich es Ihnen noch erklären, dass Sie es verstehen? Sie haben die *falsche* Braut! Ich habe nichts unterschrieben oder zugestimmt, bei dieser Farce mitzumachen und ich bin auch schon lange nicht mehr Konrad Gutenbergs Tochter!“, zappelte sie erneut wütend und panisch in ihren Fesseln herum. Wieder hob er nur die Hand, diesmal stirnrunzelnd und strich sachte reibend über die linke Knospe ihrer Brust.
„Ist das so?“, fragte er sie lediglich ausdruckslos.
„Ja! Ich schwöre es. Ich bin nicht mehr seine Tochter. Das Gericht hat es ihm aberkannt, mein Vater zu sein ... für immer! Er muss sich von mir fernhalten, ... sonst kommt er ins Gefängnis zurück.“
„Das sagtest du bereits ... Doch du hast mir noch nicht erklärt, warum dein Vater im Gefängnis war und warum du auf einmal behauptest, nicht mehr seine Tochter zu sein. Hat er dich nicht gezeugt, ... ernährt, ... deine Bildung bezahlt?“, fragte er sie sanft. Ein schauriges Zittern überlief Selli und sie schüttelte heftig den Kopf.
„Nein, er hat mich nur gezeugt und sich dann von meiner

Mutter getrennt und eine neue Familie gegründet. Er hat nicht mal Unterhalt für uns bezahlt, hat aber dafür mein Erspartes gestohlen, das, was man mir zur Taufe gab, ... was meine Großeltern und Urgroßeltern mir schenkten ... Er ist ein Dieb und ein Betrüger!
Bitte hören Sie endlich auf, Mister, und binden Sie mich los. Ich will und werde nicht Ihre Frau sein. Und schon gar nicht in einem Land leben, in dem Frauen derart niederträchtig behandelt werden ...!"
Er hob kurz amüsiert die Brauen. „Ich behandle dich also niederträchtig, Selli?", fragte er sie belustigt.
„Ja! Sie haben mich einfach so entführt und mich sogar absichtlich verletzen lassen, nur damit Sie mich herbringen konnten und nun auch noch vergewaltigt! Denken Sie nicht, dass ich Ihnen das je verzeihe ..."
„Ach, Selli! Du hast zum Glück keine Ahnung, was eine wirkliche Vergewaltigung beinhaltet, meine trotzige Schöne.", unterbrach er sie gefährlich ruhig und seine Hand strich nun über ihren flachen Bauch hinab und zwischen ihre Beine.
„*Aufhören*!", zappelte sie prompt wieder aufkeuchend und wollte seinen Fingern ausweichen, doch da war er bereits mit zweien tief in sie eingedrungen und sein Daumen rieb mal wieder erregend über die kleine Perle oberhalb ihrer noch immer feuchten Spalte. Es fühlte sich dort nun allerdings etwas wund und gereizt an.
„Ahhh ... Au! *Das tut weh* ...! - Lassen Sie mich ...", wimmerte sie erneut und strampelte wild in den Fesseln herum, doch er sah sie nur eine ganze Weile lang ernsthaft an, während er mit seinen Fingern diesmal ganz leicht und sanft in sie glitt und wieder zurückzog, ... wieder und wieder.
Selli hielt irgendwann schließlich im Zappeln inne und versuchte sich nun im Gegenteil gar nicht mehr zu bewegen,

reglos und unbeteiligt zu werden und das Gesicht von ihm abzuwenden. Doch ihr keuchender, zittriger Atem verriet sie natürlich. Denn sein Streicheln erregte sie allmählich wieder, trotz des wunden Gefühls. Oh, dieser Satan! Ihr Schoß begann schon wieder verräterisch heiß zu pochen und zu ziehen. Es machte sie allmählich wirklich wütend, derart hilflos und gefangen zu sein. „Hören Sie endlich auf, ... Sie *Teufel in Menschengestalt*! Ahhhh, ... Gott, hilf mir doch bitte jemand, ich will das nicht! ... Lassen Sie mich gehen, ahhhhhhhh, ... Sie sind ein Tier, ... ein *mieser Vergewaltiger*!“, schrie sie ihn schließlich wieder zornig werdend an, so laut sie nur konnte. Obwohl es ihren Kopf wieder zum Klingeln und Schmerzen brachte. Und endlich sah er ihr wieder in die Augen, statt auf ihre Mitte und hielt mit dem Fingern inne, zog sie sogar leicht heraus und strich nun stattdessen die Feuchtigkeit verteilend zwischen ihren feuchten rosafarbenen Schamlippen auf und ab.
„Du bist noch so unschuldig, Selli. So unverdorben. Ein unerwartetes Geschenk an mich. Doch an deinen Manieren müssen wir noch etwas arbeiten. Mich einfach so zu schlagen und andauernd zu beschimpfen ... als Vergewaltiger sogar. Das macht mich wirklich ärgerlich, denn schließlich bin ich nur auf Befehl des Fürsten Rashid Abdullah bin Muhammad al Bakhar von Bahira dein Ehemann, Selma al Bakhar. Oder denkst du wirklich, einem *Vergewaltiger* würden deine Befehle irgendetwas bedeuten, Selli? Oder deine Angst? ... Deine Schreie?“, fragte er sie sanft und schob seine Finger dann erneut sachte in ihr aus und ein, sodass sie ihn nur wieder entsetzt anstarrte und sich verkrampfte. Das war so ein unglaubliches Gefühl, ... was tat er da nur mit ihr? „Hören Sie auf damit, ... bitte, - *bitte*!“, flehte sie ihn erneut herzzerreißend schluchzend an und riss an ihren Fesseln, ... jedoch vergebens. Da zog er seine Finger tatsächlich doch wieder zurück und hielt sie ihr

zur Begutachtung vor die Augen.
„Du bist sehr feucht. Deine Säfte fließen bei meiner Berührung. Und das bedeutet, ich vermag es wohl sehr gut, dich zu erregen, sodass du nicht leidest, selbst wenn ich dich dann nehme.“, erklärte er ihr sachlich. Doch sie schüttelte nur wieder schniefend den Kopf. „Das geht gegen meinen Willen. Sie tun mir Gewalt an und versuchen es dann noch schön zu reden. Sie sind einfach nur pervers ...!“, beschuldigte sie in schrill keuchend, zumal er bei ihren Worten einmal kurz auf ihre kleine Lustperle drückte und diese mit dem Daumen zu umspielen begann.
„Denkst du wirklich, Selma, dies hier ist nur irgendein kleines Spiel, in dem unser eigener Wille noch irgendwie zählt? Denkst du nicht, ich hätte tausende andere Frauen lieber in meinem Bett als eine derart unwillige und sich garstig aufführende Europäerin, selbst wenn du zugegebenermaßen sehr hübsch bist?“, erklärte er ihr weiterhin sehr sanft klingend, doch Selli versteifte sich prompt und sah ihn ungläubig an.
Er schnaubte leise auf, zog seine Hand aus ihrem Schoß und betrachtete nun selbst noch einmal kurz kritisch seine Finger, die immer noch feucht und leicht rötlich glänzten.
„Ich bin Hassan Al Bakhar, Kronprinz von Bahira, und wurde zu dieser Ehe genauso gezwungen wie du, Selma Wiegand-Gutenberg. Mein Vater entschied, dass ich genug um meine tote erste Frau getrauert habe, die willig, wunderschön und *mein* war. - Meine Wahl, meine große Liebe.
Meine Mutter hätte ihn sicher von seinem Vorhaben abhalten können, doch sie starb leider schon vor sechs Jahren. Allgemein gelte ich bei Frauen als freundlich und großzügig und bin ein versierter Liebhaber, wie du sicherlich gemerkt hast. Denn es gelingt mir ganz leicht, dich auch gegen deinen Willen zu erregen. Und da ich es auf Geheiß des Fürsten sollte, vollzog ich heute die Ehe mit dir.

Das bedeutet gleichsam, dass du deinen Widerstand gegen mich nun einstellen musst und deine veränderte Realität akzeptieren musst. - Unverzüglich!", erklärte er ihr noch weiter. Und seine dunklen Augen wurden hart, als sie nur wieder leise schluchzend den Kopf schüttelte.
„Sie ... Sie sind hier alle vollkommen wahnsinnig, wenn Sie denken, dass ich einen mir völlig fremden Mann heiraten und ihn mich einfach weiter vergewaltigen lassen werde ...", fuhr sie wieder an ihren Armen ruckelnd auf.
Es reizte ihn nun doch allmählich zum Lachen und er griff ihr ins Haar, wobei er sich ganz nahe über sie beugte.
„Begreife endlich, meine schöne Selli, dass es keine Rolle mehr spielt, ob du es nun wirst oder willst. Unsere Väter haben die Verträge unterschrieben. Du bist nun meine Frau.", schnaubte er, als sie nur wieder aufheulend den Kopf zu schütteln versuchte und hielt ihr noch einmal bekräftigend nickend seine Finger vor die Augen. „Doch, Selli! Dies hier ist mein Samen in deinem Schoß, verstehst du nicht? Unsere Ehe ist vollzogen und ich denke doch, dass es dir viel weniger Schmerz bereitet hat, als du es gerade gerne zugeben willst, meine schöne *Prinzessin von Bahira* ...", spottete er halbwegs. Oh, dieser elende Bastard ...!
„Sie Schwein! - Das ist nicht wahr! Ihr unzivilisierten Heiden könnt nicht einfach so irgendwo in der Welt eine Frau einpacken, sie entführen und einfach so zwangsverheiraten. Ich bin Deutsche! Ich habe Rechte ...!", brüllte sie nun erneut zornig zu ihm auf. Da grollte er nur wieder genervt los und wich erneut auf seinen vorherigen Platz neben ihrer Hüfte zurück, sah sie kurz deutlich kühler und bezeichnend an, bevor er einfach wieder seine Finger zurück in ihren Schoß schob.
„Nein ... Nein ... NEIN!", schrie sie erneut keuchend und zappelnd auf, doch er begann sie nun in einem wesentlich härteren und schnelleren Tempo mit den Fingern zu ficken,

rieb zugleich deutlich härter mit seinem Daumen über ihre Klitoris und schon zuckte und verkrampfte sich ihr Leib in einem weiteren Orgasmus, der sie schrill aufschreien und einen ziemlichen Schwall Feuchtigkeit aus ihr herausspritzen ließ.
Mit klingelnden Ohren und heftig keuchendem Atem lag sie dann immer noch bebend da, während er nun erneut irgendetwas tat, ... kurz herumging, dann eine Schale zwischen ihre gefesselten Beine stellte. Etwas darin eingoss, das auf den ersten Blick wie Olivenöl aussah ... Verwirrt und besorgt hob sie schließlich wieder den Kopf und versuchte, die Knie anzuziehen.
„Warum machen Sie das mit mir ... und was haben Sie jetzt schon wieder vor?“, fragte sie ihn ängstlich und zornig und gedemütigt.
Er schenkte ihr lediglich einen kurzen, leicht gereizten Blick. „Mein Vater hat befohlen, dass du dich nun baldmöglichst zu benehmen lernst. Du darfst diesem Land als seine Prinzessin keine Schande machen, Selli, und mir auch nicht. Deine ständigen Vorwürfe an mich, Schläge und Abwehr ... Das muss jetzt aufhören. Also habe ich nun die Aufgabe, dich zu disziplinieren und dich zu bestrafen, wenn du so grob und unfreundlich und zornig bist. So wie jetzt gerade. Nun, ... ich lernte als Kind viel über die deutsche Mentalität von meiner Mutter, lernte, dass du es gewohnt bist, frei zu denken, unabhängig zu fühlen, Rechte zu haben, die wir hier unseren Frauen sicherlich nicht zugestehen, denn es würde sie nicht nur befreien, sondern zugleich auch noch in ernsthafte Gefahr bringen. Ich verstehe deinen zornigen Unwillen als Ausdruck deiner Angst vor mir und der jetzigen Situation. Also werde ich dich schonen und dich nicht einfach nur an unsere Sittenwächter übergeben und ihnen mitteilen, dass du den Prinzen von Bahira, deinen Ehemann, mit der Faust ins Gesicht geschlagen hast. Denn das würde

dann für dich 50 Peitschenhiebe bedeuten.“, erklärte er ihr sanft.
Oh Gott!!!
Selli sah ihn völlig geschockt aufkeuchend an und er nun wieder sie, härter diesmal, ... ernsthafter. Doch dann sah er wieder auf das hinunter, was er da gerade tat, ... es klang seltsam, metallisch? Schon wanderte sein Blick wieder zu ihrer Mitte hin und er führte seine Hand an ihre Scham ...
„W...Was machen Sie da?“, stotterte sie erzitternd, als sie etwas Warmes, Rundes an ihrer Mitte spürte, ... einen Ball? Er sah nur lächelnd zu ihr hin und schob ihn dann mit einem Funkeln in den Augen tief in ihren Schoß hinein.
„OHHH!“, versuchte sie wieder zu zappeln, doch er hielt diesmal ihre Hüfte fest, griff erneut neben sich und nahm auch noch eine zweite Kugel aus der Schale heraus, um sie ihr in den Schoß einzuführen.
„NEIN!“, rief sie nur wieder und schüttelte sich kurz, ... doch da geschah etwas, ... sie schnappte nach Luft, als die eine Kugel in ihrem Inneren gegen die andere stieß und ein unglaublicher Blitz ihren Leib durchzuckte.
„Schön, nicht?“, fragte Hassan sie nur schmunzelnd und rieb noch mit seinen Fingern über ihre Klitoris und dann tiefer, viel tiefer ... zu der unberührten Rosette ihres Hinterns ...
„NEEEEIIIN ... NEIN, NEIN, NEIN, DAS NICHT!!!“, brüllte sie nun noch lauter und zappelte wieder und die Kugeln schlugen gleich mehrfach in ihrem Leib zusammen. Sie stöhnte, keuchte und schrie, kam unvermittelt zum Orgasmus, während nun ihre Klitoris und ihre Spalte zu kribbeln begannen, ... zu ziehen, ... zu jucken, ... Gott, zu *BRENNEN*!!!
„Nein, ... nein, ... was tun Sie da, ... nein, lassen Sie das! Aufhören, Hassan, bitte, ich bitte Sie ...!“, keuchte sie fassungslos und entsetzt und vollkommen durcheinander und versuchte still zu halten, während er nun auch noch

etwas sehr Dünnes, Kleines, ... kalt Anfühlendes mit nur dem kleinen Finger durch ihren engen Schließmuskel in ihren Anus drückte.
„AAAAAAAAAUUUUUUU ...! Auuuuu ...! Nein ...! Das tut weh, ... bitte! *Aufhören*!", schrie sie nun weinend und er hielt kurz inne und begann nur erneut, ihre Klitoris zu reizen, ... sie zu reiben und an ihrer Lustperle zu zupfen ...
„Entspanne dich einfach, Selli. Dann wird deine Strafe dir sogar ziemlich angenehm werden. Doch verkrampfst du dich nun weiter so sehr, wird es erst einmal weh tun!", warnte er sie leise und sah in ihr nun wieder tränenüberströmtes Gesicht.
„Sie sind so abartig und pervers!", schrie sie schluchzend. „Ich will lieber ausgepeitscht werden, als so missbraucht ...!", rief sie erneut schrill. Doch zugleich spürte sie, dass das sanfte Reiben an ihrer Klitoris die Schmerzen, die er ihr zugleich zufügte, erträglicher machte ... und nur das Brennen in ihrem Unterleib nahm immer weiter zu. Doch wenn sie sich dagegen bewegte, klickten wieder die Kugeln zusammen ... Oh Gott, ... wie grausam! „Nehmen Sie endlich wieder diese Dinger aus mir raus ... RAUS!", schrie sie schrill und gequält.
Doch er blieb davon unberührt.
„Glaube mir einfach mal, wenn ich dir sage, dass du gerade noch ziemlich sanft bestraft wirst ...", schien er kein bisschen beeindruckt von ihrem Protest und lächelte nur wieder leicht auf sie herab.
„Sie sind vollkommen irre! ... Feiger Bastard! ... Mistkerl! AHHHH!", stöhnte sie erneut, als er auf ihre Beleidigungen hin lediglich ihre Hüfte umfasste und ein wenig daran zu rütteln begann. „Ich sagte es doch bereits, ... *keine Beleidigungen mehr,* Selli!", warnte er sie eisig.
Lustspitzen durchzuckten mit dem Aufeinanderschlagen der Kugeln ihren Unterleib und sie erschauerte wieder und

wieder, ... während er ihr den kleinen Stift zugleich noch tiefer, ... ja viel, viel tiefer in den Hintern hereindrückte, ... so tief, bis sie ihn schließlich fast nicht mehr spüren konnte, nur noch seinen Finger, den er aber dann doch wieder zurückzog ...

Keuchend und vor Schmerz, Erregung, Entsetzen und Angst weinend und ängstlich zitternd sah sie zu ihm auf, während er nun seine Hand an einem Tuch säuberte und dabei eingehend ihre Mitte betrachtete.

„Die Öle, die ich dir gerade einmassiert habe, haben eine aphrodisierende Wirkung, Selli. Du wirst feststellen, dass deine Lustgefühle nun schnell wachsen werden. Die Kugeln geben bei jeder Bewegung einen elektrostatischen Impuls ab. Zuerst soll das noch fast ein wenig weh tun, hat eine der Frauen mir verraten, die ich einmal damit erfreute. Doch später wird es auch durch das Öl derart erregend für dich, dass das du ganz wild wirst und immer mehr davon brauchst.

Aber um zu verhindern, dass du nun dauerhaft kommst und vielleicht sogar in einen Sinnesrausch verfällst, habe ich den kleinen Stopper in deinen süßen Hintern eingeführt.", hob er eine winzige Fernbedienung an und drückte einmal ausdruckslos guckend darauf.

Ein kurzer, greller Schmerz ließ Selli heftig zusammenfahren und geschockt aufschreien.

Da tat *weh*!

Wimmernd und geschockt keuchend presste sie die Augen fest zusammen und versuchte dann einfach nur noch, den kleinen Metallstab wieder aus sich heraus zu drücken, ... allerdings ohne Erfolg.

„Elender Mistkerl ... Perverses Arschloch! Sadistischer Teufel ...!!!", brüllte sie schließlich nur wieder auf und versuchte, sich nicht gleich noch heftiger zu bewegen, ... weil ihr Schoß auch ohne diese Kugeln nun zu pochen und zu brennen und

zu kribbeln und zu ziehen begann, ... ohhhhhh wie sehr! Heftig schluchzend hob sie erneut den Kopf und sah an sich herab. Sie zitterte nun wie Espenlaub. Hassan aber stellte die Fernbedienung nur immer noch unbeeindruckt von ihren Beschimpfungen auf eine Stufe ein und legte sie dann wieder zwischen ihre Beine zurück.
„Alle paar Minuten wird er dich nun ärgern, *Habibi,* ... und damit auch deine bald schon heiß auflodernde Erregung zügeln. Im Grunde bin ich hiermit wirklich sehr nett zu dir. Sonst könntest du sehr bald schon nicht mehr klar denken. Dann könnte ich einfach alles mit dir machen, was mir nur einfiele und du würdest sogar noch darum betteln, dass ich dich ficke.
Nun, ... mit dem Stopper wirst du bedeutend länger brauchen, um an diesen Punkt zu gelangen. Du wirst damit auch sehr viel länger darüber nachdenken können, ob du es nun in Zukunft immer so haben willst oder lieber nicht ..."
„NEIN, ... ICH WILL DAS NICHT! LASSEN SIE MICH NACH HAUSE GEHEN ... ICH KANN DAS NICHT!!!", schrie sie nur wieder schluchzend auf, weil ihr Unterleib nun in helllodernde Flammen aufzugehen schien und er hob nur wieder seine Hand, um sachte ihre Klitoris zu reiben und damit den Druck, der sich gerade in ihr aufbaute, durch einen raschen Orgasmus zu verringern.
Sie spürte noch, während es ihr zuckend kam, den Druck des Stabes in ihrem After, seine Finger an ihrer Klitoris und die Kugeln, die in ihrem Leib zu explodieren schienen ... und fiel dann wohl kurz in Ohnmacht.
Wurde aber gleich darauf wieder von dem Schockstäbchen geweckt und zuckte schmerzlich keuchend zusammen. Ihr Blick irrte verwirrt und benommen herum. Sie wusste kaum noch, wo gerade oben und unten war. Ihr Kopf schmerzte, ihr Unterleib pochte, ihr Hintern tat weh, ... ihre Arme und Beine waren nun ebenfalls völlig verkrampft.

Doch der Prinz beugte sich gerade nur über ihr Gesicht, betrachtete sie ernsthaft und strich ihr sachte das immer noch feuchte Haar zurück, während er ihren nun abgehackten Schluchzern lauschte.
„Bitte ... Ich will zurück nach Hause, ... ich kann das nicht ... nicht ertragen, ... das ist zu viel, ... bitte, bitte!“, flehte sie ihn weinend an.
Er lächelte lediglich kurz.
„Schhhh ... Nein, ... es ist noch nicht zu viel. Hab keine Angst, *Habibi*, ich passe auf.“, flüsterte er ganz leise, aber auch grausam sanft an ihren Lippen und küsste sie dann federleicht auf die Stirn, während sie nur wieder schluchzend den Kopf zu schütteln begann.
Er seufzte leise, fast schon ärgerlich. „Es hat doch gerade erst angefangen. Und wenn ich dich jetzt schon befreie, ... wo bleibt denn da die Bestrafung, die mein Vater sehen will, hm? Ich werde sicher nicht zulassen, dass er dich auspeitschen lässt und deinen zarten Körper damit verunstaltet. Denk daran, dass du es warst, die mich vorhin mit der Faust geschlagen hat, *Habibi*. Es wurde ihm sicher bereits zugetragen ...“, flüsterte er ihr leise zu. Und stand schließlich auf.
„Und nun ... Verzeih mir, wenn ich jetzt gehe. Doch der Fürst möchte natürlich wissen, ob ich meine Aufgabe an dir erfüllt habe. Derweil lernst du noch etwas Respekt vor meiner Person und dass selbst dein Flehen um Gnade nicht mehr gehört wird, wenn du mich noch einmal derart reizt so wie heute im Wasser. Du bist nun meine Frau, Selli. Und du hast damit nun auch mal gewisse Verpflichtungen. ... Dich auf die rechte Weise zu verhalten zum Beispiel. Und das übst du nun.
Ist dir dies hier zu qualvoll für dich, nun ... dann wirst du dich in Zukunft besser benehmen, wirst dich ab morgen gesitteter verhalten, ruhig und vor allem zurückhaltend.

Wenn ich später vom Essen komme, bist du mir zudem vielleicht nicht mehr ganz so abgeneigt und sogar dazu bereit, dich bei mir für deine bösen Worte und deinen Schlag in mein Gesicht angemessen zu entschuldigen.", vermutete er sanft lächelnd.
„DAS KÖNNEN SIE GLATT VERGESSEN, SIE PERVERSES STÜCK SCHEIßE! EHE ICH MICH BEI EINEM VERGEWALTIGER WIE IHNEN ENTSCHULDIGE, FRIERT DIE HÖLLE ZU!", brüllte Selli ihn nur noch einmal zornig auffahrend an und er lächelte prompt grimmig und ordnete seine noch immer feuchte Hose, zog seine Tunika darüber an und band sich eine breite Schärpe darüber. „Ahh, ... siehst du? Wusste ich es doch gleich, dass du nicht so schwach bist und sofort aufgibst.", schmunzelte er noch zufrieden und ging in Richtung Tür, während sie nur wieder zu zappeln und zu kreischen begann, dass er sie gefälligst losbinden sollte.
„Ach, *Habibi* ... Du hast noch viel zu lernen. Doch denk nun einfach daran, dass die Lust, die ich dich ab sofort empfinden lassen werde, dich nicht nur strafen, sondern auch ganz im Gegenteil befreien kann. Du könntest es bald schon sehr genießen, weißt du? Sobald du deine anerzogenen Moralvorstellungen einfach mal über den Haufen wirfst und dich mir hingibst. Wer weiß, ... vielleicht gefällt es dir dann ja letzten Endes, meine Prinzessin zu sein. Mir gefällt es auf jeden Fall schon sehr gut, dein Ehemann zu sein. Und wir können entweder wild und leidenschaftlich oder auch ganz zivilisiert miteinander umgehen, das ist allein deine Entscheidung, ... *Habibi*.
Ich zumindest verstehe mich inzwischen schon recht gut darin, eine Frau zugleich zu strafen, wie auch zu verwöhnen!", und damit ging er nun endgültig hinaus und schloss die Tür.

6.

Selli lag da und riss kreischend an den Fesseln. Doch sie lösten sich kein Stück, im Gegenteil. Langsam begannen die Fesseln, ihre Haut aufzuscheuern und ihre Arme schmerzten, während ihr Schoß immer mehr und mehr pochte und zog.
Unterdrückt stöhnte sie auf und versuchte wieder, ein bisschen die Knie anzuziehen. Wenigstens das ... Doch wieder klickten diese verdammten Metallkugeln in ihrem Schoß aneinander und eine erneute Erregungswelle durchzuckte ihren Leib, ... wenn da nicht zugleich auch der Schock von diesem anderen Gerät gewesen wäre ... „**Au** ...!“, keuchte sie aufschluchzend und kämpfte zugleich gegen den heftigen Schmerz in ihrem Po und die Erregung in ihrem Schoß an ... Oh dieser Teufel, ... dieser Satan. Wenn er sie losband, würde sie ihn umbringen, jawohl! Einfach zu gehen und sie völlig hilflos und nackt und unter dieser brutalen sexuellen Folter liegen zu lassen ...
Unzivilisierter Heide ... Vergewaltiger ... Entführer!
Sie versuchte, ruhiger zu atmen, doch ihr Herz raste nun nach den vielen starken elektrischen Schlägen wie ein Dampfhammer in ihrer Brust herum. Sie konnte auch nicht still liegen, ... ihr unterer Rücken hatte sich verkrampft, ihre Beine taten weh vom ständigen Zusammenzucken und ihr Schoß brannte wie die Hölle ... Dieses Öl! Dieses teuflische Zeug ... Das wirkte wahrscheinlich wie eine Droge auf ihren Organismus. Oh Gott, ... *Drogen!*
Damit würde er sie sicher bald gefügig machen. Ob sie es nun wollte oder nicht.
Oh ... Warum war sie nur stehen geblieben, als diese verdammten Araber neben ihr angehalten hatten, fragte sie

sich einmal mehr verzweifelt keuchend. Schwarze Limousine im fast Dunkeln, auf offener Straße ...?! Sie war wohl komplett wahnsinnig geworden, da nicht sofort zu rennen und laut um Hilfe gebrüllt zu haben ...

Wimmernd fühlte sie die Tränen kommen, die sie die ganze Zeit über zu unterdrücken versucht hatte. Warum war ihr das nur passiert? Warum hatte ihr Vater für sie eine Ehe mit diesem perversen Sadisten arrangiert? War er denn nun verrückt geworden? Ja ... Wahrscheinlich schon ... oder nein, ... verrückt war er ja schon immer gewesen, erinnerte sich Selli wieder und versuchte, ihre Augen zu schließen, die inzwischen genauso sehr brannten wie ihr Schoß, wie auch ihr Kopf, ... ihr Hals vom Schreien, ... ihre Ohren rauschten immer mehr, je öfter sie zappelte und dabei die Kugeln in ihrem Schoß bewegte, ... die sie schockten ... und dabei den ohnehin noch starken Kopfschmerz verstärkten.
Hassan war tatsächlich ein Ungeheuer. Das hier mit ihr zu tun, während sie zugleich noch an einer Gehirnerschütterung litt. Doch vermutlich fand er es nicht weiter tragisch, wenn eine Frau nur wegen ihm Schmerzen litt. Vermutlich stand er auch noch darauf, dieses Schwein. Sie stellte sich vor, wie er jederzeit zurückkommen könnte, sie dann wieder verhöhnen, auslachen und dann wieder vergewaltigen würde.
Und sicher würde er sich dann wieder einreden, es gefiele ich auch noch, so brutal von ihm gequält zu werden ... von wegen Lust, die sie genießen könnte ... und sie sollte sich ihm hingeben und ihn später freundlich um Verzeihung bitten!
Eher würde sie tot umfallen ...
„AUUUU!“, schockte sie wieder dieses elende Metallstück in ihrem Po und sie versuchte erneut sekundenlang, es irgendwie herauszupressen, schluchzte, weinte und wand

sich dann wieder wie wild in ihren Fessel, während ihr Herz und ihr Atem immer mehr auf- und davongaloppierten ... Doch es war einfach zu viel, ... sie kam zum Höhepunkt, während ihre Ohren so stark rauschten, dass sie nicht einmal mehr ihre eigenen Schluchzer verstehen konnte, sie bekam kaum noch Luft, ihr Schädel schien explodieren zu wollen, ihr Unterleib stand in Flammen ... Es schmerzte einfach zu sehr, ihre Schultern schienen inzwischen ausgekugelt, ihre Hände und Handgelenke brannten, ihre Fingernägel stießen immer wieder in ihre eigenen Handflächen hinein und hinterließen blutige Male. Ihr gesamter Körper zuckte nun vollkommen unkontrolliert, die Kugeln stießen dabei wieder und wieder zusammen, ihr Herz raste, ... hielt die elektrischen Schläge nicht mehr aus.
Ihre Kehle schnürte sich zu, sie konnte nicht einmal mehr um Hilfe rufen, ... doch es wäre ja ohnehin niemand gekommen, selbst wenn sie gerufen hätte ...
Gott, ... bitte ... aufhören ...!
Sie konnte nicht mehr ... Es war zu viel ... Sie konnte nicht ... nicht mehr atmen, ... bekam keine Luft ... Sie atmete also instinktiv noch schneller, viel schneller, hyperventilierte schließlich ... und endlich, endlich wurde es dunkel und sie fiel zurück in die segenreiche Ohnmacht.

*

Hassan saß auf der Ottomane und ließ sich von einigen hübschen Dienerinnen auftun. Honigfeigen, zum Abschluss eines Mahles. Sein bevorzugtes Leibgericht. Sein Vater lächelte ihn derweil hintergründig an. Er hatte von seinen Augen und Ohren im Palast ganz sicher gesagt bekommen, dass die Ehe bereits vollzogen worden war. Da war Hassan sich sicher. „So zürnst du mir nun nicht mehr, mein Sohn?“, fragte er ihn schließlich freundlich und Hassan sah finster

hoch.
„Selma sagte, ihr Vater sei in Deutschland im Gefängnis gewesen und hätte jedes Recht, sich ihren Vater zu nennen, vor dem deutschen Gesetz verwirkt. Den Grund dafür kenne ich noch nicht, doch meine Braut ist gerade sehr zornig und wenig kooperativ. Sie möchte doch tatsächlich Klage gegen mich führen bei der Deutschen Botschaft wegen gewaltsamer Entführung und nun auch Vergewaltigung.“, knurrte er noch finster und Fürst Rashid sah ihn erst ganz kurz höchst erstaunt an, bevor er dann in helles Lachen ausbrach und belustigt in die Hände klatschte.
„Eine Frau, die dir einmal nicht sofort nach zwei Minuten zu Füßen liegt, mein Sohn? Du musst sie mir bald vorstellen. Sobald sie sich ein wenig beruhigt hat, versteht sich. Am besten versuchst du es mit den klassischen Geschenken, kostbares Parfum, funkelnde Diamanten, seidene Roben ... Sei charmant!“, empfahl er ihm, doch Hassan war noch nicht beruhigt und schüttelte nur kurz nachdenklich den Kopf.
„Sie war noch unberührt, ... mit bereits vierundzwanzig Jahren und *diesem* Aussehen ... Du solltest es noch einmal von unseren Anwälten prüfen lassen, ob in diesem Fall die Unterschrift des per Gesetz aberkannten Vaters überhaupt rechtsgültig ist.“, bat er seinen Vater leise und der nickte nur wieder schmunzelnd.
„Dann ist es wohl besser, wenn ihr bei der offiziellen Verbindungszeremonie nächsten Monat noch einmal die Ehe schließt. Wenn sie es dann eigenhändig unterschreibt, ist sie deine Frau. Also bringe sie dazu und du musst dich nicht mehr sorgen.“, empfahl Fürst Rashid ihm ruhig.
Hassan nickte nur und aß noch einige Honigfeigen, als Ahmed mit ernstem Ausdruck eintrat, ... aber vorne an der Tür stehen blieb. Kurz durchzuckte es ihn heiß, ... hatte Selli ihn gerufen und flehte gerade so sehr um Gnade, das

Ahmed sich hatte erweichen lassen, nach ihr zu sehen … oder war etwas Unvorhergesehenes geschehen?
Er stand umgehend auf.
„Vater, deine Einladung heute ehrt mich. Doch habe ich meine Frau gerade gemaßregelt ob ihrer gezeigten zornigen Art. Ja, sie wagte es tatsächlich, mir mit der Faust ins Gesicht zu schlagen, während ich sie vor dem Ertrinken bewahren wollte. Doch nun, scheint es, ist sie wieder bereit, mit mir zu sprechen. Ahmed ruft mich, um sie aus ihrem momentanen Ungemach zu erlösen.“, lächelte er seinem Vater ohne echte Freude zu und der schmunzelte prompt noch mehr.
„Du erinnerst mich sehr an meine Jugend, Hassan. Dein Blut ist in Wallung und brodelt heiß. Doch deine Frau soll ja auch eine seltene Schönheit sein mit ihren Himmelsaugen und dem langen Goldhaar.
Nun gut. Es ist dein erster Tag mit ihr nach ihrer Verletzung. Genieße die Nacht. Und wenn sie dann schon bereit ist, sich gesittet zu benehmen, so bring sie zum Frühmahl mit. Dann können wir ein wenig plaudern und ich kann mir ihre Klagen über meinen allzu frechen Sohn anhören.“, befand er zwinkernd und Hassan lächelte noch einmal höflich, denn er bezweifelte, dass Selli sich jetzt schon gesittet benehmen würde.
Kurz verneigte er sich noch einmal tief vor seinem Vater, der aber nur kurz abwinkte. Was auch besser war, denn Ahmeds Gesichtsausdruck hatte sich bei seinen Worten nun doch sehr verdüstert. Also beeilte er sich mit ihm zusammen den Audienzsaal zu verlassen und eilte dann mit großen Schritten an Ahmeds Seite, der sich sehr beeilte, den Gang hinunter.
„Was ist passiert?“, fragte er ihn leise.
„Ihr habt es mit der Maßregelung Eurer Braut anscheinend etwas übertrieben, mein Herr. Die Prinzessin wurde bald

nach Eurem Weggang ohnmächtig. Ich hörte sie nicht mehr, also bat ich eine Dienerin, nach ihr zu sehen. Sie kam gleich darauf nahezu panisch zurück und berichtete, die Prinzessin blute an den Händen und aus der Nase und den Ohren heraus und sei bis auf ein gelegentliches starkes Zusammenfahren nun vollkommen besinnungslos."
Hassan hatte genug gehört und rannte los. Tatsächlich hatte die neue junge Dienerin Selli schon an den Händen und Füßen losgebunden und ein seidenes Laken über ihren bloßen Körper gelegt, ... doch sie rührte sich nicht.
Die junge Frau tätschelte ihr gerade leise Worte der Besorgnis murmelnd die Wange und wusch ihr zugleich das Blut von den Händen.
Ihre eigenen Nägel hatten sich anscheinend in ihre Handflächen hineingestoßen. - Warum? So sehr hatte er sie doch gerade gar nicht gequält, oder ...?!
Da zuckte ihr Körper erneut sehr hart wie unter einem echten Elektroschock mit Defibrillatoren zusammen, ... doch es weckte sie nicht auf. Und auch die junge Dienerin verkrampfte sich und wimmerte schmerzlich ... und keuchte. Moment mal, ... *so stark*?
Auch sie hatte also diese heftige elektrische Entladung abbekommen? Eigentlich hätte sie es doch kaum spüren dürfen.
„Lass mich!", riss er die junge Frau nun beinahe von ihrer Seite und zog das Laken an ihren Beinen empor und tastete kurz nach dem Kabel, das an dem Metallstäbchen in ihrem Rektum hing. Rasch zog er es ihr heraus und suchte dann, weiter am Kabel ziehend, nach der Fernbedienung. Sie war vorhin noch auf den niedrigsten Impuls eingestellt gewesen, ... doch anscheinend hatte sie herumgezappelt, die Fernbedienung dabei halb unter ihre Beine gezogen und damit die Einstellung verändert.
Er schaltete das Gerät leise fluchend aus und zog ihr eben-

falls noch rasch die Stimmungskugeln aus dem Schoß heraus, bevor er der jungen Dienerin befahl, Salbe, Verbände und noch mehr Wasser zum Waschen zu holen.
Sie verneigte sich nur stumm und ausdruckslos blickend und eilte davon.

Er wickelte Selli derweil in das seidene Laken ein und hob sie in seinen Arm. Sie rührte sich kein Stück und war nun zudem auch noch totenbleich. Er suchte ihren Puls und fand ihn höchst unregelmäßig und viel zu schnell schlagend.
Grollend schüttelte er den Kopf und bettete sie wieder zurück, schob einige Kissen unter ihre Beine, damit ihr Blut zurück zum Herzen fließen konnte und rieb sich dann den nun vor Anspannung schmerzenden Kopf.
Na, das war es dann ja wohl gewesen mit der berauschend lustvollen ersten Nacht mit seiner Frau, die er nur durch dies hier für sich hatte vorbereiten wollen ...
„Ruft Sahida! Ihr Herz schlägt zu unregelmäßig. Die Elektroschocks, die sie sich in ihrer Unruhe selbst verpasst hat, waren zu stark für sie.“, befahl er laut und Ahmed, der mit dem Rücken zum Raum stand und auf seine Anweisungen gewartet hatte, verschwand vollkommen lautlos.

*

Selli spürte ein Pieken, das ziemlich weh tat an ihrem Handgelenk ... und schließlich auch an ihrer Brust, am Brustbein entlang. Aufstöhnend versuchte sie, die Hände wegzuschieben, die sich anscheinend mit Nadeln an ihr zu schaffen machten, und wurde prompt festgehalten.
„Ruhig, *Habibi*! Sonst fessle ich dich wieder und das willst du doch nicht, oder?“, erklang die ihr nun allmählich schon zu vertraute, tiefe Männerstimme dominant befehlend und sie schlug verwirrt die Augen auf. Er saß neben ihrem Kopf

und hielt nun ihre Finger fest.
„Auu ...“, stieß sie unwillkürlich wieder aus, als es wieder so schmerzhaft piekte. Eine alte Frau in dunkelgrünen, blumengemusterten Gewändern und einem Schleier auf dem Haar drehte gerade an einer Nadel, die sie ihr gesetzt hatte. Und das belebte sie nun erst recht.
„AU ... Au ...! Sind Sie verrückt geworden ...!?“, schrie sie aufbrausend los und wollte hochfahren, doch prompt lag Hassans Hand wieder an ihrem Hals und drückte sie zurück auf das Lager.
„Bleib liegen und beherrsche dich endlich ein wenig, Selli, ... du hast gerade erst den Ansatz von dem gekostet, was ich dir antun kann, sofern du mich weiter mit deinen Launen provozierst.
Wenn du nicht so gezappelt hättest, wäre der Regler nicht unter dein Bein gerutscht und du hättest nicht aus Versehen die Intensität der Elektroschocks für dich erhöht. Dein Herz schlug gerade unregelmäßig. Sahida behandelte dich gerade, um dich wieder zu Bewusstsein zu bringen. Du hast dich nämlich versehentlich ausgeknockt. Also lieg jetzt still. Die Nadeln benutzt man in der klassischen Akupunktur ...“
„ICH **WEIß**, WAS DAS DA FÜR DINGER SIND, SIE BRUTALER MISTKERL! NEHMEN SIE SOFORT DIE HÄNDE VON MIR, SIE WAHNSINNIGER, ABARTIGER UND PERVERSER!“, schlug sie im nächsten Moment auch schon wie irre um sich, traf ihn mit der Faust erneut im Gesicht und im Unterleib, als er sie rasch anders packen wollte, rollte sich dann schnell und laut aufkreischend auf der anderen Seite aus dem Bett, wobei sie auch noch das Laken mit sich zerrte, in das man sie nun doch noch mal irgendwie eingewickelt hatte, und rannte dann eilig hinter den wuchtigen Schreibtisch in Deckung, während sie sich bereits hastig selbst alle Nadeln wieder aus den Armen und der Brust herauszog, ... was wirklich,

wirklich heftig schmerzte und sie deshalb hart keuchen und schluchzen ließ.
„Selli, komm sofort wieder hierher zurück und lass die Nadeln stecken!“, brachte Hassan al Bakhar nur wieder gefährlich tief knurrend heraus. Doch sie schleuderte auch noch die letzte Nadel mit einem wutschnaubenden Brüller zu Boden. „Das können Sie glatt vergessen, **Sie orientalischer Bastard einer Haremshure**!
Ich werde garantiert *nicht* Ihr nächstes Spielzeug sein. Ich komme nicht irgendwohin und ich gehorche Ihnen auch nicht ... Gar nicht! Ganz im Gegenteil sogar! Wenn ich erst zurück in Deutschland bin, werden Sie dafür büßen, was Sie mir alles angetan haben!“ brüllte sie ihn zornig an, weil bei jedem Schritt ihr Unterleib brannte und schmerzte.
„Selma al Bakhar, du bist nun meine Frau ... und wagst es dennoch, noch meine ehrenwehrte Mutter zu beleidigen?“, fauchte Hassan nun ebenfalls zornig auf und kam auf die Füße, ... oh ja, ... jetzt war er so richtig zornig ... und stampfte knurrend auf den Schreibtisch zu.
„BLEIBEN SIE MIR BLOß VOM LEIB, SIE PERVERSES ARSCHLOCH. SIE HABEN MIR GERADE FURCHTBAR WEH GETAN ... VON WEGEN *ICH* SOLL DAS SELBST GEWESEN SEIN. DAS WAREN **SIE,** ... SIE ABARTIGER LÜSTLING! DABEI HABE ICH IMMER NOCH EINE GEHIRNERSCHÜTTERUNG ... UND AUCH DAS WAR ALLES NUR IHRE SCHULD!“, brüllte sie nur wieder, als diese Sahida nun ärgerlich den Kopf zu schütteln und irgendetwas mit zum Himmel gehobenen Händen zu sagen begann, was sich wie ein Gebet anhörte, bevor sie schlicht ihren Kram zusammenpackte und zur Tür wackelte.

Prinz Hassan sagte noch etwas zu ihr, was sich wie ein Fluch anhörte, doch sie winkte lediglich ab und ging hinaus, derweil Selli nun keuchend noch weitere vier Nadeln oben

auf ihrem Kopf ertastete und ebenfalls eilig herauszog und einfach auf den Boden schmiss.
Der Prinz sah ihr dabei nur wieder finster zu. „Du hast Sahida gerade schwer beleidigt, Selli! Auch das noch, ... zu allem anderen noch dazu ...“, bewegte der Prinz sich erneut finster blickend in ihre Richtung und sie rannte eilig ins Wohnzimmer hinüber und dort hinter die Couch.
„Umso besser! Dann bleibt mir diese alte Hexe mit ihrer unqualifizierten Humbug-Medizin, die jeder wissenschaftlichen Grundlage entbehrt, wenigstens vom Leibe, Sie *asoziales Schwein*!“, brüllte sie weiter und griff sich dann die nächstbesten Gegenstände, um diese auf den Prinzen zu schleudern, der gerade mit nun wirklich finsterer Miene den Raum durchquerte.
Da schrie sie noch lauter und schriller los und packte sich eine Vase, die auf einem Podest-Sockel stand ...
„Das ist eine echte Ming ...“, begann er eilig vorpreschend zu rufen, musste dann aber dem Geschoss hastig ausweichen, das beinahe noch seinen Kopf getroffen hätte, bevor es hinter ihm an einem Regal in tausende Bruchstücke zerschellte und schon folgten auch noch mehrere Bücher, weitere Skulpturen aus Messing, Stein oder Silber, während sie wieder zurück ins Schlafzimmer hetzte und dort dann die Glasschale mit rötlichem Wasser, in der noch ein Tuch schwamm, nach ihm warf, der immer noch knurrend hinter ihr herkam. Und das brachte ihn dann doch noch mal zum Innehalten. „SELMA!“, herrschte der Prinz sie nun stocksauer an, als er tatsächlich gut getroffen patschnass stehen blieb.
„HAUEN SIE ENDLICH AB, SIE VERDAMMTER BASTARD, UND AKZEPTIEREN SIE EIN „NEIN“ VON EINER FRAU, WENN SIE ES HÖREN! WENN SIE MICH NOCH EINMAL ANFASSEN, BRINGE ICH SIE EIGENHÄNDIG UM, VERSTANDEN?“, brüllte sie erneut schrill und lautstark und hetzte erneut um das

Bett herum auf der Suche nach einem Ausweg ... und auch noch nach mehr Wurfmunition. Da sah sie, wie die Zimmertüre sich öffnete, ... wollte schon darauf zurennen ... Doch der grausige Diener des Prinzen stand nun dort und versperrte ihr mit seiner breiten, bulligen Gestalt den Fluchtweg. Sie konnte also nur auch in seine Richtung kreischend eine Schale werfen und dann wieder zurück in das Gelass zum Wohnzimmer hin flüchten ... und rannte schließlich los, als ihr plötzlich wieder die abschließbare Tür am Außenklo einfiel ...
„*Bleib sofort stehen, Weib*!“, rief der Prinz, während sie auf ihrem Weg alle für sie bewegbaren Möbel umriss und ihm in den Weg schleuderte, schon hatte sie den Poolbereich erreicht und hetzte daran vorbei, sprang die Treppenstufen herunter, rannte in die Kabine und schloss dann eilig die Türe hinter sich ab, während der Prinz nun von außen versuchte, die Tür zu öffnen und heftig dagegen trat. Doch innen stemmte sich Selli nun mit ihrer ganzen Kraft und einem Bein an der gegenüberliegenden Wand abgestützt ebenfalls gegen die Tür und schrie und schrie und schrie wie am Spieß, bis das Poltern und Krachen wieder aufhörte und Selli gleichfalls verstummte. Doch ihr Atem flog keuchend und ihr Kopf dröhnte, ... ihr Herz raste und ihre Ohren rauschten, ... während ihr Schoß weiterhin brannte und zog und nun sogar tropfte ... Herrje! Das war wohl immer noch dieses verdammte Drogen-Öl, ... Gott im Himmel.
Schluchzend und heftig schwitzend lehnte sie zittrig an der Tür.
„Du kannst da nicht ewig drin bleiben, Selli!“, sagte der Prinz schließlich wieder etwas ruhiger, doch immer noch sehr bedrohlich.
„GEH WEG, DU MIESES SCHWEIN!“, brüllte sie dagegen noch einmal schrill auf.

„Du solltest mich nicht mit einem derart unreinen Tier vergleichen. Außerdem weißt du, dass ich recht habe. Du bist gerade nur zu stur, um zuzugeben, dass du ebenfalls Schuld an deinen Verletzungen trägst, Selli. Denn du bist sehr ungehorsam, unkontrolliert und achtest nicht auf deine eigene Gesundheit. Es würde dir in der Tat bereits sehr gut bei mir ergehen, wenn du nicht die ganze Zeit über versuchen würdest, mir zu entfliehen, mich zu provozieren und zu beschimpfen, *Habibi*. Also ...

„GEEEEHHHH WEEEEG!!!“, brüllte sie nur erneut laut auf und trat nun selbst mit der Hacke gegen die Tür, die sie beide voneinander trennte.

„Selli, du musst dich jetzt beruhigen ... Dein Herz hat die Elektroschocks nicht gut verkraftet. Zudem wirst du gerade noch immer durch das *Shunga*-Öl beeinflusst. Sahida sollte das gerade mit ihren Nadeln blockieren, damit du nicht noch mehr leiden musst und du solltest derweil ruhig im Bett liegen. Aber nun hast du sie dir einfach wieder herausgezogen ...“, erklärte er ihr eisig und hart und ausdruckslos wie eine Maschine.

„DU BIST EIN SADISTISCHES, PERVERSES, EKELERREGENDES **MONSTER**!“, schluchzte sie nur wieder aufgebracht und ließ sich langsam an der Tür entlang zu Boden gleiten. Ihr Schoß pochte immer doller und eine seltsame Gänsehaut glitt über ihre Arme und den Rücken hinab ... „Gott!“, wimmerte sie um Fassung ringend und schwer keuchend. Sie presste die Beine zusammen, doch das machte es eigentlich nur noch schlimmer.

„Wenn du dich selbst berührst - und das wirst du sicher bald schon wollen - wird es noch qualvoller für dich. Erinnerst du dich daran, was ich sagte? Ich werde es später beenden, wenn du mich um Verzeihung bittest und mich nur etwas netter empfängst als das letzte Mal. Doch das hast du nicht getan. In deinem Bemühen, dich meiner Bestrafung zu

entziehen, hast du dich deshalb letztlich nur wieder selbst verletzt.
Doch der Schmerz durch die elektronische Stimulanz, welche ich dich zusätzlich empfinden ließ, sollte dir lediglich dabei helfen, die übergroße Lust zu ertragen, verstehst du? Ich weiß, dass du Romane gelesen hast, die auch von solchen sexuellen Praktiken handeln, Selli. Du weißt also schon einiges, auch wenn du es noch nicht so versucht hast. Allerdings verrät dich diese Neugierde auf spielerischen Sex der etwas anderen Art und das sollte dich nicht beschämen, denn auch ich teile dieses Interesse."
„HALT DEN MUND, DU PERVERSE SAU!", brüllte sie nur wieder schrill, doch er schnaubte lediglich spöttisch auf.
„Du magst es abstreiten, solange du willst, meine Prinzessin, doch die Zeit arbeitet gerade für mich, nicht wahr? Mit jedem Augenblick, der vergeht, leidest du mehr und hasst mich dafür, dass ich dir nur schlicht zeige, was du bisher versäumt hast zu lernen.", fügte er brutal offen hinzu und Selli stieß nur schluchzend mit dem Kopf an die Tür an, denn er hatte recht. Ihre Vagina tropfte, ihr Schoß pochte, ihr Hintern tat immer noch etwas weh, doch das alles war absolut irrelevant, weil sie sich selbst gerade einfach nur reiben wollte, ... so wie er es zuvor bei ihr getan hatte mit seinen Fingern und dem Daumen.
Stattdessen presste sie nur ihre Faust zwischen die Beine und schloss die Schenkel ... Gott, ... allein der Druck gegen ihre Lustperle ließ sie bereits erschauernd kommen und unterdrückt aufstöhnen.
„Oh Selli, ... habe ich es doch gewusst ... Du bist viel zu unbeherrscht!", seufzte es nun auch von der anderen Seite der Tür her und sie hörte den Bastard tatsächlich leise auflachen.
„Hör auf, ... dich über mich lustig zu machen! Du bist ein brutales Ungeheuer, das mich einfach so unter Drogen ge-

setzt hat, warte nur, wenn ich erst in der Deutschen Botschaft bin, ... dann lachst du nicht mehr, du fieses Schwein ..."

„Du wirst sie nie erreichen und selbst wenn, ... dann ganz sicher nicht eingelassen werden. Denn du bist nun Bahiranerin, Selli. Eingebürgert, schon vor über zwei Wochen, als dein Vater die Eheverträge für dich unterschrieb. Denke also nicht, du kommst je wieder von mir weg. Das wirst du nicht. Und ich denke zudem noch, dass dich einzig meine unverblümte Offenheit und Ehrlichkeit stört. Jedoch ... du wirst mich nie anders als so erleben.", erklärte er ihr wieder und sie stöhnte diesmal gegen ihre Hand, die sie ganz fest auf ihren Mund drückte, ... denn er hatte natürlich recht behalten mit dem Verschlimmern und der eben erst erlebte Orgasmus hatte ihr kein bisschen Erleichterung verschafft, ganz im Gegenteil sogar. Sie schob wieder unwillkürlich ihre Hüften nach vorne und presste ihre Fingerknöchel diesmal noch härter gegen die Schamlippen. Juckelte nun sogar schon richtig auf ihrer Hand hin und her ... Gott, ... sie konnte es kaum mehr ertragen ...!

„Spürst du es, Selli? Diese Erregung wird nicht von allein verschwinden, weißt du? Wie lange dauert es wohl noch, bis du es nicht mehr aushältst und diese Tür für mich öffnen *musst*, hm? Mit jeder Minute, die du nun trotzig zögerst, schadest du nur dir selbst, Frau. Also öffne jetzt ... und dann vergesse ich vielleicht deinen Ungehorsam und die neuerlichen Schläge und deine derzeitige Qual kann ganz schnell vorbei sein. Du wirst dich ausruhen dürfen, etwas essen und trinken ...", versprach er ihr nun viel sanfter als eben noch.

Oh, dieser Teufel ...

„HAU AB!", brüllte sie nur einmal mehr schmerzerfüllt auf und rieb zugleich schneller über ihre Klitoris, hechelte nun sogar schon fast vor Ekstase und hasste sich gleichzeitig dafür, sich einfach nicht beherrschen zu können. Sie

schluchzte schließlich wieder peinvoll auf und kam laut wimmernd erneut zum Höhepunkt, wobei sie nun glatt zu Boden ging und ihre Faust nun ganz nass wurde, ihre Haut schwitzig und heiß, ... ihr Kopf pochte, ihr Schoß brannte, sie schrie erneut schmerzlich auf, bevor sie wieder weinend in Tränen ausbrach.
„Selli! Öffne die Tür!", befahl Hassan ihr nun wieder deutlich strenger. „Ich warne dich! Wenn du noch länger zögerst, lasse ich dich einen ganzen Monat lang jede Nacht mit diesem Öl in dir verbringen, bis du gelernt hast, mir zu gehorchen, Weib!", drohte er ihr nun wieder kalt. Mal freundlich, mal kalt, ... oh dieser Bastard, ... dieser perverse Mann ...
„ICH WILL DAS NICHT! **GEHHH WEEEEEEG**!!!", brüllte sie nur wieder schrill und hysterisch und hörte ihn erneut spöttisch auflachen und seufzen. „Wenn du gleich wieder abgehst und demnächst dann ohnmächtig wirst, gib nicht mir die Schuld, Frau. Denn du bist es gerade, die sich hier stur und unnachgiebig verhält, denk daran! Es hört auf, sobald du mir gestattest, es für dich zu beenden.
„HA! DU WILLST DOCH NUR WIEDER EINEN WEGSTECKEN, DU ARSCHOCH! EIN VERGEWALTIGER, DER MIR HELFEN WILL? ... ALSO BEIM NOCH EINMAL VERGEWALTIGT WERDEN, JA? DENKST DU ECHT, ICH BIN SO BLÖDE WIE EURE HIESIGEN FRAUEN?", hieb sie mit der Faust gegen die Tür und sekundenlang war es dann still auf der anderen Seite, bis er schließlich wieder seufzte.
„Diese prüden Europäer ... Ich habe dich *verführt*, Selli. Doch du warst Jungfrau, also hat es natürlich ein bisschen geschmerzt. Ich hätte trotz deiner Beleidigungen wohl etwas behutsamer vorgehen können, das schon. Doch das nächste Mal wird sehr viel schöner sein ..."
„ARSCHLOCH! Habe ich es doch gewusst, ... mach die Tür auf, dann geht es wieder von vorne los und es wird dann im

Gegenteil noch *grausiger*? Von wegen schön ... DU WEIßT JA NOCH NICHT MAL, WAS DAS WORT BEDEUTET, DU TIER!“, schrie sie nur wieder qualvoll auf und zog sich dann die Knie bis hoch an ihre Brust.
„Selli, du bist gerade schlicht zu stur, um Wahrheit und Lüge zu unterscheiden. Ich habe dich bislang aber noch nie belogen! Und ich werde dich heute auch nicht mehr in mein Bett nehmen, denn du willst es offensichtlich nicht und deine Bestrafung war gerade auch sehr viel härter als geplant. Zeit, dir nun also etwas Ruhe zu gönnen, Frau. Denn wie du schon sagtest, ... bist du noch *verletzt* ... und solltest dich *hinlegen*! Also gib schon nach und öffne diese Tür. Ich verspreche dir auch keine weitere Bestrafung für deinen erneuten Gewaltausbruch ...“
„DU WIRST MICH NIE WIEDER BESTRAFEN, DU PERVERSES ARSCHLOCH! UND *DU* BIST HIER DERJENIGE MIT GEWALTAUSBRÜCHEN! ICH WEHRE MICH NUR!“, heulte sie erneut aufbrausend los und stöhnte dann tief durchatmend auf. Ihr Kopf schmerzte schon wieder, ihr Schoß brannte lichterloh und es gab keine Pause mehr, keine Erleichterung, nichts mehr als die bereits wieder hereinbrechende taube Dunkelheit und Schwärze, die sich erneut über sie breitete wie ein segensreich linderndes Tuch, weil ihr hechelnder Atem viel zu schnell ging und ihr armer Körper und Kopf die Folterqualen der kurz aufeinanderfolgenden Orgasmen einfach nicht mehr länger ertrug.
„Selli? - Selli, bleib wach! ... Bei Allah! Versuch, langsamer zu atmen und mach einfach nur diese Tür auf, dann ist es gleich vorbei ...! Du musst es nur gründlich abwaschen, hörst du mich?“, polterte es wieder laut an der Tür.
Doch es war schon zu spät. Es war schon wieder dunkel geworden und sie hörte ihn nicht mehr.

*

Hassan trat fluchend von der Tür zurück und lauschte. Es war zu still. Kein Stöhnen, kein Keuchen, kein Wimmern mehr.
Verflucht noch mal, dieses dumme Weib! Wenn sie ihm nun einfach mal gehorcht hätte, statt schon wieder überzureagieren, ... aber bitte.
Ahmed stand schon hinter ihm mit einigen Palastwachen. „Öffnet die Tür!“, befahl er ihnen kühl. „Die Prinzessin ist noch immer verwirrt. Ihre Kopfverletzung hat sie wohl wieder ohnmächtig werden lassen. Ruft Dr. Alhamed in unsere Gemächer. Er soll sie sich noch einmal ansehen!“, wies er die Wächter streng an und schon wenige Minuten später hatten sie die Splinte in den Türangeln herausgezogen und mit einem Stemmeisen das Schloss herausbrechend geöffnet. Da lag sie am Boden wie ein zerzauster gefallener Engel, eingewickelt in das seidene Laken. Bleich und still und wunderschön.
Seine Wut auf sie verrauchte wie ausgepustet.
Er nickte den Wächtern zu, zu gehen, die seine Prinzessin nicht einmal anblickten, hob sie nur auf und trug sie dann einmal mehr in den Pool hinein. Sie rührte sich nicht, als er sie nun sachte wusch. Ihre Hand schwebte im Wasser, ihr Haar ebenfalls, da ihr Kopf nach hinten gesunken war. Er hielt sie mit einer Hand fest und wusch sie mit der anderen Hand in ihrem Schoß und an ihrem Kitzler, bis er sich sicher war, dass sie bei ihrem nächsten Erwachen nicht mehr unter dem Öl würde leiden müssen.
Oh, diese Frau raubte ihm allmählich seinen Verstand. Ihre Haut fühlte sich unglaublich zart und seidig an. Ihr Leib geschmeidig und dann noch ihre straffen, jungen Brüste ...
Bei allen Propheten!
Ihre Brüste auf seiner Brust zu spüren, war unglaublich

erregend. Das Blut schoss ihm pochend in den Schwanz ... Da verbot er sich weiter darüber nachzudenken, wie sehr sie ihn erregte. Schließlich stand er nicht auf Somnophelie. Seine Frau sollte schon bewusst miterleben, wenn er sie nahm. Doch nicht mehr jetzt. Er hatte es ihr versprochen. Sie würde sich nun ausruhen dürfen.
Er trug sie mit finsterem Blick aus dem Pool heraus. Da stand die junge Dienerin, die Ahmed zwangsrekrutiert hatte, mit mehreren Handtüchern bereit und reichte ihm mit tief gerunzelter Stirn eines davon zu, während sie das andere hastig über die nun wieder nackte Selma legte, um ihre Blöße zu bedecken.
„Warum dieser Blick?“, fragte er die junge Frau, die nur schweigend den Kopf schüttelte und sich ihm damit offen widersetzte, ... hm, ... interessant.
Er trug Selli zurück in ihr Gemach, ... das Wasser war bereits vom Boden aufgewischt, das Bett neu gemacht, frische Laken auf den Matten und die Bettdecke war einladend zurückgeschlagen.
Kein Zweifel, diese Dienerin war schnell und gründlich ... und nicht so leicht von ihm einzuschüchtern, sonst hätte sie ihm sicher sofort geantwortet, statt mit gerunzelter Stirn zu schweigen und ihm auf dem Fuße zu folgen. Er legte seine unwillige Frau behutsam auf dem Bett ab und trat von ihr zurück. Sofort legte die Dienerin die seidene Bettdecke über die Bewusstlose und stopfte sie auch noch gut um sie herum fest.
Seine Brauen hoben sich erneut ganz kurz, als er ihren wieder leicht finsteren Blick bemerkte, mit dem sie ihn bedachte, als er Selli nun noch schweigend verharrend betrachtete.
Schließlich aber gab es nichts mehr weiter für sie zu tun, ... also trat sie vom Bett zurück und blieb ebenfalls einfach stehen. Ihr Kinn reckte sich dabei sogar ein klein wenig vor.

Es wäre fast schon amüsant gewesen, wenn er nicht so beeindruckt gewesen wäre.
„Du willst meine Frau anscheinend vor mir beschützen.“, sprach er schließlich sanft.
„Wie könnte eine Dienerin niederen Ranges derart vermessen sein, Hoheit.“, sagte sie leise und viel zu kühl, als dass es höflich gewesen wäre, blieb aber nichtsdestotrotz stoisch stehen.
„Ahmed!“, rief Hassan wieder nach seinem Wächter, der auch sofort hereinkam und sich tief vor ihm verneigte. „Mein Prinz?“
„Wer ist diese junge, freche Dienerin?“, fragte er ihn gelassen und bemerkte, dass sich die Wangen der jungen Frau nun doch etwas röteten.
„Sie ist die jüngste Schwester meines zweiten Schwagers in Bazurah.
Eure Hoheit fragte mich nach einer eigensinnigeren Alternative zu den hiesigen, pflichtbewussten und stets gehorsamen Dienerinnen. Ihr Name ist Zarah, sie ging auf eigenen Wunsch hin zur Schule in der deutschen Mission, sie beherrscht ein wenig Englisch, doch noch viel besser Deutsch, ist fleißig, arbeitet unermüdlich und sie verweigerte jüngst ihre Verheiratung mit dem siebzigjährigen Nachbarn ihres Vaters. Sie lief noch vor der Verlobung fort und ist nun auf sich gestellt, weil sie die Familie mit ihrer Tat entehrte.
Ihr Bruder, mein Schwager, nahm sie insgeheim bei sich auf, da er, wie auch meine Schwester Amatha, die Entscheidung ihres Vaters missbilligte, Zarah an einen Greis zu verkaufen, und hofft nun, dass ich im Palast gute und ehrenwehrte Arbeit für sie finde. Sie ist vorhin eingetroffen, als die Prinzessin ohnmächtig wurde. Ich wollte sie gerade weiter in die Küche schicken. Sie spricht nicht viel mit Männern, scheut auch meine Berührung, denn sie ... kam mit unzähligen Peitschenhieben übersäht bei meiner Schwester

an, die noch nicht verheilt sind. Zweifellos war das die Art ihres Vaters und ältesten Bruders, ihren Willen brechen zu wollen.", verneigte er sich wieder und hieß auch Zarah kurz an, sich zu verneigen, was diese nur höchst wiederwillig tat. Oder war es Schmerz, der sie daran hinderte?
Hassan sah das junge Mädchen nun mit neu erwachtem Interesse an und trat wieder zu ihr hin, ... ergriff ihr Handgelenk, wobei sie sogleich böse zu ihm aufblickte ... und schob dann schlicht den weiten Ärmel ihres Gewandes an ihrem Arm hinauf, wobei er nicht wenige schwarzblaue und zum Teil auch tiefere, gerade erst verschorfte Striemen auf der Haut des Mädchens entdeckte, die tatsächlich von extrem harten Schlägen herrührten. Er wollte einen der vielen Striemen berühren, da zuckte sie prompt weg und Ahmed zischte ihr ganz leise zu, sich zu benehmen.
Hassan aber schüttelte lediglich den Kopf und ließ den Arm des Mädchens los. Sie würde sicherlich viele der Narben behalten, dachte er finster fühlend und wusste zugleich, dass sein Vater diese harten Strafen gegenüber einer ungehorsamen Tochter tatsächlich billigte, ... ja sogar befürwortete.
„Schon gut, Ahmed. Sie sollte besser *meiner Prinzessin* treu und ergeben dienen, statt in die Küche zu gehen. Sie tut es tatsächlich auch bereits ... Ich bin mit ihrer Einsatzbereitschaft und ihrer Voraussicht zufrieden und werde Sahida bitten, sich später noch um ihre Wunden zu kümmern. Sage deinem Schwager, seine jüngste Schwester Zarah wird nun ab sofort unter meinem Schutz stehend in meinem Haushalt leben, solange sie der Prinzessin treu und redlich dient."
„Sehr wohl, mein Prinz! Es wird ihn freuen und ehren, dies zu hören.", verneigte sich Ahmed erneut vor ihm und auch Zarah verneigte sich wieder halbwegs ...
Doch Hassan gebot ihr rasch Einhalt.

„Zarah, ... ich verstehe deinen Groll. Doch meine Frau ist erst seit kurzem hier in Bahira. Unsere Ehe wurde gegen unser beider Willen arrangiert und sie ist fest entschlossen, wieder zu gehen, auch wenn diese Verbindung bereits vollzogen wurde. Deine Aufgabe wird es also nun sein, ihre Wut zu beschwichtigen, ebenso wie ihre Angst vor dem neuen Leben.
Sie kennt die hiesigen Sitten und Gebräuche nicht, auch nicht unsere Sprache, also wird es an dir sein, ihr diese oder auch geeignete Lehrer dafür zu vermitteln, ... sofern sie dich lässt. Ich hoffe, dein Deutsch ist gut genug, um ihre Wünsche zu verstehen ...“, schloss er ernsthaft und Zarah verneigte sich erneut vor ihm, bevor sie ihm mit einem feinen Akzent auf Deutsch antwortete:
„Der ehrenwehrte Prinz hat sich eine Braut genommen, die ihn nicht haben will. Was werden die Bahiraner denken, wenn sie ihnen allen offenbart, dass der Prinz sie sogar vergewaltigen musste, nur um die Ehe zu vollziehen?“, fragte sie ihn grollend.
Ahmed wollte schon zornig vorstürzen, doch Hassan hob nur kurz die Hand und hielt ihn auf. Er war angenehm überrascht, wie gut Zarah Deutsch sprach, doch das zeigte er ihr nicht. „Du wirst sicher bald noch Näheres von der Prinzessin selbst erfahren, die sicher oft auf mich schimpfen wird, doch das ist mir gleich. Ich werde sie mir oft in mein Bett holen, wann immer ich es will und sie wird es schon sehr bald genießen, Zarah, selbst wenn es sie jetzt vielleicht noch beschämt. Doch so sind die Europäer. Ein wenig zu prüde für meinen Geschmack. Doch nun diene ihr, besorge ihr ein reich-haltiges Mahl und Säfte zum Trinken. Es soll ihr wahrlich an nichts fehlen, ... während sie nun in ihren Gemächern auf mich warten wird.“, sagte er noch und verließ dann schlicht den Raum, dicht gefolgt von Ahmed, der die Tür des Gemaches nachdrücklich hinter sich schloss.

7.

Zwei Tage lang blieb er ihr fern.
Zum Glück!
Selli war an besagtem Abend wieder erwacht und ein fremdes Mädchen in einer einfachen Wolltunika und Schleier hatte neben ihr auf dem Bett gesessen und ihre Hände und Gesicht mit warmem Wasser abgewaschen.
Erst war sie erschrocken darüber gewesen, doch Zarah, wie das Mädchen sich ihr rasch aufstehend und vor ihr verneigend vorstellte, sprach recht gut Deutsch und wirkte ausgesprochen ernsthaft und bodenständig auf sie.
Mit dem Waschen hatte sie sie auch nur wiederbeleben wollen, mehr nicht. Doch die Nachricht, die der Prinz ihr aufgetragen hatte, Selli auszurichten, erschreckte und beunruhigte sie gleichermaßen. Sie sollte hier in ihren Gemächern *auf ihn warten*? - Als was? Seine *Sklavin*? Immer wieder erinnerte sie sich empört und beschämt an seine Taten.
Wie hatte er sie nur nach diesem grausigen Ereignis im Pool gleich wieder fesseln und dermaßen foltern können? Sie würde ihm eine runterhauen, wenn er das je wieder so versuchte.
Und nicht nur dann!
Vielleicht sollte sie ihm nun besser ein Messer in den Wanst jagen, oh ja. Prinz Hassan war der Teufel selbst. Nur zu gut erinnerte sie sich an ihr eigenes beschämendes Verhalten, zu dem diese Drogen sie getrieben hatten.
Sie hatte sich nie zuvor selbst berührt oder sogar gerieben. Nur dieses fiese Öl hatte sie dazu gebracht. Oh, wie erniedrigend das nun für sie war. Vor allem, da er das auch noch alles mit angehört und darüber gelacht und gespottet

hatte. Sie könnte ihn glatt dafür erwürgen, dass er sie so schäbig behandelt hatte. Wie eine Hure! Da waren ihr Peitschenhiebe tatsächlich wesentlich lieber. Die hätte sie sicher auch viel besser ertragen.
Oh, sie hasste diese orientalischen Männer, die dachten, dass sie nun ihnen gehören würde, nur weil er sie hier in eine Art Käfig gesperrt hatte, hasste ihn aus ganzem Herzen.
Zarah hörte sich also stundenlang geduldig ihre Flüche und Drohungen an, ohne ihr zu widersprechen oder irgendetwas schön zu reden. Sie war erfrischend normal ... für eine Araberin ... und zu Hause tatsächlich ebenfalls vor einer arrangierten Ehe davongelaufen.
Es hatte Selli wirklich sehr erschreckt, dass sie, noch so jung und schön, an einen über siebzigjährigen Greis verschachert werden sollte. Welcher Vater tat denn nur so etwas? Ach ja, ... richtig. Ihr eigener Vater hatte es ja selbst auch so getan. Sie einfach mit einem perversen Teufel verheiratet ... Aber dagegen würde sie sich wehren und auch rächen. Die konnten es glatt vergessen, dass sie irgendwie in diesem miesen Spiel mitspielen würde - absolut. Bei der ersten sich bietenden Gelegenheit würde sie diesem Trottel-Prinz davonlaufen ... oder besser noch ein Auto stehlen und davonfahren.
Zarah versprach ihr ebenfalls nach einer Möglichkeit Ausschau zu halten, den Palast ungesehen verlassen zu können, oder zumindest erst mal ihre Räume. Irgendwo musste es doch noch einen anderen Ausgang geben. Oder vielleicht konnte sie die Wachen auch irgendwie ablenken ...?!
Zarah machte ihr sogar Vorschläge, womit man die beiden Schwertträger, die wohl aus dem Mittelalter stammten, aus dem Weg bekommen konnte und vor allem am zweiten Tag diskutierten sie diese Pläne eifrig. Denn da ging es Selli auch schon wieder viel besser und sie konnte endlich auch sitzen und stehen, ohne dass es ihr erneut dabei so schwindelig

wurde. Doch was Selli am meisten zu denken gab, war das, was Zarah über den Prinzen erzählte, der mit ihr noch gesprochen hatte, bevor er sie für *seine Prinzessin* einstellte.

Er hatte Zarah nämlich ganz offen, frei und ehrlich von dieser erzwungenen Art von Ehe erzählt ... und schien noch nicht einmal zu befürchten, dass das Mädchen ihr vielleicht helfen könnte zu entkommen.

Doch tatsächlich konnte auch nur Zarah ungehindert in dieser Wohnung aus- und eingehen, die tatsächlich vier Zimmer und einen geräumigen Außenhof mit Blumen und Palmen und einem Minipark mit Swimmingpool hatte. Sie hatten das gesamte Areal nun schon zwei Mal erkundet und nichts gefunden, was ihr irgendwie helfen konnte, zu entkommen. Und so verstrichen die beiden Tage denn auch recht langweilig und eintönig.

Zarah holte ihr etwas zu essen und immer wieder mal zu trinken und berichtete ihr leise, was die Gerüchte in der Küche und im Palast so sagten, wenn sie denn mal etwas aufschnappen konnte.

Demnach sollte es übermorgen ein großes Fest, der neuen Kornprinzessin zu Ehren geben. Angeblich sollte auch die Presse aus der ganzen Welt dazu eingeladen sein. Das war also ihre Chance!

Sie könnte den Presseleuten von der Entführung berichten. Zu Hause würde man sich dann sicher darüber aufregen und die Deutsche Botschaft würde hoffentlich versuchen, sie hier wieder herauszuholen ... Oh ja. ... Das war sogar noch ein besserer Plan, als sich hier rauszuschleichen, sich ein Auto zu stehlen und zu entkommen zu versuchen.

Zwei Mal hatte sie es ja schon ausprobiert, diese Wohnung im Komplex zu verlassen, doch die Wächter, die davor standen, hatten sie einfach gleich wieder ins Zimmer zurückgeschoben, etwas gesagt, das sie nicht verstand und

das Zarah ihr später mit, ... „Euer Gemahl, der Kronprinz, hat angeordnet, dass ihr das ZImmer nicht verlassen dürft, Prinzessin.“, übersetzt und die Tür dann einfach vor ihrer Nase geschlossen.
Darum saß sie nun hier fest ... mit Zarah ... und wartete auf diesen perversen Prinzen mit Größenwahn, der sie sicher bald wieder quälen wollen würde.
Oh Mann, ... sie brauchte wirklich eine Waffe ...
Denn sie hatte auch sonst keine sehr guten Aussichten. Zudem machte die nun schon zwei Tage andauernde Untätigkeit sie unruhig und gereizt.
Also setzte sie sich irgendwann nur noch in den Gefängnisgarten in die Laube und starrte finster vor sich hin, während sie eine Blume nach der anderen pflückte und ihnen die Blütenblätter ausriss. Das war ihr zwar immer noch zu wenig Gewalt, wenn es nach ihrer eigentlichen Befindlichkeit ging, doch besser als gar nichts. Am liebsten hätte sie tatsächlich alles hier schrill kreischend kurz und klein geschlagen. Doch das hob sie sich noch für das Arschloch auf. Schließlich brauchte sie noch geeignete Wurfmunition, wenn er irgendwann wieder vorbeischneien würde. Ja, sie würde ihn ganz sicher wieder mit allem bewerfen, was sich finden ließ, um ihn sich vom Leibe zu halten. Zudem hatte Zarah ihr gestern auch noch eine Schere organisiert. Eigentlich, weil sie sich strikt geweigert hatte, die hiesigen Röcke und langen Tunika-Kleider mit engen, tief ausgeschnittenen Oberteilen, die ihre Brüste deutlich hervorhoben, und für die Haare diese langen Harems-Schleier, die diese Assis hier wohl trugen, anzuziehen. Sie hatte sich schlicht aus den feinen Gewändern ein paar knielange Hosen und kurzärmelige Shirts mit einfachem Gummizug um die Taille herum genäht. Es saß genauso schlabberig und unvorteilhaft an ihr wie die Krankenhauskleidung, doch es waren normale Sachen ... aus Seide

oder so, aber wer schaute schon darauf? Es war doch sowieso niemand hier, den das kümmerte, auch wenn Zarah ganz bleich geworden war, als sie sich ihre Capri-Hosen zum ersten Mal anzog und dann auch endlich das schlichte T-Shirt wechselte, sie hatte es extra faltig genäht, damit man ihre Brüste nicht durchschimmern sah. Denn Unterwäsche wurde ihr hier ganz offensichtlich auch nicht zugestanden. Also hatte sie sich nun noch eine weitere Näharbeit vorbereitet und fertigte eine Art schlichtes Bustier für sich an, wenn es hier schon an den einfachsten Dingen mangelte ...?

Es war die beste Beschäftigung, die sie gerade für sich finden konnte, während der Prinz sie wohl gerade irgendwie einzuschüchtern versuchte, indem er sie bewusst schmoren ließ. Sie wusste gerade tatsächlich auch gar nicht mehr, ob es ihr nun lieber war, dass er ihr fernblieb, statt dass sie ihm bei seinem Erscheinen die Schere sofort in den Bauch oder in die Brust rammen würde, die gerade noch hinten in ihrem Hosenbund steckte.

Sie würde sie nun aber immer bei sich tragen, schwor sie sich eisern. Es war zwar kein Messer, doch sie war immerhin vorne spitz und die Schneiden, wenn geöffnet, waren sehr, sehr scharf.

Es war also sicher besser, wenn er *weit* von ihr wegbliebe. Sie wollte schließlich nur ungerne zur Mörderin werden, denn sicher würden die Araber es so sehen wollen und es nicht schlicht als Notwehr einer entführten Frau, die keine weiteren Zudringlichkeiten mehr geschehen lassen wollte, ansehen.

Ja, ... doch wenn er sie nicht in Ruhe ließ, würde es vermutlich genau so und nicht anders kommen.

Selli schluckte hart, während sie den Saum am Gummizug zu Ende nähte. Das war so lächerlich ... Pfff, ... eine Krankenschwester, die sich ihre bevorzugte Kleidung selbst nähte

und nun mitten in einem orientalischen Harem festsaß, in dem es aber gerade nur sie und Zarah gab? War das nicht merkwürdig?
Warum hatte der Bastard sich überhaupt darauf eingelassen und sie genommen, ... ohne sie je gesehen zu haben, ja, ohne sie auch nur zu kennen? War er denn völlig blöde oder etwa verrückt geworden ...? Oder einfach nur ein extrem höriger Sohn, der schlicht alles tat, was Papa von ihm wollte?
So ein Spinner ... Er hatte nicht einmal erwartet, dass sie noch Jungfrau gewesen war. Mit vierundzwanzig Jahren ...
Hastig schüttelte sie den Kopf und schluckte an dem bitteren Geschmack in ihrer Kehle, der da einfach nicht mehr wegging.
Du bist jetzt meine Frau, Selma, ... unsere Väter haben diese Verbindung geschlossen, ... die älteste unverheiratete Tochter von Konrad Gutenberg ...
Sie hätte brüllen mögen!
So viele Jahre lang hatte sie sich in Sicherheit vor diesem Dreckskerl gewogen, der ihr Vater war, und ihr ein lebenslanges Leiden verpasst hatte. Und nun sollten all ihre Bemühungen um ein trotzdem noch gutes und rechtschaffenes Leben völlig umsonst gewesen sein? Ihre jahrelange Ausbildung würde einfach weggeworfen, ja? Sie hatte Schulden gemacht, war nebenher bis spätabends noch mal arbeiten gegangen, hatte sich die Miete ihrer miesen kleinen Wohnung vom Mund abgespart, hatte sogar auch noch nebenher gekellnert, um irgendwie durchzukommen, wenn sie nicht gerade wie eine Irre für die Prüfungen büffelte.
Und nun ...? Alles aus und vorbei.
Nur weil ihr bescheuerter Vater dachte, immer noch das Recht zu besitzen, über ihr Leben zu verfügen.
Wie es wohl gerade ihren Kollegen in Deutschland erging?

- Im Krankenhaus?
Ohne sie hatten sie noch viel mehr zu tun. Der Dienstplan für Weihnachten wurde nun doch wieder über den Haufen geworfen und Thea wusste auch noch nicht, wo sie gelandet war.
Hm - und was war heute eigentlich für ein Tag? Der zweite, ... nein, ... dritte Tag nach ihrer Entführung? Und diese war an einem Dienstag gewesen, ... also war heute Freitag. Am Wochenende sollte sie eigentlich die Schicht von Jana übernehmen, die sich verloben wollte. Viele Kollegen waren krank und sie selbst verschwunden. Ob man sie dann wohl bald schon als vermisst melden würde? – Oh, hoffentlich! Aber sie würden sie sicher nur in Deutschland suchen. Wer im Himmel käme denn schon darauf, dass sie auf einen anderen Kontinent verschleppt worden war? Wieder richtig, ... absolut niemand!
Ein Tropfen landete auf ihrer Hand, während sie die Nadel wieder und wieder in den feinen Stoff hineinstieß. Von robuster Baumwolle hatten die Araber hier wohl noch nie etwas gehört. So ein Mist aber auch ...
„Selli!", rief Zarah plötzlich und kam um den Pool herum auf sie zugerannt. Sie stand hastig auf und legte die Näharbeit auf den Tisch, griff sich aber schon mal die Schere, denn hinter ihr kam nun mit großen Schritten dieser elende Prinz Hassan angeschlendert, ein kilometerbreites Lächeln im Gesicht, das selbstherrlich seine Anwesenheit verkündete ... Sicher erwartete der Schuft nun, dass sie alles stehen und liegen ließ, um ihm entgegen zu eilen. Stattdessen packte sie nur wieder die Schere und floh auf die andere Seite des Pools, um ausreichend Abstand zwischen ihnen beiden zu wahren.
„Sei gegrüßt, Selli, wie ich sehe, geht es dir nun wieder besser. Also wirst du mich heute auf eine Audienz bei Fürst Raschid, meinem Vater, begleiten können." Er hielt inne, als

er ihren finsteren Blick und verkniffenen Mund erblickte, wie auch die Schere, die sie nun sichtlich nervös und wie eine Stichwaffe umfasst hielt.
„Das soll wohl ein Witz sein, oder?", sagte er schließlich deutlich kühler zu ihr und schnaubte spöttisch auf. „Du zürnst mir immer noch? - *Ich* sollte *dir* stattdessen zürnen. Denn ich habe dich sogar ganze zwei Tage lang in Ruhe gelassen, Selma, wie der Arzt es mir geboten hat, damit du dich in Ruhe und ohne alle Aufregung erholen konntest!", sagte er empört.
„Dass Araber für ihre Neigung, ihre Frauen zu unterdrücken und sie ständig wegen jedem noch so erfundenen Pups zu schlagen, bekannt sind, ist ja nun schon auf der ganzen Welt verbreitet. Aber dass du unter Realitätsverlust leidest, Prinz von irgendwo, solltest du vielleicht mal dringend untersuchen lassen.
Nur zu deiner Erinnerung", ... sie deutete auf ihn „-Entführer!", sie deutete auf sich, „Entführungsopfer! Du hast mich hierher verschleppt und mich vergewaltigt und gefoltert, weil ich mich rechtmäßig gegen dich gewehrt habe. Und du erwartest nun, dass ich dir strahlend in die Arme sinke und *„Mein lieber Prinz"* hauche wie eine dämliche Haremshure? - *Träum. weiter*! Und sei froh, wenn ich dich nicht noch dafür umbringe, was du mir alles angetan hast. Denn dieses Gefängnis hier, in dem du mich einsperrst und gefangen hältst, ist genau so sehr eine Hölle wie du der Teufel in Person bist! Auf deine Termine, Audienzen und deinen dämlichen Vater, Fürst irgendwas von irgendwo - im nirgendwo pfeife ich übrigens auch, wenn der das hier so tatsächlich auch noch erlaubt und gebilligt und unterstützt hat, was absolut *illegal* ist ..."
Hassan seufzte nur wieder entnervt auf. „Wie oft soll ich dir noch sagen, dass *dein* Vater diese Verbindung geschlossen hat, Selli?"

„Mein *Vater* ist nur ein mieses, dreckiges *Schwein*! Er hat über mich rein gar nichts zu sagen oder zu bestimmen. Denn er landet, nur wenn er mich ansieht, schon für die nächsten zehn Jahre im Knast, klar?! Er ist per Gesetz nicht mehr mein Vater. Kannst du ihm gerne auch genauso von mir ausrichten, es gibt sogar ein gültiges Gerichtsurteil dazu, - *du missratener Hurensohn*!
Ach ja, und wenn du nachher mit den beiden irren Alten redest, erkläre eurem Fürsten besser auch gleich noch, dass ich *die Scheidung von dir will* wegen deiner brutalen Gewaltexzesse und der Folter! Wollen mal sehen, ob du darüber dann auch noch so belustigt lachst und spottest!", sagte sie so eisig und ruhig sie nur konnte, doch ihr Herz raste und ihr Atem flog. Trotzdem war sie nun wild entschlossen.
Und der Prinz ... tja ...
Der stand nun einfach nur da, sah sie nun vollkommen ausdruckslos an, bevor er sich schlicht abwandte und kopfschüttelnd wie auch leise auf Arabisch fluchend wieder davonging.

- Oh, Gott ... sei ... Dank!
Sie war echt erleichtert, dass er einfach nur ging. Denn sie wollte nicht erneut mit ihm um ihr Leben und ihre Unversehrtheit kämpfen müssen.
Tief durchatmend ließ sie die Schere wieder sinken und sah kurz zu der nun ebenfalls tief besorgten Zarah hin, die sich gerade fast ihre Unterlippe blutig biss.
„Ihr habt gerade den Fürsten und auch noch den Kronprinzen beleidigt, Prinzessin. Er könnte Euch nun leicht steinigen lassen.", kam sie besorgt auf Selma zugelaufen und die atmete nur gleich noch schneller.
„Ja? Echt? Na dann, ... soll er doch! Sogar der Tod ist mir gerade lieber als auch nur für zehn Minuten lang seine Frau

zu sein und seine Anwesenheit in meiner Nähe ertragen zu müssen ... ***AHHHH!***"

Hassan stand auf einmal hinter Selli, drehte ihr den Arm auf den Rücken, während sein Arm sich um ihren Hals legte und entwand ihr mit nur einem ruckhaften Reißen die Schere. Selli schrie laut auf und begann zu zappeln und zu toben, doch als Zarah ihr zu Hilfe kommen wollte, stand Ahmed plötzlich vor der jungen Zofe, packte sie und zerrte sie mit sich, obwohl sie noch nach Selli rief.

So schnell konnte sie gar nicht gucken, da hatte der Prinz sie schon rückwärts mit sich ins Innere der Palastgemächer gezerrt und es half auch nichts, mit ihren Fingernägeln blutig über seine Haut zu kratzen. Schon brachte er sie durch das Wohnzimmer hindurch in ihr Zimmer und warf sie dort auf das Bett.

„Peitsche und Tod sind dir also *lieber*, als mit dem *Kronprinzen von Bahira* verheiratet zu sein? Ich bin *der Teufel* und das hier ist *die Hölle*?", sprach er zornig und warf sich auf sie, als sie sich hastig wegrollen und schrill kreischend wieder aufspringen wollte.

„Oh nein, ... du bleibst jetzt da, Frau, und lernst, was es bedeutet, mich zum Mann zu haben, bevor du tatsächlich etwas Unverzeihliches tust und den Fürsten beleidigst. Denn er kennt tatsächlich keine Gnade, wenn es darum geht, Frauen für ihren Ungehorsam zu bestrafen.", fesselte er ihre Hände nun über Kreuz oben auf der Matratze fest, während er auf ihren strampelnden Beinen saß.

Selli begann noch lauter und verzweifelter um Hilfe zu schreien, denn seiner Kraft hatte sie nichts, aber auch *gar nichts* entgegen zu setzen. Doch kaum hatte Hassan sie zu Ende gefesselt, ließ er von ihr ab und stand nur wieder auf. Sekundenlang blieb er dann mit verschränkten Armen stehen und starrte sie finster an, während Selli nun wie Espenlaub zu zittern und zu brüllen begann.

*

Sie war schon jetzt in Panik?! Dabei hatte er sie doch kaum angerührt ... Das war nicht gut. Hassan verkniff es sich, sie einfach wieder loszubinden und wieder von sich weglaufen zu lassen. Denn in ihrer Panik würde sie sich dabei vermutlich nur selbst verletzten. Also stand er einfach still vor ihr und wartete, dass sie wieder aufhören würde, zu schreien und zu toben.
Er hatte schließlich auch nur ihre Hände gefesselt. Doch sie bebte, als hätte er sie stattdessen stundenlang ausgepeitscht. Nein, ... ganz und gar nicht gut. Er wollte seine Frau nicht ängstlich vor sich kriechen sehen und eingeschüchtert vor ihm weglaufen, wann immer er zu ihr kam. Sie hatte einen entschlossenen Blick gehabt, als sie die Schere in ihrer Hand hielt. Sie meinte also, was sie sagte. Sie wollte ihn lieber tot sehen, als an seiner Seite zu stehen.
Wie nur hatte seine Intervention so schnell so schief gehen können? Lag es tatsächlich an der Andersartigkeit der europäischen Frauen? Dass sie sich weniger unterwürfig, dem Mann, Bruder und Vater gegenüber gaben, als auch viel zu eigensinnig waren, um zu begreifen, dass man es nur gut mit ihnen meinte?
Sie drehte sich schließlich auf dem Bett zur richtigen Seite um, kam auf die Knie hoch und sah ihn heftig keuchend an, während sie versuchte, sich zu befreien, doch dazu waren die zu stramm sitzenden Fesseln nicht gedacht. Sie würde nur dann loskommen, wenn er sie losband, nicht eher.
„Nimm mir die beschissenen Dinger ab, du verdammter Heide!", brüllte sie ihn lautstark an.
Da setzte er sich schlicht mit dem Rücken zu ihr auf das Bett und wartete weiter.
Sie für ihre Worte zu strafen, war absolut unnötig. Sie machte sich schon ohne jeden Grund völlig fertig, erkannte

er, als sie erneut ihre Arme aus den Fesseln herauszuwinden versuchte, doch diese waren an ihre Arme angepasst worden und saßen zu stramm, ohne ihr dabei aber die Blutzufuhr abzuschneiden. Doch so wie sie an ihren Händen riss, würde sie sich noch selbst die Gelenke auskugeln ...

„Hör auf, dich zu wehren und rede einfach nur mit mir, Selli!“, sagte er schließlich äußerst reserviert zu ihr.

„Ha! *Reden*?! ... Jetzt will der blöde Araber aus dem Orient also plötzlich *reden*, ja? Damit ich ihn nicht anzeige, wenn die Weltpresse demnächst kommt?!“, zerrte Selli immer heftiger an ihren Handgelenken. Er atmete tief durch, stand auf und trat schließlich um das Bett herum, um seiner Frau in die Augen blicken zu können. Sie waren bereits gerötet ... und Tränenspuren verunzierten ihr Gesicht.

„Ich bedaure unseren Ehebeginn, Selli, doch du solltest wissen, dass es in unserem Land ein unbedingtes Muss ist, dem Herrscher zu gehorchen.“

„Fein! - Interessiert mich kein Stück! Denn er ist nicht mein Herrscher! Wir haben keine solchen! Wir leben in einer zivilisierten Demokratie, in der Mann und Frau gleichberechtigt sind und wo ein **Nein** akzeptiert wird! Also, bringen Sie mich gefälligst nach Hause, bevor ich wegen Mordes gesteinigt werde, okay? Dann vergesse ich, was Sie mir alles angetan haben ...“, herrschte sie ihn erbost an. Er senkte kurz den Kopf und lächelte schließlich amüsiert.

„Du willst mich töten, weil ich dich zur Frau und in der Schlussfolge auch die Unschuld nahm? Findest du das nicht auch etwas melodramatisch, Selli?“, fragte er sie ausdruckslos.

„Sie haben kein Recht, mich zu duzen! Sie haben kein Recht, mich gefangen zu halten und derart niederträchtig zu behandeln. Aber was will man von einem unzivilisierten Heidenmenschen aus dem Orient auch verlangen ...?! Schon allein mit Ihnen zu sprechen, ist verschwendeter Atem ...“

„Verschwendeter Atem ist dein Geschimpfe, Frau. Der Fürst lädt dich morgen zusammen mit deinem Vater zu einem informellen Treffen ein. Es wird von dir erwartet, dass du dich benimmst, sonst wirst du bestraft. Das wollte ich dir nur mitteilen. Du solltest deine Dienerin also bitten, dir geeignetere Gewänder herauszu..."
„Der Oberarsch kommt also her, um über mich zu triumphieren?", unterbrach Selli ihn scharf keuchend. „Soll er es nur wagen! Ich kratze ihm die Augen aus, wenn er vor mir steht oder auch nur wagt, ein Wort mit mir zu sprechen. Das kannst du deinem Fürsten auch gerne von mir ausrichten. Und selbst wenn er mich dafür totschlägt, werde ich keine einzige Minute im selben Raum mit diesem Mistkerl verbringen, ohne ihn umzubringen zu versuchen für das, was er mir als Kind angetan hat! - Haben Sie das jetzt endlich verstanden, Prinz aus dem Nirgendwo?", fuhr sie ihn schrill an.
Er schüttelte nur wieder ernsthaft den Kopf.
„Du weißt wirklich nicht, was gut für dich ist, Selli. Dabei sind wir doch im Grunde auf derselben Seite. Deine Wiegerung, meine Frau zu sein, spielt deinem Vater in die Hände. Er berät den Fürsten, der an diesem völlig absurden, schmierigen Schleimer einen Narren gefressen hat!", erklärte Hassan ihr nun vollkommen ernsthaft. Doch wieder versuchte Selli, ihn zu unterbrechen: „Das interessiert mich kein bisschen, Prinz ...!"
„HASSAN, SELMA! Ich bin dein Ehemann! Und ich entschied, dass, wenn ich schon eine Tochter dieses unsäglichen Wichtigtuers zur Frau nehmen müsste, sollte diese wenigstens schon erwachsen sein. Denn egal wie gering deine Meinung auch von mir ist, ich nehme mir keine Kinder ins Bett, die noch nicht einmal eigenständig denken können und alles tun, was man ihnen sagt.

Aber tatsächlich weiß dein Vater gerade wohl auch noch nicht, für welche seiner Töchter ich mich entschied, Selli! Morgen wird er dich an meiner Seite sehen und seine ausgeklügelten Pläne sind endgültig zerstört. Nun, ... ich kann dir entgegenkommen, wenn du es so willst, ... du willst also keine Minute mit ihm zusammen im selben Raum sein. Dann gib mir fünfundfünfzig Sekunden deiner kostbaren Zeit, bewahre derweil einzig deine Würde und schweige, ... dann kannst du von mir aus gehen. Wenn du das für mich tust, wirst du erstens deinen Vater in einer herben Niederlage erleben und zweitens wird deine Tür dann nicht mehr bewacht sein und du kannst dich auch dort draußen umsehen gehen. Es geht dir nun wieder gut genug dazu. Zumindest körperlich.
Also geh, wohin du willst ... Ob nun hier im Palast oder unten im Ort. Versuche auch ruhig, wegzulaufen, ... nur sei nicht zornig, wenn ich dann komme, um dich zurückzuholen, Selli. Denn ich lasse dich ganz sicher nicht in der Wüste verdursten."
„Sie haben ein gewaltiges Rad ab, wenn Sie denken, ich mache bei ihrer Farce auch noch freiwillig mit! Nur damit Sie mich hinterher wieder abschleppen und behaupten können, dies sei nun eine *echte* Ehe ...?! Das ist es nicht, solange ich nichts unterschrieben habe ... und das werde ich nicht! Zum x-ten Mal: Die Unterschrift dieses Bastards zählt nicht! Und Sie sind ein mieser, feiger Hund, eine Frau einfach zu entführen, sie niederzuschlagen und dann hier ans Bett zu fesseln, nur damit sie weiter bei Ihnen bleibt. Aber das ist hier wohl der gute Ton, nicht wahr? Sie sind einfach nur zu allen mies und brutal zu Frauen. Da will sicherlich keine einzige ehrbare Frau etwas von ihnen wissen! Kann ich absolut nachvollziehen.", griff sie ihn erbost an und Hassan schloss ganz kurz die Augen, bevor er einen Schritt vortrat und seufzend ihre Fesseln zu lösen

begann.
„Beruhige dich endlich wieder, Selli. Ich habe dir keine bleibenden Schäden zugefügt, dich auch nicht blutig geschlagen und nur einzig zum Vollzug der Ehe verführt, mehr nicht!"
„Das Wort *verführt* suggeriert dem Betrachter, dass es mir *gefallen* haben könnte. Doch es war nur brutal, schmerzhaft, äußerst erniedrigend und grausam! Ein Verbrechen, für das sie in meinem Land ins Gefängnis müssten, ganz egal wer Sie nun sind und was Sie meinen, zu dürfen!"
Seine Miene war nun richtig düster geworden. „Nun gut. Du beharrst also auf dieser haarsträubenden Meinung und willst mich nicht mehr um dich haben ...? - Wie du wünschst. Die Ehe ist vollzogen, ... also bist du vorerst frei, deine Gesellschaft hier im Palast und Ort selbst zu wählen. Doch zuvor verrate mir noch bitte, was dein Vater dir in deiner Kindheit so Schreckliches angetan hat, dass du ihn nun so sehr hasst!", packte er ihr Handgelenk, gerade als sie von ihren Fesseln befreit aufspringen wollte. Selli wand sich sofort heftig in seinem Griff, doch er gab nicht nach.
„*Selma*?!", donnerte er sie nur irgendwann derbe an und schüttelte sie grob. Oh, sie konnte einfach nicht mehr! Tränen sprangen ihr in die Augen und ihre Brust wollte bersten unter dem gewaltigen peinigenden Druck, der schon seit Jahren auf ihr lastete.
„Sie ... wollen wirklich wissen, was er getan hat? - Ja? ER HAT MICH WEGEN EINER NICHTIGKEIT FAST TOTGESCHLAGEN UND GETRETEN, ALS ICH NOCH EIN KLEINES MÄDCHEN WAR UND NICHT EINMAL WUSSTE, WAS ICH IHM GETAN HATTE!
DANACH FUHR ER EINFACH SO WEG, ... FUHR IN DEN URLAUB MIT SEINER NEUEN FAMILIE UND LIEß MICH WIE EIN STÜCK MÜLL BEWUSSTLOS UND STARK BLUTEND MIT GEBROCHENEM SCHÄDEL UND RIPPEN UND INNEREN VERLETZUNGEN ZUM STERBEN AUF DEM BODEN ZURÜCK.

SEINE PUTZFRAU FAND MICH ERST AM NÄCHSTEN TAG UND RETTETE MIR GERADE NOCH SO DAS LEBEN! UND NUN WERDE ICH DANK SEINER MAẞLOSEN BRUTALITÄT NIEMALS EIGENE KINDER HABEN KÖNNEN ... HABEN SIE DAS VERSTANDEN, PRINZ HASSAN?!“, herrschte sie ihn nun wirklich zornig schluchzend an. „VON MIR BEKOMMEN SIE GAR NICHTS MEHR!“
Stille.

*

Er war gegangen.
Hatte einfach nicht mehr gewusst, was er sagen sollte. Selli hatte derart verbittert und zornig ausgesehen, dass es kaum eine Lüge sein konnte, welche sie da so vehement und lautstark ausgesprochen hatte. Doch er hatte ihren Hintergrund doch gründlich durchleuchten lassen. Nirgends war dieser Makel verzeichnet. Ihr Hausarzt hatte ebenfalls keine Dokumente darüber in seinen Akten geführt.
Also warum sagte sie solche Worte mit einer derart glaubwürdigen Vehemenz, dass er am liebsten losstürmen und Gutenberg auf der Stelle töten wollte?
Selbst in Bahira war versuchter Mord an seinen Kindern ein Verbrechen. Züchtigung war etwas anderes. Dabei verblutete man jedoch nicht oder fiel ins Koma. Doch Gutenberg hatte sein eigenes Kind beinahe totgeschlagen und am Boden liegen lassen ... und war dann noch, ohne ihr zumindest Hilfe zu holen, weggefahren ...?!
Ahmed betrat den Raum und brachte ihm seinen gewohnten schwarzen Tee mit türkischem Honig. „Mein Prinz!“, verneigte er sich ernsthaft vor ihm, nachdem er ihm aufgedeckt hatte, und Hassan bedeutete ihm stirnrunzelnd, dazubleiben, während er die Kanne, wie auch die kleine Teeschale ergriff und sich aufgebracht ein-

schenkte.
„Ahmed, ... diese Detektive, die etwas über die Prinzessin herausfinden sollten, haben nicht gut gearbeitet. Suche eine andere Detektei, die tiefer gräbt. Vor allem ihre rechtliche und medizinische Vergangenheit.“, wies er ihn leise an.
„Mein Prinz?!“, trat der Diener verwundert von dieser Anweisung einen Schritt vor und verneigte sich kurz fragend vor ihm.
„Es geht exakt um einen Vorfall in ihrer Kindheit. Es soll ein Gerichtsurteil gegen Konrad Gutenberg geben. Und eine medizinische Krankenakte, dass sie von ihm angeblich fast totgeschlagen und dabei nachhaltig geschädigt wurde. Finde so schnell wie nur möglich heraus, was geschah, damit ich die Prinzessin angemessen vor Gutenberg wie auch dem Fürsten schützen kann.
Du weißt, dass es meinem Vater nichts bedeuten wird, was ihr Vater ihr irgendwann antat. Er hat es ja auch bei Aishe nicht zugelassen, dass ich eingriff, bis sie letztlich mir gehörte. Er wird es nur als einen törichten Versuch der Rebellion einer Tochter gegen ihren Vater abtun. Dass die Prinzessin aber anders als in Bahira, nämlich westlich, erzogen wurde spielt für ihn keinerlei Rolle. Und das wird es auch weiterhin nicht, wenn sie sich nun hier gegen ihren Vater auflehnt, Ahmed. Und das wird sie mit Sicherheit tun!“
„Ihr habt wirklich nicht vor, sie wieder gehen zu lassen, Herr? - Obwohl sie so herrisch und barsch zu Euch ist, statt freundlich und gefügig?“, zog der Diener lediglich seine Braue empor.
Hassan nickte langsam.
„Ich werde sie schon noch zu überzeugen wissen, dieser Ehe zuzustimmen und ihre Rolle zu spielen. Denn wir brauchen die Prinzessin, damit unsere Pläne gelingen, Ahmed. Ihr

unschuldiges, wunderschönes Gesicht auf einer Zeitschrift, derweil sie an meiner Seite steht, wird uns die Eroberer fernhalten. Europa will sicher keine deutschstämmige Prinzessin in einem Blitzkrieg getötet sehen. Ihre eigenen Medien würden sich in dem Fall sicher gegen sie wenden."
„Die Meldung ging bereits hinaus. Der tunesische und libysche Botschafter sind empört über diesen Zug. Doch sie haben ihr Drohgebaren vorerst eingestellt.", nickte Ahmed dem zustimmend. „Algerien prüft noch, was diese Heirat für uns bedeuten könnte und ob wir gerade ernsthafte Verhandlungen mit Deutschland begonnen haben. Wenn sie allerdings herausfinden, dass die Prinzessin nicht freiwillig hier ist, befürchte ich, werden sie unter dem Deckmantel einer Rettungsmission in Bahira einfallen wollen, mein Prinz!"
Hassan nickte langsam. „Selma weiß es derzeit noch nicht ... Aber selbst wenn es ihr gelingen würde, diese Ehe zu annullieren, würde sie nun ab sofort nicht mehr sicher sein. Gutenberg wird es sich nicht entgehen lassen, mit einer so schönen Frau seinen niederträchtigen Handel zu treiben und Ränke zu schmieden.
Ich bin mir inzwischen sicher, dass er in verschiedene Richtungen interveniert, um viele Eisen gleichzeitig im Feuer zu haben. Demnach bin ich der einzige, der sie jetzt noch beschützen kann. Und das werde ich, sobald ich alle Fakten kenne.", sann er leise vor sich hin und trank dann einen weiteren Schluck Tee.
„Sehr wohl, mein Prinz", verbeugte Ahmed sich rasch und ging rückwärts zur Tür. „Ich beauftrage eine bessere Detektei. Bis heute Abend sollten wir dann schon etwas erfahren haben.", verabschiedete Ahmed sich noch leise. Dann ging er zur Tür hinaus und schloss sie fast geräuschlos. Hassan blieb nachdenklich zurück und strich sachte über die frischen Kratzer, die Sellis Nägel auf seiner Hand hinter-

lassen hatten. Was für eine kleine Wildkatze sie doch war, wenn sie sich in die Enge getrieben fühlte. Genauso wie einst seine Aishe. Ja ... haargenau so ... und ebenso groß war auch Sellis Angst vor ihrem Vater ...
Er fegte das Teeservice mit einem zornigen Aufschrei vom Tisch herab und stand unruhig auf.
War sie wirklich und wahrhaftig unfähig, ihm auch nur ein einziges gesundes Kind zu schenken, würde der Fürst nicht zögern, sie zuerst für seine politischen Zwecke zu benutzen und dann zu einem späteren Zeitpunkt zu beseitigen.
Der Schmerz raubte ihm einen Augenblick lang den Atem. War es eigentlich sein Karma, all jene Menschen, für die er sich entschied, zu verlieren oder hatte Selli tatsächlich recht und er war ein gewissenloses, brutales und kaltblütiges Monster geworden, weshalb die Götter einfach nicht mehr auf ihn herablächeln konnten?
Was immer es auch letztlich war. Er war fest entschlossen, seine wunderschöne Frau zu beschützen, solange er lebte. Selbst wenn sie ihn im Gegenzug nun dafür verabscheute.

*

Selli war nervös, ... sogar hochgradig nervös.
Dieser Bastard war einfach gegangen, ohne sie noch weiter zu beachten. Was einerseits ja gut war, doch andererseits ... Sicher war er schockiert gewesen, als er das mit der Unfruchtbarkeit gehört hatte. Und obwohl sie da nur ein klein wenig übertrieben hatte, fühlte sie sich doch gerade so mutlos und feige wie noch nie. Denn ... ja, ... die Prognosen waren einmal sehr schlecht für sie gewesen, sie hatte nur noch einen Eierstock und auch nur selten ihre Regel. Doch letzteres nur, weil sie einfach oft nicht genug aß. Keine Zeit und auch kein Geld dafür hatte, sich ausgewogenerer und richtig gesund zu ernähren (bei steigenden Preisen und den

Abtragskosten für ihre Wohnung kein Wunder).
Doch die Quetschung des verbliebenen Eierstockes war über die Jahre wider Erwarten ausgeheilt. Es kamen wohl auch manchmal wirklich ausgereifte Eizellen zustande, doch war die Chance auf ein gesundes Kind trotzdem noch verschwindend klein.
Fünfundzwanzig Prozent Wahrscheinlichkeit auf eine Schwangerschaft und höchstens zehn Prozent, dass es sich bis zu einer lebensfähigen Größe in ihr hielt aufgrund der vielen Narben, innen und außen, da sie sie ja wegen der inneren Verletzungen auch am Uterus hatten aufschneiden müssen.
Ganz zu schweigen von den Risiken, die es dabei für sie selbst zu bedenken galt, wenn sie es wirklich versuchen würde ...
Vorzeitige Blutungen, reißendes Gewebe statt sich ausdehnendes, eine vorzeige Ablösung der Plazenta, wenn sie am falschen Punkt anschloss, ... eine Fehlgeburt nach der anderen war da wohl jetzt schon abzusehen. War es ihr das Risiko, dass sie dabei ihr Leben riskierte, wirklich wert?
Ganz entschieden ... *Nein*!
Zumindest nicht mit *so* einem Mann als Partner. Lieber schwieg sie und behauptete einfach, es sei völlig ausgeschlossen. Vielleicht würde er sie dann ja in Ruhe lassen, ... sie einfach gehen lassen. Denn den Arabern waren doch nur viele Söhne wichtig, nichts sonst. Eine Frau hatte in ihren Augen nur zu kochen, zu putzen, ihr Bett zu wärmen, das Maul zu halten und viele Söhne zu bekommen, Punkt!
Selli schluckte hart und dankte den Göttern, dass Hassan heute kaum noch Unterlagen über sie finden würde, außer die in der Kinderklinik. Sie hatte schließlich mehrmals den Wohnort und damit auch die Ärzte gewechselt, auch den Hausarzt, und hatte ihre gesamten Unterlagen dann immer zum nächsten Arzt mitgenommen, um sich so vor ihrem

Vater zu schützen. Dass er sie nicht doch noch finden würde. Doch im Gerichtsurteil hatte damals bereits schriftlich gestanden, dass Konrad Gutenberg seiner eigenen Tochter durch seine rohe Gewalt alle Chancen auf eigene Kinder genommen hatte. Hassan würde es also so lesen, begreifen, dass sie nicht zu ihm passte, und es dann hoffentlich nicht noch weiter bei ihr versuchen.
Nun, ... zumindest darauf hoffen dürfte sie nun.

Zarah kam herein und brachte ihr ein großes Tablett mit warmem Essen und Getränken. „Die Wachen vor den Gemächern sind gerade gegangen, Prinzessin Selli. Wie habt ihr das nur geschafft? Wenn ihr nun versuchen wollt, zu fliehen ... Morgen früh treffen Hoflieferanten ein, bringen Essen für den Palast. Vielleicht könnt ihr Euch da auf einem Lastwagen verstecken?“, flüsterte sie ihr leise zu.
Selli biss sich auf die Unterlippe.
Sollte sie es wirklich wagen?
Oder besser doch gleich ein Auto stehlen ...?
Aber Diebe wurden hier sicher noch viel härter bestraft als blinde Passagiere ... Hände ab, Köpfe ab ... Hach! Die lebten hier doch noch immer wie im tiefsten Mittelalter, diese Barbaren-Menschen. Ganz besonders der Prinz, der sie entführt hatte. - So ein Mistkerl!
„Weißt du vielleicht, wo die nächste Deutsche Botschaft ist, Zarah? Sie müsste in der Hauptstadt des Landes sein ...?“, fragte sie die junge Frau also besorgt und sie nickte zögernd.
„Ja, ... in Bazurah. Wo ich herkomme. Doch sie wird nun sicher streng bewacht. Es gab vorgestern einen Aufstand von muslimischen Männern, weil der Prinz eine Christin zur Frau gewählt hat. Daraufhin wurde die Botschaft vorübergehend geschlossen. Doch wenn Ihr jemanden treffen wollt, der deutsch ist ... In der Christengemeinde nahe am Basar gibt es einen Priester aus Deutschland, der die Kinder

unterrichtet. Er hat auch mich unterrichtet, damit ich arbeiten kann. Vielleicht kann er helfen?!“, schlug sie leise vor. Selli atmete zutiefst dankbar für den Tipp aus.
„Gut ... Dann versuche ich es besser dort. Vielleicht kann er ein Gespräch mit der Botschaft vermitteln. Finde bitte heraus, welche Händler immer aus der Hauptstadt kommen, wenn du kannst.
Ich habe noch meine Ohrringe von der Entführung. Sie sind aus Gold. Vielleicht kann ich die Fahrt ja damit bezahlen ...“, sann sie leise nach und rang dabei nervös die Hände. Zarah nickte nur besorgt und trat hinter sie. „Ich finde die Prinzessin sehr mutig, dass sie versucht zu gehen, ganz allein. Aber besser ich komme mit. Ich weiß, wo der Priester ist. Kann Euch führen.“, bot sie ihr an und Selli nickte ihr nur dankbar zu. „Ich wünschte, du könntest mit nach Deutschland kommen, Zarah! Dort ginge es dir sehr viel besser als hier. Du könntest dort arbeiten und dein eigenes Geld verdienen ...“
Sie lächelte prompt und sah somit noch sehr viel hübscher aus als ohnehin schon. „Wenn die Prinzessin zurückgeht, komme ich gerne mit, wenn ich darf ...“
„Ja, ... von mir aus schon. Und wenn du Asyl beantragst, bürge ich für dich und du kannst bei mir wohnen ...“ Sie hätte den Faden gerne noch weiter gesponnen, doch bei dem Gedanken an den Prinzen und seine Absichten geriet sie ins Stocken. Als ob er einfach zulassen würde, dass sie verschwand. Er wollte dieses Treffen mit ihrem Vater! Wollte sie präsentieren wie einen Preisgaul, um ihm einen reinzuwürgen.
Oh, ... sie hatte geschworen, dass sie ihn nie wiedersehen wollte, diesen Menschenschinder. Doch vermutlich würde sie hier nun ab sofort im Geheimen überwacht werden und auch verfolgt. Der Prinz würde totsicher dafür sorgen, dass dieses Treffen morgen stattfand, dass ihm so wichtig war.

Und ihre Meinung zählte nichts. 55 Sekunden, hatte er gesagt.
Sie müsste nur 55 Sekunden mit ihrem Vater in einem Raum aushalten, dann würde er sie gehen lassen. Sie wusste es jetzt schon, dass er all ihre Fluchtversuche, so ausgeklügelt sie auch sein mochten, verhindern und darauf bestehen würde, diese Farce so durchzuziehen, komme was da wolle. Also, ... sollte sie dann besser ihren Vater mal in ihrem Sinne benutzen, damit sie hier herauskäme? Er wollte sie garantiert nicht als die Braut des Prinzen sehen. Ja, vielleicht war das sogar ihre beste Option.
Also atmete sie tief durch und sah Zarah dann diesmal ernsthaft und nüchtern an, die nun richtiggehend besorgt blickte, denn sie wusste natürlich auch, dass ihre Vorstellungen von einer Flucht aus diesem Land reine Utopie waren, solange dieser Prinz an seinem Wahnsinn festhielt.
„Was ... trägt man eigentlich hier, wenn man als westliche Frau den Fürsten des Landes treffen muss, Zarah?“, stellte sie sich resignierend der Realität. Und Zarah atmete nun doch ziemlich erleichtert auf.
„Ich zeige es Euch, Prinzessin!“, eilte sie geschwind davon und Selli fragte sich unter Tränen, ob sie je wieder frei sein würde und ... wie Hassan reagieren würde, wenn sie vor aller Augen und Ohren die Seiten wechseln würde, nur um aus dieser Verbindung wieder rauszukommen.

*

Hassan hatte ein recht mulmiges Gefühl, als er am nächsten Tag vor Selmas Gemächern wartete.
Eigentlich hatte er ja fest damit gerechnet, dass sie in der Nacht noch einen Fluchtversuch starten würde. Auch die Wächter waren aufmerksam gewesen, doch alles war erstaunlich ruhig geblieben. Trotzdem traute er dem Frieden

nicht. Nein ... Seine widerspenstige, schöne Gemahlin hatte er irgendetwas vor ... Heute Morgen hatte Zarah ihr das Essen gebracht und Ahmed hatte an der Tür gestanden und sie auch tatsächlich gesehen. Zu seiner Beruhigung.
Vermutlich würde sie nun also versuchen mit unpassender Kleidung und frechem Auftreten, den Fürsten davon zu überzeugen, dass sie für das Amt der Prinzessin unpassend war. Was sie allerdings nicht wusste, war, dass der Fürst selbst einst eine unpassende Frau geheiratet hatte. Hassans Mutter. Und diese Beziehung war äußerst stürmisch gewesen, bevor sie erst viel später liebevoll wurde.
Sicherlich würde sein Vater nun also darauf bauen, dass auch sein Sohn das Ruder herumreißen konnte. Doch noch wusste er nichts von Selmas Diagnosen nach der brutalen Gewalteinwirkung ihres Vaters.
Ahmed hatte seinem Prinzen sämtliche Unterlagen des Gerichtsverfahrens gegen Konrad Gutenberg besorgt und er hatte den halben Abend die Unterlagen gesichtet. Wie ein Vater auf solche Weise mit seiner jungen Tochter verfahren konnte und sie tatsächlich halb tot am Boden liegen ließ, um einfach so in Urlaub zu fahren, war ihm absolut schleierhaft. Das junge Mädchen hatte schwerste Verletzungen erlitten und das Gericht war über die Brutalität des Vaters ehrlich schockiert gewesen. Hätte Konrad Gutenberg zu dieser Zeit noch in Deutschland gelebt, wäre er sofort wegen versuchten Totschlags ins Gefängnis gewandert. Doch da hatte er sich schon abgesetzt in die Vereinigten Emirate. Seine erste Station von vielen, bevor er nach Bahira gekommen war. Und hier, wie auch in den anderen östlichen Ländern, war es weniger schwer bedeutsam, eine ungehorsame Tochter geschlagen zu haben.
Diese familieninternen Vorfälle aus seinem Ursprungsland galten hier generell nichts, weil auch die hiesige Gesetzgebung eine gänzlich andere war. Deshalb also lief er noch

frei herum und riet dem Fürsten scheinheilig zu einer Stärkung von Allianzen durch Heirat.
Dabei bedeuteten seine eigenen Töchter ihm gar nichts. Womit auch seine Frage beantwortet war, wie dieser Mann aus dem Westen einer 16- und einer 15-jährigen Tochter die Ehe mit einem 29-jährigen Mann antun konnte, dessen sexuelle Vorlieben hinlänglich bekannt waren. Ja, ...
Selma tat ihm nun ehrlich leid.
Und er verstand auch das Urteil des Gerichtes, das ihrem Antrag stattgegeben hatte, ihrem Vater das Sorgerecht sowie auch sämtliche anderen durch Verwandtschaft gegebenen Rechte an seiner Tochter abzusprechen.
Und vermutlich war dieses eine Urteil tatsächlich auch hier in Bahira gültig. Er musste Selli also doch noch dazu bekommen, eigenhändig den Ehekontrakt zu unterschreiben. Nur wie, das wusste er jetzt noch nicht zu sagen. Denn ja, er verstand auch ihre Einstellung trotz ihres unwiderstehlichen Aussehens, ledig bleiben zu wollen. Denn welche Frau tat ihrem Gefährten eine solche Zukunft an? Niemals eigene Kinder zu haben ... Das war sicherlich hart für sie. Doch noch blieb er zuversichtlich.
In Deutschland hatte sie nicht unbedingt die besten Ärzte gehabt. Sie hatte auch nicht die erforderlichen Mittel zur Verfügung gehabt, um vielleicht andere Wege zu beschreiten, um irgendwann schwanger zu werden.
Doch diese hatte sie nun, durch ihn. Und er würde sämtliche Möglichkeiten nutzen. Vielleicht würde das für sie ein kleiner Trost wie auch für ihn ein Ansatzpunkt sein, doch noch ihre Zuneigung zu gewinnen.
Seine Gedanken wurden unterbrochen, als die Tür aufging und Zarah vor Selma nach draußen trat. Bei seinem Anblick verdüsterte sich das Gesicht der jungen Dienerin, doch sie verneigte sich trotzdem rasch vor ihm und trat dann beiseite ... Um den Blick auf eine wirklich atemberaubende

Selma preiszugeben, die ein schwarzes Seitengewand mit aufwendigen, goldenen und auch perlmuttfarben aufgestickten Blütenmustern trug, auf dem ihr goldenes Haar einfach nur strahlte.

Ja, ... sie hatte sich sogar auch noch ein wenig geschminkt. Hassan musste sich sehr zusammennehmen, um nicht auf sie zuzueilen, um sie in den Arm zu nehmen. Doch ihr Blick machte deutlich, dass sie ihn lieber auf Abstand sehen wollte. Also verneigte er sich lediglich vor ihr und reichte ihr seine Hand. „Es ist üblich, dass ein Prinz seine Braut zum Fürsten führt, Selli.

Ich danke dir für deine Kooperation. Sicher fällt es dir schwer. Jedoch kann ich dir versichern, dass, wenn du mitspielst, es sehr schnell wieder vorbei sein wird. Gib mir nur die 55 Sekunden. Dann darfst du gehen.", versprach er ihr ruhig.

Ihre Brauen schossen nach oben. „Zurück nach Deutschland?", fragte sie ihn provokant. Er nahm es ihr nicht übel. Nicht nach dem, was er nun über sie wusste. Natürlich hatte sie sich angewöhnt, Männern gegenüber Abstand zu wahren und sie auf Distanz zu halten. Deshalb las sie auch nur Bücher über die Liebe. Es war jedoch sicherer, sie nicht selbst zu erleben, wenn am Ende doch nur eine bittere Enttäuschung auf sie wartete. Ja ... Sie war schlau und mitfühlend genug, einem Mann solchen Schmerz nicht anzutun. Doch sie kannte ihn noch nicht richtig.

Das würde sich indes bald ändern.

Zögernd und mit einem Gesichtsausdruck, als würde sie gerade ein ekelhaftes Getier anfassen, legte sie ihre Hand auf seinen Ärmel, statt auf seine Finger.

Kein Hautkontakt!?

Hassan musste sehr an sich halten, um nichts zu sagen. Doch er schaffte es, sich zu bezwingen.

„Ich will zurück nach Hause. Und das ist der einzige Grund,

warum ich heute mitkomme und diese Farce mitmache. Ich werde selbst mit diesem Fürsten reden, der sich einbildet, einfach irgendwo in der Welt Frauen rauben und an seinen Sohn verscherbeln zu können. – Wehe, du fasst mich noch mal an!", warnte sie ihn misstrauisch auf Abstand bleibend. Doch als er sich abwandte, um den langen Säulengang hinunterzuschreiten, folgte sie ihm widerstandslos.
Zumindest das.
Er sog so leise wie möglich die Luft ein, um seine leicht ärgerlichen wir auch aufgewühlten Gefühle zu verbergen. Selma dachte wirklich, mit westlicher Logik und Vernunft seinem Vater beikommen zu können. - Wie sinnlos das war. Doch sie würde bald schon erkennen, wie sehr sie sich irrte. Denn nicht Fürst Rashid hatte sie für ihn ausgewählt, sondern er selbst hatte das getan.
Er lächelte leicht. Denn allein bei ihrem unerwartet erfreulichen Anblick hatte er schon das Gefühl, dass es sich lohnte, dem bald sicher losbrechenden Sturm zu trotzen. Denn letztlich hatte er nichts anderes vor, als Selli nicht nur mit allen Sinnen zu genießen, sondern sie nun auch ab sofort vor allen Gefahren in ihrem Leben und unmittelbarem Umfeld zu beschützen.
Vor allem natürlich vor Konrad Gutenberg, ... ihrem Vater. Leider sah sie aber auch ihn immer noch als Gefahr an. Doch das gedachte er demnächst zu ändern und sich ihr nicht nur zu empfehlen, sondern auch seine besten Absichten zu beweisen.
Wenn sie ihm nur ein ganz klein wenig entgegenkommen würde, konnte er ihr eine ganze Welt zu Füßen legen, wie sie sie noch nie zuvor erlebt hatte ...
Und genau darauf freute er sich jetzt schon. Das verdiente sie. Und er ebenfalls.
„Was passiert da eigentlich gleich? Ich will mich zumindest darauf vorbereiten können.", sagte sie plötzlich leise zu ihm.

Sie klang überraschend nervös.
Er wollte seine freie Hand auf ihre Finger legen, um sie so zu beruhigen, doch da blieb sie stehen und zog ihre Hand zurück.
„Nicht. Anfassen!“, zischte sie ihn böse an und er hob nur wieder die Brauen.
„Du übertreibst ...“
„Sagt ein Vergewaltiger und Entführer zu seinem Opfer! Aber wenn ich einfach nur zurück nach Hause darf, werde ich niemandem etwas sagen und Sie auch nicht anzeigen.“, bot sie erneut zähneknirschend an.
Hassan sah, wie sehr sie gerade immer noch mit sich kämpfte und sein Ärger verschwand. Sie fürchtete ihn immer noch genauso sehr wie gestern ...
Trotz, dass er ihr seine Absichten kundgetan und gestern noch auf weitere Interventionen verzichtet hatte, vertraute sie ihm nun kein Stück weit mehr.
Vermutlich lag das aber auch an dieser förmlichen Umgebung.
Nach der Unterredung mit dem Fürsten und Gutenberg würde er sie also nehmen und nach *Bazurah* bringen. In seinen eigenen Stadt-Palast, indem sich seine Mutter immer sehr viel wohler gefühlt hatte als hier in *Arun-Bakhar*. Denn er war westlicher eingerichtet und nicht in Frauen- und Männerbereiche unterteilt. Auch Selli würde das sicher besser gefallen, dachte er sich und bot ihr nur erneut den Arm an, während er möglichst gelassen erklärte:
„Wir gehen nun fast einen Kilometer vom Frauenbereich zu den herrscherlichen Empfangsräumen des Fürsten. Dort wartet Konrad Gutenberg darauf, mir meine Braut zu *übergeben.*
Er denkt wohl noch immer, dass ich Elisabeth wähle, doch ich entschied mich für seine *älteste unverheiratete Tochter*.
Und das bist du, Selli.

Wenn du es nicht willst, musst du nicht mit deinem Vater sprechen. Er wird sicher empört sein, dass ich dich wählte, denn Elisabeth ist deinem Vater hörig und würde sich vortrefflich als Spionin im Palast eignen. Auch sie wird also ganz sicher anwesend sein und vermutlich erbost darüber, dass nun doch nicht sie die Prinzessin sein wird."

„Ha! Sie *will* es also? Mit so einem perversen Sadisten zusammen sein?", schnaubte sie erstaunt.

Hassan überhörte die Beleidigung einmal mehr und lächelte höflich. „Es gibt tatsächlich noch Menschen, die gerne nach Höherem streben, Reichtum, Einfluss, Macht und einem gutaussehenden Partner an ihrer Seite ..."

„Als ob Sie so unwiderstehlich wären ...", brummelte Selli nur wieder vor sich hin. Hassan lächelte erneut gezwungen.

„Glaube es ruhig, Selli. In meinem Land bin ich die begehrteste Partie weit und breit. Und es gibt tatsächlich sehr, *sehr* viele Frauen, die so einiges auf sich nehmen würden, um die Prinzessin von Bahira werden zu dürfen. Doch natürlich sehe ich ein, dass du es gerade nicht so siehst. Aber das wirst du noch. Versprochen."

„Und wovon träumen Sie nachts? - Das werde ich garantiert *nicht*!", zankte sie ihn nun doch noch etwas an. Er lächelte nur wieder und beschloss dann, zu diesem Thema vorerst besser zu schweigen.

„Da vorne sind die Hallen des Fürsten. Sei versichert, dass, egal was passiert, ich dich vor allen Gefahren beschützen werde, Selli. Denn du bist nun *meine Frau*!", erklärte er ihr noch einmal eindringlich, während sie nur wieder erzürnt den Kopf schüttelte.

„Und wer beschützt mich vor Ihnen ...?", grollte sie noch leise. Hassan lächelte diesmal echt und beobachtete sie weiter. Denn nun fiel ihr Blick auf zwei Gestalten, die vor den fürstlichen Gemächern standen. Ein fetter Mann in traditionellen bahiranischen Gewändern - was aber an dem

Europäer nur lächerlich wirkte - mit einer immens breiten, dunkelbraunen und mit Goldfäden bestickten Schärpe über dem enormen Wanst, was auch die überzierliche Mädchengestalt in rot-goldenen Schleiergewändern an seiner Seite nur noch unterstrich. Sie trug sogar einen riesigen goldenen Nasenring mit einer Kette daran bis zum Ohr, wo eine große goldene Klemme weiter oben am Ohrläppchen befestigt war. Lange, goldene Ohrgehänge fielen auf ihre zarten Schultern und ihre Augen waren extrem überschminkt ... brrrr ....

Sie war doch noch ein junges Mädchen und sah aber gerade schon aus wie dreißig Jahre alt - Selmas Halbschwester Elisabeth ... Die beim Anblick ihrer natürlich schönen, älteren Schwester nun kugelrunde Augen machte ... ah, bestens!

„Die Zeit läuft!“, teilte Selli ihm knurrend mit und er lächelte unwillkürlich noch breiter.

„Natürlich, meine Liebe, ... schau zu!“, raunte er leise und wackelte ganz kurz mit den Augenbrauen, bevor er eine sehr steife und aufrechte Pose annahm.

„– Ah, ... Gutenberg! Schön, dass Sie an diesem freudigen Tag Selmas Schwester herbrachten, damit die Familie sich nach Jahren wiedersieht ...?! Fein, fein ... Meine Braut freut es sicher, ein wenig weiblichen Beistand zu haben. Jedoch hat sie mir zuvor schon verraten, dass sie auf ihre Gesellschaft bei der zeremoniellen Vorstellung verzichtet. Es ist ihre erste Bitte an mich, seit sie bahiranischen Boden betreten hat. Ihr versteht also, warum ich dem nun gerne nachkomme ...?!

Ihr dürft euch entfernen und auf den Nebelterrassen warten, bis wir den Fürsten getroffen haben und wieder gegangen sind. Dann wird mein Vater Sie sicherlich auch noch empfangen und auf dieses freudige Ereignis trinken. Denn nur dank Euch habe ich nun eine so wunderschöne

Braut im *passenden Alter* erhalten, *Aistishari* Gutenberg. Die Fürstenfamilie dankt Euch für Eure *älteste unverheiratete Tochter*!" verneigte er sich noch halb vor dem verdutzt dastehenden Mann, der gerade aber nur hörbar laut nach Luft schnappte. Schon führte Prinz Hassan al Bakhar die nun ebenfalls stocksteif dastehende Selma an ihrem nach Fassung ringenden Vater, dem Berater des Fürsten, vorbei.
„Moment! ... Prinz Hassan! Die Frau dort ist aber doch gar nicht mehr meine Tochter! Selma eignet sich nicht! ... Ihr wolltet doch eigentlich auch meine liebe *Elisabeth* ehelichen ... Denkt an die Verträge ...! Was tut Ihr ...? Bleibt stehen ...! - *Prinz Hassan*!!!"
Hassan bemerkte, dass Selma sich zu ihrem Vater umdrehen wollte, um auch noch etwas zu sagen, vermutlich ihn um Hilfe für eine Annullierung zu bitten, denn er konnte sich denken, dass sie nun, da offensichtlich war, dass auch ihr Vater nicht eigentlich sie verheiratet haben wollte, seine Unterstützung suchte.
Darum packte er sie nun rasch um die Mitte und schob sie eilig durch die Tür. Noch während auch sie überrascht nach Atem rang, nickte er den Wachen zu, diese vor Gutenbergs Nase zu schließen, der tatsächlich noch versucht hatte, ihnen zu folgen.
Es war ihm diesmal ein echtes Vergnügen, seinen lauten, protestierenden Ruf zu hören. Denn seine Pläne, so sorgfältig ausgearbeitet, um noch weiter an Macht zu gewinnen und noch mehr Einfluss im Fürstentum nehmen zu können, waren gerade gescheitert.

*

Selli konnte gar nicht so schnell reagieren. Schon hatte Hassan sie an ihrem echt alt gewordenen Vater vorbei-

geschoben und die Tür schloss sich hinter ihr. Gerade hatte sie ihm noch sagen wollen, was für ein Idiot er doch war und dass er sie hier rausholen und zurück nach Deutschland schicken sollte, doch Hassan war schneller, packte sie einfach, schubste sie fast schon vorwärts und auf einmal stand sie in einer riesigen Halle mit hohen Säulen und einem riesigen, pompösen Kronleuchter.
Rechts war eine Empore mit einer Sitzecke voller Kissen. Alle Wände waren mit rotgoldenen und weißgoldenen Seidentapisserien bedeckt und in einer Ecke spielten einige Männer mit Kopftüchern traditionelle Instrumente.
Zugleich all diese Eindrücke verwirrend auf sie einstürzten, zog Hassan sie noch einmal zu sich herum, hob ihre Hand zu sich an und hauchte ihr einen kleinen Kuss auf die Finger, wobei er sie nun unglaublich liebevoll anlächelte, was sie zuerst noch überraschte und dann noch mehr verwirrte. Doch dann hörte sie laut und deutlich eine Kamera klicken, mehrere Male sogar und wusste sofort, dass sie gerade von ihm hereingelegt worden war.
NEIN!
„Was zum Teufel soll das ...?!“, wollte sie zittrig aufbrausen und ihre Finger losreißen. Hassan hielt sie indessen auf, als sie schon vorstürzen und zornig nach der Kamera greifen wollte. Schon landete sie wieder an seiner Brust und ihre Unterarme in seinem festen Klammergriff.
„Denke nicht, dass ich deinen Plan nicht erraten hätte, *Habibi*. Doch es tut mir tatsächlich nicht besonders leid, dich enttäuschen zu müssen, dass dein Vater dir nun auch nicht mehr helfen kann, selbst wenn du gerade sicher noch darauf gebaut hast. Sehr zu meinem Glück, muss ich sogar gestehen. Denn ich glaube nicht, dass mir ein auf alt geschminktes Teenagermädchen im Bett gefallen hätte.“
„Wenn Sie mich noch einmal anfassen, bringe ich Sie um! Diese angebliche Ehe zählt nichts. Ich habe nichts unter-

schrieben ...“, wandte sie sich erneut aufbrausend in seinem Griff.
Er sog kurz tief die Luft ein, doch dann ließ er sie los und trat demonstrativ einen großen Schritt von ihr zurück. „Nun gut, ... ich stehe zu meinem Wort! Du hast deinen Teil der Abmachung erfüllt. Du hast zwar noch nicht den Fürsten kennengelernt, aber wenn du möchtest, kannst du nun zurück gehen in deine Räume, Selli ...“, bot er ihr ernsthaft an.
„Das sind nicht *meine* Räume! Und ich will zuerst noch diesen grausigen Fürsten treffen, der mich gezwungen hat, hierher zu kommen und gegen meinen Willen verheiratet zu werden. Ich will ihm sagen, was ich von ihm halte ...!“
Ein leises Hüsteln und Lachen hinter ihr ließ Selma herumfahren. Ein hochgewachsener alter Mann mit langem weißgrauem Bart und halblangem, welligem Haar, das ihm mit Pomade nach hinten gekämmt worden war, stand vor ihr und sah sie belustigt an.
Er trug einen goldbestickten Anzug, traditionell orientalisch, und hatte dazu eine grün-goldene Schärpe um seine Mitte geschlungen, die noch recht schlank war. Auch wenn er weit entfernt davon war, so athletisch wie Hassan auszusehen, war seine Erscheinung doch ebenfalls höchst beeindruckend. Seine Finger zierten mehrere riesige Ringe mit großen Edelsteinen und um seinen Hals lagen mehrere goldene Ketten.
Wow, ... das war also ein echter *Fürst*?
„Verzeih, mein Fürst und Vater. Selma mag ihre Unterbringung nicht. Und mich im Übrigen auch nicht. Sie nimmt es mir übel, dass ich die Ehe so schnell vollzog und fühlt sich gedemütigt und eingesperrt. Ganz so wie ich bereits sagte. Sie wurde westlich erzogen und folgt nicht unseren Werten. Im Moment möchte sie nichts lieber, als nach Hause zurückzukehren, zurück nach Deutschland. Ich habe ihr bereits mehrfach versichert, dass das nun nicht mehr geht, da sie

nun die Meine ist. Jedoch ... sie gibt einfach nicht auf. Nun denn, vielleicht möchtest du ihr noch einmal die Lage erklären, mein Vater.", verneigte Hassan sich ehrerbietig vor ihm, der sofort noch viel mehr schmunzelte.
„Ahhhh ... Sie ist ganz genauso wie deine Mutter, Hassan. Ein feuriges, goldenes Füllen. Nun endlich weiß ich auch, warum die überaus willige Elisabeth keinen Anklang bei dir fand. Auch ich hätte bei diesem erbaulichen Anblick dieselbe Entscheidung getroffen, mein Sohn. Jedoch befürchte ich, steht Euch ein Kampf ins Haus, ist sie auch nur halb so stark wie deine Mutter ..."
Hassan verneigte sich erneut vor ihm. „Mein Fürst, sie versuchte mit einer scharfen Schere auf mich loszugehen. Ich konnte sie jedoch entwaffnen.", gestand er ihm milde lächelnd.
Der Fürst klatschte sogleich beifällig in die Hände und betrachtete die nun restlos verwirrt und empört aufkeuchende Selli dann noch eingehender von Kopf bis Fuß. „Ein Temperament, das seinesgleichen sucht, zusammen mit solch herausragender Schönheit ... Gib gut auf sie acht, sonst flattert sie dir noch davon.", schmunzelte er belustigt.
Selli hatte endgültig genug. „Das werde ich sogar ganz sicher, Hoheit oder Majestät oder wie auch immer Sie sich hier nennen. Ich verlange sofort, nach Hause gebracht zu werden, Fürst Alpaka, sonst erzähle ich der Welt-Presse, was sie hier mit mir getan haben. Entführung und Vergewaltigung einer deutschen Staatsbürgerin wird die Welt sicher nicht kaltlassen, noch mein Land ...!."
Die Miene des Fürsten wurde augenblicklich ernsthaft und seine Stirn runzelte sich nun doch. „Das sind äußerst schwere Anschuldigungen, die du da erhebst, Tochter. War mein Sohn denn nicht gut zu dir?"
„Er war ein Monster, ... **ist** eins! Ich hasse ihn! Ich will sofort nach Hause zurück. Denn egal was sie auch mit Konrad

Gutenberg vereinbart haben, ich bin schon lange nicht mehr seine Tochter, weder vor dem Gesetz noch im Leben. Er hatte kein Recht, einen Vertrag zu unterschreiben, der mich in dieser Sache hier mit einbezieht. Das können Sie gerne nachprüfen, es gibt dazu ein gerichtliches Urteil.
Außerdem bin ich nicht geeignet, um die Frau eines Prinzen zu sein ... und will es auch gar nicht sein!", fügte sie noch leise zischend hinzu und schlug dann Hassans Hand weg, die er gerade auf ihren Arm legen wollte.
„Selli...", mahnte dieser sie allerdings nur sanft und freundlich klingend an. „All dies haben wir bereits diskutiert. Du wünschst dir nun Ruhe, du erhältst sie ..."
„Was ich will, ist *meine Freiheit*!", herrschte sie ihn erneut schriller werdend an und die Brauen des Fürsten schossen nach oben.
„Nun bin ich nicht mehr überrascht, dass du Gutenberg draußen gelassen hast, Hassan. Es scheint, du hast jetzt wirklich noch so einiges mit deiner Braut zu klären, Sohn. Nun denn ... Ich gewähre dir den verlangten Monat Zeit bis zu den Feierlichkeiten. Und bei ihrem Starrsinn könnte es gut sein, dass es sogar noch länger dauern wird. - Nun, ... man wird sehen. Ich bin es jedenfalls zufrieden. Endlich mal eine Frau, die ein wenig Feuer im Blut hat. Das tut dir gut. Eine wirklich vortreffliche Wahl. Doch wenn ihr euch nun weiter streiten möchtet, tut das bitte woanders. Heute ist ein Festtag, den ich gerne genießen möchte.
Die Bilder sind gemacht, wir wurden vorgestellt und deine Braut ist wirklich wunderschön. Eine wahre Prinzessin von Bahira ... Ich bin zufrieden.", winkte er lässig mit der Hand und Selli wurde nun ernsthaft kreidebleich vor Zorn.
„*Verzeihung* ...?! Wie können Sie es wagen, *so* über mich zu entscheiden?! Ich gehöre weder Ihnen noch ihrem perversen Sohn! Und ich bin auch kein Möbelstück, das sie einfach irgendwo hinstellen können und dann denken, ich

halte zukünftig die Klappe, Hoheit. Das werde ich nicht tun! Wenn Sie denken, einfach so mit Entführung und Nötigung und Vergewaltigung durchkommen und meinen freien Willen ignorieren zu können, sind Sie wohl alle hier noch viel kranker im Kopf, als ich dachte ... - *hmpf*!!!"
Hassan hatte sie plötzlich gepackt und zurückgezerrt und hielt ihr auch noch grimmig guckend den Mund zu.
„Verzeih Selli die forsche Rede, Vater! Sie ist wahrlich wie Mutter. Ich gebe mein Bestes, um ihr Gemüt zukünftig etwas fröhlicher und zufrieden zu stimmen!", versprach Hassan seinem nun deutlich sichtbar verärgerten Vater noch rasch, der daraufhin aber nur noch gereizt winkte und schon zerrte Hassan sie mit sich mit und zurück durch die Tür und wieder in den Korridor hinaus.
Die gewaltige Tür schlug erneut zu ... und da erst ließ Hassan sie wieder los und grollte leise auf. „Sei froh, dass du so hübsch bist und Vater an meine Mutter erinnert hast. Sonst hätte er dich gerade sehr hart für deine Reden bestraft. Den Fürsten dieses Landes zu beleidigen, empfiehlt sich nur dann, wenn du sterben willst, Selli. Oder auch wenn du gerne geschlagen werden willst. Denn er folgt hier immer noch den alten rückständigen Regeln. Frauen haben sich höflich und zurückhaltend zu verhalten. Er hat deinen Protest wohl gehört, wird ihn aber ignorieren. Genauso übrigens wie er auch *meinen* Protest hier gegen ignoriert hat. Denn denkst du wirklich, mir, einem Prinzen von Bahira, wäre es nicht deutlich lieber gewesen, eine willige und sanfte Frau in sein Bett gelegt zu bekommen als lediglich noch die Wahl zu haben zwischen einem Kind und einer wunderschönen Xanthippe?", schalt er sie leise, aber scharf.
Oh! Selli hätte ihn schlagen mögen vor Wut und Enttäuschung. Doch sie wollte ihn um alles in der Welt nicht noch einmal berühren. Dazu hatte sie viel zu große Angst vor seiner Reaktion. Und vor allem vor seinen immerzu perver-

sen Arten, sie zu bestrafen.
Tränen sammelten sich in ihren Augen, als sie sich abwandte und einfach davonmarschierte. Wohlmöglich hatte sie einen großen Fehler gemacht, sich heute so kooperativ zu verhalten und diesen Kompromiss in Kleidung und auch Verhalten einzugehen, nur um ihren Vater damit zu konfrontieren, was er getan hatte. Letztlich hatte Hassan ihr aber keine Chance gelassen, selbst auch noch mal mit ihm zu sprechen.
Er ließ ihr generell keine noch so kleine Chance, sich irgendwie aus dieser scheußlichen Situation zu befreien. Im Gegenteil hatte er sie gerade nur noch tiefer in dieses intrigante Spiel hineingetrieben, dieser Lump! Wie sehr sie ihn gerade hasste und verachtete, das konnte sie gar nicht sagen.
Ein leiser Fluch erklang, ... dann seine Schritte. *Er folgte ihr.* Unwillkürlich beschleunigte sie noch ihre Schritte.
„Selli ... Halt! Geh langsamer, du kennst dich hier doch noch gar nicht aus und verirrst dich noch!“, rief Hassan nun genervt, doch sie rannte nun schlicht einfach los ... und unversehens in ihren Vater hinein, der um die Ecke im Korridor mit einem anderen Mann gestanden und gerade noch gesprochen hatte.
Sie sah erschrocken zurückweichend von ihm zu dem grimmigen Araber mit den schwarzen Augen hin und wieder zurück und bemerkte wohl deshalb zu spät, dass ihr Vater bereits zornentbrannt, *„Duuuuu...!“,* knurrend seinen Arm zum Schlag hob.
Doch noch ehe er sie berühren konnte, packte Hassans Arm sie hart um die Mitte, zerrte sie ein Stück zurück und schob sie dann schleunigst hinter seinen Körper, derweil er mit der anderen Hand das Handgelenk von Konrad Gutenberg abfing und nun seinerseits bitterböse auf ihren deutlich kleineren Vater niederstarrte.

„*Gutenberg*!", grollte er leise auf, während Selli schon dachte, nun gleich auf der Stelle tot umfallen zu müssen vor Angst und Schreck und ... und Zittern.
„So Ihr die jetzige Situation noch nicht ganz begriffen habt, hier noch mal im Guten eine Warnung für Euch. *Selma* ist nun *meine* Frau und gehört Euch nicht mehr! Ihr habt jegliches Recht verwirkt, sie zu züchtigen oder zu maßregeln. Das ist nun allein *meine* Angelegenheit. Erlebe ich also noch ein einziges Mal, dass ihr die Hand gegen die ehrenwerte *Prinzessin von Bahira* erhebt, wird es mir ein großes Vergnügen bereiten, sie Euch eigenhändig mit meinem *Sabir* abzuschlagen!", warnte er ihn zornig und stieß ihn dann, Selli dafür kurz loslassend, ein ganzes Stück von sich zurück.
Oh, lieber Gott im Himmel!
Doch Konrad Gutenberg erholte sich erstaunlich schnell von seiner Überraschung. „Ihr hattet kein Recht dieses ... *Wrack* dort zu erwählen, Prinz Hassan! Sie wurde von mir schon als Kind verstoßen, weil sie immer schon sehr frech und ungehorsam war.
Ihr Körper ist zudem entstellt mit vielen unschönen Narben, welche die notwendigen Prügeleinheiten, die ich ihr mehrfach erteilen musste, hinterlassen haben. Ich tat alles, um sie zu bändigen, dieses Luder, bevor ich es schließlich aufgab ...", wetterte er giftig gegen sie und Sally blieb beinahe die Luft weg vor Schock und fassungslosem Unglauben. Ihr eigener Vater ... Und er erfand solche Lügen und Geschichten und stellte *sie* als das Monster hin, das in Wahrheit *er* war.
„Zügeln Sie sich, Gutenberg!", zischte Hassan jedoch nur zornig, doch Konrad Gutenberg war noch immer nicht fertig mit seiner Hasstirade gegen Selli. „Das Weib mag vielleicht unschuldig und rein aussehen, doch sie trägt den Teufel im Leib und ist ein ganz liederliches Frauenzimmer, mein Prinz. Es tut mir leid, wenn sie Euch täuschte. Doch sie ist nur

machtbesessen und eigensüchtig. Besser, Ihr werdet sie schnell wieder los, denn an ihr werdet Ihr gewiss keine große Freude haben, da sie es schlicht mit jedem dahergelaufenen Bastard treibt ...", schimpfte er immer so fort und Selli ...?
Tja ...
Die stand nur noch absolut sprachlos zitternd da, ... noch immer hinter Hassans Rücken, ... und konnte absolut gar nichts erwidern. Weder zu ihrer Verteidigung noch zu den Anschuldigungen ihres Erzeugers. Denn ein echter Vater war er ihr eigentlich noch nie gewesen. Nur immer schon ein sehr böser Mann, der gerne kleine Kinder schlug, bis sie bluteten und um Gnade flehend unbedingten Gehorsam gelobten.
Oh, sie hatte sich all die Jahre immer wieder vorgestellt, was sie sagen und tun würde, wenn er denn eines Tages plötzlich vor ihr stand. Dass sie ihn Ohrfeigen wollte, ... dass sie ihn anschreien wollte oder sogar anspucken. Doch nun war es soweit ... und sie konnte rein gar nichts tun. Ja, noch nicht mal mehr atmen!
Lieber Gott!
Wenn Hassan ihn gerade nicht aufgehalten hätte, ... ihr nicht so dichtauf gefolgt wäre ... Wenn er nicht gerade noch dazwischen gegangen wäre, ... dann hätte das Monster sie schon wieder einfach so geschlagen.
Und sie hätte absolut nichts dagegen tun können, als es geschehen zu lassen. So wie früher. Ihre Arme und Beine waren wie erstarrt, ja fast schon gelähmt. Sie schien nun wieder das verängstigte, unscheinbare kleine Mädchen zu sein, das sich rasch unter dem Bett versteckte, damit ihr jähzorniger Vater sie nicht sofort fand und für egal was auch immer bestrafte.
Vielleicht für ihre bloße Existenz?!
Das hatte sie eigentlich immer schon gedacht und befürch-

tet. Dass er sie einfach nur gehasst hatte, seit sie auf die Welt gekommen war. Ein hässliches Baby sollte sie gewesen sein. Ein schüchternes, seltsames Kind war sie denn geworden. Und erst die Gerichtsverhandlung hatte sie tatsächlich befreit und einen Weg finden lassen, um nicht nur endlich ein klein bisschen hübsch, sondern auch noch selbstbewusster zu werden.

Zumindest in einem gewissen Maße.

Oh, sie konnte sich nicht einmal mehr an die einfachsten Selbstverteidigungsregeln erinnern, welche sie so lange geübt hatte, fühlte sich nur wieder so furchtbar hilflos ... und völlig wehrlos.

Doch Hassan stand zum Glück immer noch vor ihr und stieß ihren Vater nun erneut mit wutentbranntem Schnauben zurück, das sie noch nicht an ihm gehört hatte, als dieser wieder zornig vortrat, um sich mit dem Prinzen von Bahira zu messen.

Doch derart abfällig ließ sich Hassan auch von Konrad Gutenberg nicht behandeln. Oh nein! „Klärt Eure Angelegenheiten nun besser mit dem Fürsten persönlich, der meine Gemahlin soeben begrüßte, zur Prinzessin von Bahira erhob und mich zu meiner vortrefflichen Wahl beglückwünschte. Er erwartet Euch unverzüglich im *Refugium,* um die Eheschließung zu feiern.

Doch was Euch betrifft und Eure weitere Rolle in Selmas Leben oder in meinem, *Gutenberg* ... So besteht da ein gültiges Gerichtsurteil, welches Euch untersagt, Euch meiner Gemahlin auch nur auf Sichtweite zu nähern, geschweige denn Eure Hand gegen sie zu erheben.

Da ich sie sehr respektiere, achte ich dieses Urteil, wie auch ihre Wünsche. Selma ist nun meine Gemahlin und bleibt darum auch förderhin für Euch *tabu*, verstanden?“, grollte er noch einmal dämonenhaft finster auf, bevor er schlicht nach hinten griff und tastend ihre Hand zu fassen bekam.

Schon zog er sie wieder ganz nahe an seine Seite, legte den Arm beschämend eng um ihre Schultern und ging dann ganz einfach mit ihr an Konrad Gutenberg vorbei den Korridor hinab.
Oh, Gott im Himmel!
Selli wagte es nicht, sich irgendwie zu wehren oder von ihm loszureißen. Ihre Beine zitterten so stark, dass sie das Gefühl hatte, gleich umsinken zu müssen. Doch Hassan glich jedes Stolpern mit seinem festen und zugleich stützenden Griff aus, ... bis sie außer Sichtweite der Männer waren ... und um die Ecke herum in einen anderen Gang eintraten. Sie rang immer noch erstickend nach Luft, weshalb er sie dann schließlich auch, kaum die Hälfte des Korridors hinabgelaufen, packte und in einen großen Empfangsraum zog, dessen Türe offen gestanden hatte und die er nun eilig schloss.

8.

Sellis Zähne klapperten nun fast schon deutlich hörbar aufeinander, außerdem war sie so durcheinander, dass sie kaum etwas von ihrer Umgebung wahrnahm, bis Hassan sie zum Hinsetzen auf eine breite und bequeme *Chaise* zwang. Grüne und goldene Kissen und weiche Polster luden hier regelrecht zum bequemen Sitzen und Zurücklehnen ein, doch Selli hatte nun absolut keinen Blick mehr dafür übrig. Genauso wenig wie für die sonstige Einrichtung des Raumes, ... offensichtlich ein Spielzimmer. Regale mit Büchern und extra Tische mit bereiten Brettspielen, ein großer Pool-Billardtisch, ein Fernseher an der hintersten Wand ...
Es war ihr völlig egal.
Denn sie hatte gerade eben ihren Vater wiedergetroffen. Nach all der langen Zeit zum ersten Mal ... und er hasste sie noch immer.
Schon hatte Hassan sie in den Arm genommen und hielt ihren bebenden Leib leicht an sich gedrückt fest.
„Schhhhh! ... *Habibi* ... Schon gut, ... atme langsamer! - *Selli?* Komm schon, ... beruhige dich wieder! Ich war doch da. Ich habe dich beschützt und werde es auch zukünftig tun. Er kann dir nichts mehr tun, das schwöre ich dir!“, flüsterte er leise, derweil sie nichts anderes mehr zustande brachte als vor diesem Mann, der sie entführt, gegen ihren Willen geheiratet und dann auch noch missbraucht hatte, in heißbrennende Tränen auszubrechen und dann vollends in sich zusammen zu sinken.
Hassan schien einen Moment lang zu überlegen, während er ihr sachte über den Arm strich, stand dann aber doch wieder auf und ging zu einem nahen Schrank hin, wo er eine Karaffe herausnahm, wie auch ein kleines Glas, das er zur

Hälfte füllte und dann damit zu ihr zurückkehrte und sich neben sie setzte.
„Trink das, *Habibi*!“, befahl er ihr sanft und hielt ihr das kühle Glas an die bebenden Lippen.
Selli blinzelte nur kurz verwirrt, doch dann nippte sie an dem sehr süßen und sehr fruchtig schmeckenden Saft und war positiv überrascht. Denn es schmeckte wirklich gut. Sie hatte ja irgendwie noch mit scharfem Alkohol gerechnet, gegen den Schock. Doch Zucker war auch gut, ... ja, ... war sogar noch besser. Also trank sie aus und Hassan brachte das Glas mit nun deutlich ruhigeren Schritten zu einem nahen Regal hin und stellte es dort auf ein Tablett. Dann schien er wieder kurz zu überlegen, hielt inne, ... blieb dort stehen und ließ sie sich ganz in Ruhe beruhigen.
Das war schon irgendwie nett von ihm, dachte Selli einmal mehr verwirrt über sein widersprüchliches Verhalten, einmal das grausame Monster zu geben und dann aber auf einmal doch noch der edle Held und Beschützer zu sein ...
Sie wunderte sich auf jeden Fall sehr darüber, dass dieser seltsame Mann wohl auch sehr fürsorgliche Seiten haben konnte.
Also war jetzt vielleicht auch mal der passende Zeitpunkt gekommen, um mit ihm einmal vernünftig zu reden?
„Ich ... ich kann nicht hier sein, wenn *er* hier ist, Hassan! Das ist ... vollkommen unmöglich. Egal ob du dich nun dazwischen stellst oder nicht, ... es geht nicht! Also bitte ... - Ich flehe dich an ... Lass mich wieder zurück nach Hause gehen!“, bat sie ihn leise schniefend.
Hassan drehte sich nun wieder mit ausdrucksloser Miene zu ihr um. „Selli, ... das geht nicht. Ich sagte es doch bereits ...!“
„Aber der Kerl ist ein sadistisches, grausames *Tier* und kein Mensch! Und was zum Teufel tut ein einfacher Buchhalter wie er hier im Dienste eines *Fürsten*? I...Ich kann das alles nicht fassen ...“, schluchzte sie erbebend und schniefte wie-

der, schüttelte zittrig den Kopf und spürte zugleich aber eine seltsame Hitze in sich aufsteigen. Ihre Wangen röteten sich. Das konnte sie sogar spüren ... Bekam sie etwa Fieber?! Hassan kam nun wieder zu ihr zurück und betrachtete sie nachdenklich.
„Du machst dir viel zu viele Sorgen, Selli. Du musst ihn ja nun nicht mehr sehen, wenn du nicht willst. Denn dein Rang ist nun höher als seiner. Du bist die Prinzessin von Bahira, ... meine Gemahlin!", sagte er leise zu ihr und Selli rutschte kurz unbehaglich auf dem Polster herum, ... was das plötzlich so seltsame *Unbehagen* in ihrem Körper aber bloß noch verstärkte.
Was?
Wie ...?
Irgendwie überlief sie auf einmal eine schauerliche Gänsehaut. Und ihre Brustspitzen unter dem dünnen Hemdchen wurden hart wie Kieselsteine. Ihre Brüste begannen zu prickeln und ihr Schoß ... *zu ziehen*? ... Und zu jucken? Oh Gott!
Entsetzt wurde ihr bewusst, was sie da wohl eben gerade noch so ahnungslos und naiv getrunken haben musste. Auch schon wieder so ein Aphrodisiakum ...
„Hassan ...! Was zum Teufel hast du getan ...? Warum ...?", stotterte sie und wollte aufspringen. Doch er war schon bei ihr und zog sie aufgrollend an seine Brust und griff ihr ins Haar, während sie nur schockiert zu ihm aufblickte.
„Ich kann dich nun mal nicht mehr leiden sehen, Selli. Doch ich begehre dich wie keine andere Frau zuvor. Du bist so wunderschön und mutig. Selbst gegenüber dem Fürsten noch kämpferisch. Weißt du überhaupt, wie sehr du mich faszinierst, Habibi!? Dieses Haar wie gesponnenes Gold, dieses Gesicht ... wie feinster Alabaster, ohne jeden Makel und dann erst diese unglaublich tiefblauen Augen ... Doch ich soll dich nicht anfassen! Soll dir fernbleiben! *Ich,* ... dein

Gemahl, ... dein *Ehemann*!"
Er hatte sie rückwärts gedrängt, bis hin zu dem großen Billardtisch und hob sie nun um die Taille greifend an, um sie darauf abzusetzen.
„Hassan, ... nicht! Was tust du?!", flüsterte sie schockiert, derweil er sich zwischen ihre Beine schob und ihr das halblange Oberteil des zweiteiligen Ensembles mit einem Ruck über den Kopf zog und es dann einfach so zerfetzte.
„Hassan ...!", wimmerte Selli nur wieder leise auf, während dieser sie nun auch noch rückwärts auf die Platte drängte und zugleich ihre Röcke bis zu ihrer Hüfte hinaufschob. „Oh mein Gott!", versuchte Selli mit den Beinen zu strampeln, doch er stand schon wieder dazwischen und zog sie näher an sich heran, winkelte dann eines ihrer Beine an und schlang einen der abgerissenen Tuchfetzen erst um ihren rechten Oberschenkel und dann auch noch mal um ihre rechte Wade, die er dann so mit einem komplizierten Knoten zusammenschnürte, bevor sie sich noch irgendwie wehren konnte.
„Hassan! Nein, ... HALT!", rief sie nur wieder ängstlich auf. Doch schon hatte er sich erneut etwas von ihrem Gewand abgerissen und dasselbe mit ihrem anderen Bein gemacht und hielt dann erst inne, während Selli nun verstört an dem ersten Knoten zu reißen begann, um sich zu befreien.
„Hör auf! Bitte! - Hassan! Bitte, tu mir das nicht an ...!", bettelte sie schließlich voller Angst, doch er neigte lediglich den Kopf ein wenig zur Seite.
„Wenn du auch noch Handfesseln brauchst, um dich mir hinzugeben, werde ich sie dir anlegen, *Habibi*. Doch habe keine Sorge oder Furcht. Das hier soll und wird dich nicht verletzen. Aber du musst mich nun endlich akzeptieren lernen. Und das geht nun mal nicht auf Abstand. Also gib dich mir hin und alles wird gut!", befahl er ihr mit vor Erregung funkelnden Augen.

„Aber ich will das nicht!“, rief sie nun aufgebracht, derweil er bereits eine sanfte Reibung durch ihr Höschen hindurch begann und dabei milde lächelte.
„Dein Körper wird mir zeigen, ob deine Worte wahr sind.“, rieb er durch den dünnen Stoff hindurch an ihrer nun heftig pochenden Spalte, drückte mit dem Fingerknöchel plötzlich fest gehen ihre Lustperle und begann dann diesmal deutlich härter, darüber zu reiben.
Selli durchzuckte es heiß wie ein Blitz ... Was tat er denn nur? Er konnte doch nicht einfach so ... so ... Sie stöhnte unwillkürlich laut auf. Doch es war kein Schmerz, sondern pochende, juckende und kribbelnde Erregung, die sich nun rasend schnell in ihrem Schoß ausbreitete. Wie konnte das sein ...?! Gegen ihren Willen ...?
„Ja! Genau so ...!“, flüsterte Hassan leise, als sie keuchend aufstöhnte und sich hastig aufstützte, um seine Hand zu ergreifen und aufzuhalten. Doch damit hatte er wohl bereits gerechnet, riss sich einen weiteren, langen Stoffstreifen ab und schlang ihr diesen um ihr rechtes Handgelenk, dessen Ende er dann schlicht an der äußeren Beinfesselung befestigte.
„Nein, ... nein! Bitte!“, keuchte Selli geschockt, als er sich auch noch ihren anderen Arm schnappte und auf die gleiche Weise fixierte.
„Du musst noch lernen, dass es sinnlos ist, deine eigene Lust zügeln zu wollen. Du bist dazu geschaffen worden, geliebt und begehrt zu werden, wie auch ebenso intensiv zu lieben und zu begehren, Selli! - Und du gehörst nun mir!
Dein erstes Mal war schmerzhaft, da ich nicht mit einer Jungfrau gerechnet habe, danach wollte ich dich nur ein wenig bestrafen für deine Schläge, ... ich übertrieb es und verängstigte dich, ... das tut mir leid. Nun aber möchte ich dir zeigen, wie empfindsam du sein kannst und auf welche Weise ich dir die höchste Lust bereiten kann, wenn du es

nur zulässt, diese auch zu empfinden!", flüsterte er ergriffen von ihrem nun so hilflosen, aber auch schon ein wenig erregten Anblick, zog dann schlicht seinen Dolch aus der Gürtelscheide heraus und schnitt ihr dann einfach ihr Höschen vom Leib, sodass sie nun beinahe nackt, nur noch im BH und mit dem aufgerollten Rock um die Hüfte herum, unter seinen höchst begehrlichen Blicken lag, vollkommen unfähig, sich ihm noch irgendwie zu entziehen.
„Bitte! Hassan!!! - Hör auf!", flehte sie ihn erneut leise schluchzend an, da strich er nun ganz sachte über die zarte Haut ihres linken Unterarmes.
„Wovor fürchtest du dich eigentlich so sehr, Selli?!", fragte er sie leise und streichelte als nächstes über ihren flachen Bauch.
„Tut das hier etwa weh? ... JHm? - Sei ehrlich!", fragte er sie ernsthaft. Selli schüttelte nur schluchzend den Kopf. „Hör trotzdem auf!", bat sie ihn erneut.
Hassan strich sanft über ihre Beine, die Knie. „Du bist eine so wunderschöne Frau, sehr begehrenswert und noch jung ... Du hast so viel zu geben, Selli. Warum also beschränkst du dich selbst?", fragte er sie fast schon flüsternd. „Lass mich einfach gehen! Bitte! *Bitte*!!! Ich will das eben nun mal nicht. Hör auf, mir irgendwelche Drogen zu geben, damit ich Dinge empfinde, die ich nicht empfinden will!", bettelte sie nun schon richtig und weinte noch mehr, doch zugleich nahm das Ziehen in ihrem Schoß auch noch weiter zu. Es begann sogar, richtig zu pochen und sie hatte das Gefühl, nun kaum noch atmen zu können, während er nur weiter hauchleicht über ihren Po streichelte.
„Weißt du, Selli, ... dieser Saft, den ich dir gab ... Das ist nur ein ganz leichtes, natürliches Aphrodisiakum, welches in einer Frucht enthalten ist. Die anderen Sachen verträgst du nämlich nicht. Ätherische Öle, die man zur Luststeigerung direkt auf der Haut einmassiert, ... das sind nun wirklich

keine Drogen, Selli. Denn wäschst du es ab, ist die Wirkung dahin und es macht dich auch nicht süchtig oder verursacht im Normalfall keinen Schmerz. Nein, wirklich nicht. Es sind sehr harmlose Dinge ...
Denn ich würde dir niemals echte Drogen geben oder dich mit Alkohol betäuben. Das ist vollkommen unnötig."
„Aber du zwingst mich schon wieder! Zwingst mich ... *Ahhhhh*!"
Wieder strich er mit den Fingerspitzen zart über ihre Scham, suchte und fand die kleine Lustperle und tippte sie mehrmals sachte an.
„Ohhhhhh ... oh Gooooottt!!!!", schrie sie stöhnend auf und biss sich auf die Lippen, denn sie glaubte nun fast schon vergehen zu müssen vor Erregung und begann auch, hart zu keuchen. Ihr gesamter Schoß prickelte und pochte, als hätte er nun einen eigenen Herzschlag entwickelt. Ihre Furcht vor diesen unbekannten und überwältigenden Empfindungen, die Hassan da in ihr erzeugte, ließ sie von Kopf bis Fuß verkrampfen, doch die heiße Erregung in ihrem Schoß ließ sie stöhnen vor Lust. Doch so wie er sie hier gerade festhielt, konnte sie noch nicht einmal vor ihm wegzucken.
„Du bist so unglaublich begehrenswert, Selli. Sieh doch nur, ... ich mache nur ganz wenig! Es ist nur ein kleines, lustvolles Spielchen. Doch du fürchtest dich so sehr davor, dass du sogar weinst."
„Weil du mich dazu zwingst! Du fesselst mich sogar ... Ich will das nicht! Ich kenne dich noch nicht mal und ..."
„...bist auch nicht mit dieser Ehe einverstanden?", unterbrach er sie nur ruhig und streichelte ihr dann seufzend noch einmal über den flachen Bauch. „Sieh es doch mal anders herum, Selli, ... würde ich ein Kind zur Frau genommen haben, hätte alle Welt mich sogleich dafür verachtet, verhöhnt und beschimpft. Ein neunundzwanzigjähriger Prinz heiratet eine sechzehnjährige deutsche Schülerin, ... sollte

ich etwa als Kinderschänder dastehen?"
Selli schüttelte wild den Kopf. „Das ist mir doch egal! Ich weigere mich, bei deinen fiesen Spielchen mitzumachen, Hassan! Sie sind brutal und grausam! *Du* bist brutal und grausam!"
Und wieder streichelte er nur zart über ihre Beine und ihren Bauch, bevor seine Finger erneut ihre Spalte fanden und sich sachte zwischen die schon sehr feuchten Lippen schoben.
Selli rang erneut nach Atem und riss an ihren Fesseln. Doch sie saßen einfach zu eng, um ihr großen Spielraum zu lassen.
„So feucht und bereit!", flüsterte er leise und tippte erneut die kleine Lustperle an, bevor er mit dem Daumen wieder diese sanfte Reibung begann.
„Nein ... nein ... *nein* ...! Tu das nicht ... *ohhhhhh*!", wurde Selli nun von Wellen köstlichster Gefühle umspült, die fast schon wieder an Schmerz grenzten, die ihr Gesicht röteten und ihre Gedanken verwirrten. Und das entging auch Hassan nicht, der sofort sanft lächelnd einen seiner Finger in ihre nasse Spalte einschob und sie damit ganz leicht nur zu penetrieren begann.
„Oh Gott!! - Oh Nein! ... Ahhhhhh!!! Hassan, was ... *ohhhhhhh*!", stammelte und stöhnte sie nun unzusammenhängend und zuckte heftig unter seinen kundigen Fingern.
Doch noch ehe sie den Höhepunkt erreichen konnte, hielt er wieder inne und streichelte nur erneut über ihre Schenkel und den Po, während sie fassungslos keuchte.
„Du bist so leicht zu erregen ... Ich habe von Anfang an gewusst, was da in dir schlummert, Selli. Was da von dir unterdrückt wird zu sein, weil es in deinem Land schon als unsittlich gilt, überhaupt als Frau echte Lust und Erregung zu empfinden. Doch die Literatur, die du so gerne liest, hat dich verraten ... Ich habe sie mir nämlich angesehen, weißt du? Ein wenig in deinem Buch geblättert, das du bei dir

hattest und es hat mir deine tiefe Sehnsucht nach wahrer Lust und Leidenschaft enthüllt ...", erklärte er der nun geschockt zu ihm aufsehenden Selli leise, bevor er wieder so über die nun harte Perle zu reiben begann, was sie sehr schnell erneut trunken und wie verrückt zitternd vor Lust machte.

„*Oh Gott*!!!"

„Ja, bete ruhig zu ihm! Er hat uns beide geschaffen, Selli, damit wir einander genießen können.", raunte er nur noch heiser und sah zu, wie ihr Gesicht sich nun vor Erregung leicht verzerrte ... Sie schloss die Augen, fühlte jetzt nur noch ... „Genau so ...!"

Und wieder tauchte er nun mit zwei Fingern in ihre enge Grotte ein und schob sie ganz sachte vor und wieder zurück, krümmte beim Zurückweichen auch noch den einen Finger, sodass er ihre kleine Perle nun auch von innen heraus stimulierte und Selli stöhnte darüber so laut auf, dass sie selbst erschrak und darüber nun doch wieder zu schluchzen begann.

„Schhhhh! Nicht weinen, meine Selli! Ich will dir doch nur Freude schenken! Nicht Gewalt!", umfasste Hassan nun sanft anhebend ihre Schultern und legte seine Stirn an ihre, damit er ihr bei diesem Spiel direkt in die Augen blicken konnte, die nun lustvoll verschleiert waren, statt ängstlich geweitet.

„Ja, ... so ist es gut! Lass es geschehen und gib dich deinen Gefühlen hin!", raunte er an ihren Lippen und schob nun auch noch einen dritten Finger in sie, was sie erneut zucken und einen spitzen Laut ausstoßen ließ. Doch sein Daumen rieb derweil immer noch unablässig über die nun steinharte Perle.

Ihr Schoss brannte vor Lust und als er schließlich ganz kurz innehielt, um sich zu entblößen, wimmerte sie protestierend auf. So weit hatte er sie schon gebracht ...

Oh Gott!!! Sie konnte einfach nicht mehr klar denken! Er musste doch ... Sie sollte nicht ... Und erneut rieb sein Daumen ganz zart über ihre Perle, wurde dann allmählich schneller, ebenso seine Finger, welche sie nun fester penetrierten.
„*Gott, Gott ... Ahhhhhhhhh*!“, schrie sie am Rande zum Höhepunkt stehend, als er seine Finger auf einmal zurückzog und sie seine an ihre Pforte antippende Eichel zu spüren bekam.
„So ist es sehr gut, *Habibi*! Entspanne dich einfach und lass mich dir Freude schenken!“, flüsterte er noch leise, schon spreizten seine Finger ihre feuchten Schamlippen, ... strich sein Daumen erneut erregend um die kleine Perle herum und dann schob er sich ganz sanft und leicht in sie hinein ... Ohhhh, ... so sanft diesmal, nicht so hart und invasiv wie letztes Mal, bevor er dann einfach innehielt und sie nur aus feurig blitzenden Augen heraus betrachtete. Dieser Teufel in Menschengestalt!

Er wusste ganz genau, was er da tat und wie er sie reizte. Denn sein Daumen, der sie immer noch unablässig rieb, wurde immer leichter, zarter, ... noch viel sanfter auf ihrer Haut, ... doch das sollte er nicht. Sie brauchte mehr, ... mehr Druck, mehr Reibung und stöhnte immer wieder lustvoll auf. Sein großer Penis dehnte diesmal nur ihr Innerstes und sie verkrampfte sich mehrmals um ihn herum, bevor sie einfach nicht mehr stillhalten konnte und ihren Schoß nun gegen seinen Daumen zu pressen begann und ihn so aber auch zugleich noch viel tiefer in sich aufnahm, ... was zum Teufel ...?!
„Ja, Selli, schön machst du das!“, lobte Hassan sie prompt lächelnd. „Diesmal nimmst du mich! Du hast die Kontrolle, siehst du? Selbst wenn du gefesselt bist, ist das so!“, raunte er an ihren Lippen, bevor er einen sanften Kuss darauf

hauchte und sich vor Lust anspannte, denn sie konnte nicht anders, als diese höchst lustvolle Bewegung zu wiederholen und sich erneut gegen seinen Daumen zu drücken, wieder und wieder! Oh, großer Gott! Ihre Hüfte rotierte nun schon richtig, ... doch sie konnte sich nicht stoppen.
Er hielt derweil einfach nur still und keuchte bei jeder ihrer Bewegungen lustvoll auf.
Hätte Selli auch nur einen klaren Gedanken fassen können, sie hätte sich nun sehr geschämt. Doch die Lust hielt sie nun fest in ihren Klauen gefangen und tobte heiß brennend durch ihren Schoß. Er war ein Teufel, ... ein Dämon ... „*Ahhhhhhh*!!!", stöhnte sie wieder auf, denn es war noch immer nicht genug. Sein harter ein- und ausgleitender Penis rieb durch ihre Bewegungen nämlich nun zusätzlich an ihrer Perle und veränderte den Reiz. Eben war sie noch so kurz davor gewesen zu kommen, ... doch nun ... Sie brauchte mehr ... Oh ...
„Hassan!", flehte sie ihn schließlich heiser an. „Ja, ... Habibi. Keine Sorge, du kommst gleich! Ich helfe dir!", keuchte er nun ebenfalls sehr erregt und drückte sie sachte zurück auf die Billard-Platte, bevor er ihre Hüfte noch ein Stück näher an sich heranzog und diesmal erheblich tiefer in sie fuhr.
„*Ahhhhhhh*!", schrie Selli laut auf und schüttelte wild den Kopf, weil sie gerade den Eindruck hatte, Hassan hätte soeben ihre Seele berührt. Doch der verfiel nun seinerseits in einen drängenden Rhythmus, veränderte erneut den Winkel, in dem er in sie trieb und drückte zugleich mit dem Daumen ihre Lustperle an seinen nun heftig darüber reibenden Schaft.
Selli blieb keine Zeit mehr zu überlegen, ob sie das nun gut oder schlecht oder schmerzhaft oder lustvoll fand, sie schrie bereits Momente später schrill auf, da Hassan ihre Lustperle nun auch noch mit Daumen und Zeigefinger fest umfasste

und zusammenkniff.
Sie schrie, ... hob ab, ... Lichter explodierten grell vor ihren Augen und ihr Hirn setzte aus. Ihr Herz galoppierte einfach mal auf und davon und ihr Schoß und Bauch gingen in hell-lodernde Flammen auf ... Das heftige Pochen in ihrem Schoß steigerte sich zu einem nicht enden wollenden Ziehen. Und plötzlich war sie am Höhepunkt angelangt, ... erlebte einen noch nie auch nur in ihren wildesten Träumen ausgedachten Orgasmus, bei dem es in harten Schüben aus ihr herausspritzte, so als hätte sie sich gerade eingenässt, doch zugleich schaltete sich ihr Gehirn komplett ab und sie trieb eine gefühlte Ewigkeit lang nur noch in segensvoller Erleichterung und Wohlbehagen dahin, derweil sich Hassan kurz lächelnd zurückzog und wartete und sich dann nun wieder mit wenigen weiteren tiefen und harten Stößen triumphierend aufkeuchend in sie trieb, bevor er sich heftig zuckend, so wie Selli zuvor, tief in ihrem Schoß ergoss.

Sie spürte kaum noch, wie er sie anschließend von ihren Fesseln befreite, ein wenig säuberte und dann von der Platte herunterhob. Sie meinte ganz entfernt leise Worte zu hören, ließ sich in eine Decke einwickeln und wieder aufheben.
Doch dass er sie zurück zu ihrem Zimmer trug, bekam sie schon gar nicht mehr mit. Der Sinnesrausch, wie auch die schlaflose Nacht zuvor, hatten sie nun völlig erschöpft und so rollte sie sich, kaum dass Hassan sie auf ihrem Lager niedergelegt hatte, einfach nur noch auf die Seite, zog die Knie an und schlief ein, nicht wissend, dass Hassan sich gleichfalls neben sie auf das Lager schob und ihren Schlaf bewachte, derweil er stirnrunzelnd über richtig und falsch seiner Vorgehensweise nachgrübelte wie auch über den verhassten Vater seiner wunderschönen Braut und seine Lügen über die fast schon männerscheue Selli.

Ihre Geschichte wies viel zu viele Parallelen zu seiner ersten Frau Aishe auf, um sie einfach so ignorieren zu können. Irgendwie kam es ihm gerade fast schon so vor, als wollten die Götter ihm noch eine zweite Chance geben, diesmal seine Braut auch wirklich zu beschützen.

*

Selli erwachte allmählich und spürte ein dumpfes Ziehen in ihren Gliedmaßen und auch in ihrem Schoß. Seltsamerweise konnte sie kaum die Augen aufschlagen, denn die wohlige Mattigkeit wollte einfach noch nicht weichen.
Doch als sie sich regte und streckte, glitt eine Hand sanft tastend unter ihr Haar und massierte ihren Nacken, ganz leicht nur, ohne großen Druck. Eine zweite Hand kam hinzu und strich hauchzart über ihre Schulter und den Arm hinab und wieder hinauf, bevor sie ebenfalls damit begann, ihre viel zu steifen Muskeln an der linken Schulter zu kneten. Oh, ... tat das gut, ... war Zarah zu ihr gekommen, um ihr beizustehen? Die Zofe war ja so aufmerksam und freundlich zu ihr. Obschon sie Selli kaum kannte. Doch sie stand unerbittlich, sogar ganz offen gegen den Prinzen und seine Wachen planend, zu ihr.
Hätte sie doch die kleine Chance heute Morgen genutzt und wäre geflohen, statt zu versuchen, vernünftig mit derart unvernünftigen Heidenmenschen zu sprechen. Und Hassan hatte sie nur wieder erneut ... belästigt, ... genommen, ... gegen ihren Willen erregt und ... und ...
Sie runzelte die Stirn und schlug erbebend die Augen auf. Doch sie befand sich gerade gar nicht in ihren eigenen Räumen, sondern in einem ihr gänzlich unbekannten Schlafzimmer auf einem megabreiten Bett mit grüngoldenem Baldachin.
Schon wollte sie erschrocken auffahren, ... denn wer be-

rührte und massierte sie denn da gerade? Da drückten die Hände sie sofort wieder runter und Prinz Hassans sanfte Stimme erklang, während er sie nun blitzschnell auf den Bauch rollte und sich dann erneut über sie schwang.
„Oh, ... was ... was tust du? ... *Hör auf*!“
„Pst, ... hab keine Furcht, *Habibi*! Lass mich dir einfach noch zu Ende dienen, meine wunderschöne Prinzessin. Deine Muskeln sind nach dem anregenden Ritt vorhin etwas verspannt. Ich muss in Zukunft achtsamer mit dir umgehen, scheint mir. Doch du forderst mich einfach viel zu oft heraus ... Es genügt schon ein einziger furchtsamer Blick ... oder ein kämpferischer Protest ... Deine Augen verzaubern mich, ... sie sind so tief wie der Ozean, Selli. Wenn du mich nur einmal wahrhaft anlächeltest ... Du könntest dann alles auf der Welt von mir verlangen und zum Geschenk erhalten. Ich würde dich gerne verwöhnen und dir deine Ängste nehmen.“, sprach er sanft weiter und sie verspannte sich noch weiter, während ihr aufging, dass sie gerade immer noch nahezu nackt unter ihm lag.
„Du hast so herrlich goldenes, langes Haar, meine wunderschöne Selli!“, strich Hassan andächtig über ihre weichen Strähnen.
„Geh endlich runter von mir!“, versuchte sie sich aber nur wieder unter ihm hervorzuwinden und spürte dann im nächsten Moment, als er sich vorbeugte, um sie erneut herunterzudrücken, auch schon wieder seine harte Erektion an ihrem Gesäß.
War er etwa gerade ebenfalls nackt?
„GEH RUNTER!“, wiederholte sie also noch mal brüllend.
„Schhhhh, *Habibi,* ... lass mich dir einfach nur dienen! Je mehr du dich verspannst, desto länger dauert es!“, flüsterte er ihr fast schon hauchend ins Ohr, was ihr Herz erneut zum Hämmern brachte. Wollte er etwa schon wieder ...?! Wie unersättlich war dieser Mann eigentlich? Und warum

musste er unbedingt immer sie sexuell belästigen? Hatte er denn keinen fürstlichen Prinzen-Harem, der irgendwo auf ihn wartete? War das denn nicht so bei Männern im Orient?

„Du bist ein Schwein!“, brachte sie also nur wieder erbebend heraus.
„Ist das so?“, fragte er sie belustigt. „Weil ich dich massiere, nachdem ich erst für deine Verspannungen gesorgt habe?“
„Weil du mich andauernd sexuell belästigst und vergewaltigst und kein Nein hörst, selbst wenn man es dir entgegenbrüllt ...!“
„Ich *verführe* dich, Selli. Es gefällt dir auch, du hast dabei immer unglaubliche Orgasmen und das sagt mir, dass ich auf dem richtigen Weg bin. Nur deine prüde Haltung ist dir gerade noch im Weg. Du bist nun eine höchst ehrbare Frau ... Eine Prinzessin! Reich, schön, von der ganzen Welt bewundert und verehrt ... Doch vielleicht möchtest du auch einfach nur weiter an deiner wohlerzogenen Vorstellung festhalten, dass du geraubt und vergewaltigt wirst, statt verheiratet und sehr verwöhnt.“
„***Soll das etwa ein Witz sein?“***, regte Selli sich unwillkürlich noch lauter auf und stemmte sich hoch, doch Hassan griff schlicht nach ihren Händen und zog sie ihr über ihren Kopf hinauf, um sie dort mit einer Hand um ihre Handgelenke herum zu fixieren.
„**Hör auf damit**!!!“, rief sie wieder, atemlos diesmal, weil ein unglaubliches Prickeln über ihren Rücken zog und ein weiteres Ziehen in ihrem Schoß sie verwirrte. Was, zum Teufel, tat er ihr denn da nur schon wieder an?
„So ich dir immer noch beweisen muss, wie sehr dir meine Zuneigungen gefallen, auch wenn sie für dich ungewohnt sind, werde ich es tun, Weib - Sogar sehr gerne!“, raunte er ihr leise warnend zu.
Selli verkrampfte sich prompt wieder und keuchte halb

durch die vielen Kissen erstickt auf, bis Hassan sachte ihr Gesicht umfasste und es auf die Seite drehte.

„Atme, *Habibi*! Und genieße dann einfach nur die Massage! Mehr verlange ich gerade doch gar nicht von dir. Also entspanne dich!“, forderte er leise und sie hörte auf, sich zu winden. „Du ... du wirst mich nicht schon wieder nötigen?“, fragte sie ihn heiser.

Er seufzte leise auf und strich dann viel zu zärtlich über ihre Arme und Schultern hinab, über ihren Rücken und ließ seine Hände dann auch sachte reibend an ihrem Rumpf hinabgleiten, steifte dabei ihre Brüste ...

„Ich sagte, *ich will das nicht*!“ fuhr sie erneut auf ... und gab ihm damit aber nur die Gelegenheit, ihre Brüste zu umfassen und sachte zu kneten, während sie empört keuchte und er leise auflachte.

„*Habibi*! Die Röte auf deinen Wangen und der Geruch deiner Säfte verraten mir etwas ganz anderes, als du es schreist und schimpft. Es erregt dich, wenn ich dich so verwöhne. Nur es beunruhigt dich auch noch etwas, weil du noch nicht sehr viel Erfahrung hast! Aber du beginnst nun allmählich, dich daran zu gewöhnen.

Und das ist gut.

Dein Schoß wird so schnell so herrlich feucht und wenn du unter mir kommst, dann spritzt dein Nektar aus dir heraus und berauscht mich noch mehr. Du bist so sinnlich und empfindsam, Selli.

Nun musst du es nur noch akzeptieren, dass du mir gehörst. Dann wird alles gut werden!“, versprach er ihr und zupfte zugleich an ihren bereits verhärteten Brustspitzen.

Ein scharfer Blitz schlug in ihren Schoß ein, als er auch noch seinen Mund auf ihren Nacken senkte und ihren Hals zu lecken und daran zu knabbern begann. Seine linke Hand strich zugleich sanft über ihre Brust, die rechte kniff einmal kurz hart in die Spitze, sodass sie erschrocken aufquietschte. Doch was er auch tat ... Es verstärkte nur wieder das lustvolle Ziehen in ihrem Schoß. Er begann sogar zu pochen, ... zu glühen, ... sein Mund wanderte derweil über ihren Nacken und biss und leckte eine feurige Spur über ihre Haut.

„Nicht!“, stöhnte sie leise, ... atemlos! Viel zu atemlos, während sie sich ihm und seinen Berührungen aber bereits ergab und den Kopf senkte.

„So ist es brav, meine Selli! Gib einfach nach und lass es geschehen, denn bei mir bist du sicher, *Habibi*. Du erfährst keine grausame Gewalt!“, zog er seine rechte Hand nun zurück, ... nur um sie dann aber sogleich weiter nach unten zu schieben und mit zwei Fingern ihre bereits verräterisch feuchte Spalte zu durchfurchen, bis er die kleine, schon wieder erblühende Knospe fand und die sanfte Reibung begann.

Selli atmete keuchend ein und riss die Augen auf. Doch selbst wenn sie sich hätte winden wollen, hätte sie es nun nicht mehr gekonnt, denn Hassans Körper hatte sich nun um sie herumgelegt wie ein Kokon. Seine Füße und Beine drückten wie Haken ihre Beine auf die Matratze und hielten sie so gleichzeitig auch offen und gespreizt. Sein linker Arm stemmte sich tief einsinkend und sein Gewicht tragend in das Lager und seine Finger, ... *ohhh*!!!

Sie atmete immer schneller. „Hör ... auf!“, keuchte sie wieder, während ihr Schoß nun in Flammen aufging. Sie wollte mit den Händen gegen ihn drücken, zumindest die Hand aufhalten, die ihre Brust knetete. ... Gott, sie konnte nicht mal mehr klar denken!

„Lass dich gehen, *Habibi*! Lass dich einfach nur gehen ...“, flüsterte er so verführerisch. - Wie die Schlange im Garten Eden und umkreiste mal wieder die kleine Perle, die nun hart geworden war, mit seinen Fingern.

Sämtliche ihrer Gedanken verwirrten sich, während sie nun

hilflos ihre Hände in die Kissen krallte, um sich festzuhalten. Die Wogen der Erregung brandeten immer höher und höher in ihr auf, Lust, Abscheu, Schock, ziehende, glühende, pochende Gefühle, ... ihr Schoß erbebte, wollte sich gerade schon verkrampfen und um seinen leicht eindringenden Mittelfinger zusammenziehen, ... fast kam sie schon zum Höhepunkt ...
Doch da ließ er plötzlich von ihr ab, glitt geschmeidig von ihrem Leib herunter und rollte sie dann schlicht zu sich herum. Nun ganz ernsthaft blickend.
„Doch du hast vermutlich recht, ... so kurz nach dem letzten Sex, der dir ja scheinbar auch nur wieder missfallen hat, sollte ich dich nicht erneut begehren und dir besser etwas Ruhe und Zeit für dich allein gönnen. Vielleicht wäre auch ein Massage-Sprudel-Bad angebracht, ich werde deine Zofe rufen, dass sie alles für dich vorbereitet, damit es dir schnell wieder wohler wird, ... *Habibi*!", schloss er noch mit einem eindeutig zufriedenen Blick auf ihr entsetztes und vor Begehren höchst gerötetes Gesicht. Denn ... er hatte gerade aufgehört, ... *so kurz davor*!
Warum?
Wozu?
Was hatte er gesagt?
Ihr Blick fiel auf seinen Schoß und sie erkannte ganz eindeutig eine gewaltige Beule dort. Er war also auch erregt. Also wieso zog er sich nun zurück?
Sie atmete keuchend aus und ein und richtete sich dann langsam wieder auf, zog hastig die Beine an, ... ihr Schoß pochte und brannte nun wie verrückt vor unerfüllter Lust. Sie war so kurz davor gewesen ...
Da erst wurde es ihr klar, was er gerade getan hatte.
Das hier war schon wieder so eine dreiste Strafe, ... vermutlich, weil sie vorhin vor ihm weggelaufen war oder ihn wieder beschuldigt hatte, sie genötigt zu haben.

- *Was er ja auch hatte.*
Also hob sie nun trotzig und sich hart durchatmend zusammenreißend das Kinn und sah ihn so böse an, wie sie nur konnte.
„Halte dich fern von mir, du Bastard! Hör auf, mit mir so grausam folternd zu spielen. Du weißt genau, dass ich das nicht will und dich verabscheue!“, knirschte sie fast schon mit den Zähnen.
Ein leichtes Lächeln glitt über seine Züge. Doch es war kein fröhliches.
„Wenn du willst, dass ich es zu Ende bringe, musst du einfach nur *bitte* sagen, statt mich zu beschimpfen, Selli. Denn ich vergewaltige keine Frauen, ich *verführe* sie nur. Und auch dich verführte ich, nur nicht auf solch lahme Weise, wie es in deinem Land üblich ist. Mein Geschmack ist ein gänzlich anderer, wie du heute feststellen konntest. Und ich bin sehr erleichtert wie auch ergriffen von deinen leidenschaftlichen Reaktionen auf meine sanften Zuwendungen. Du bist sehr leicht zu erregen, Selli. Es wird schon sehr bald sehr schön zwischen uns beiden sein. Doch du verweigerst dich schlicht der Lust in deinem Leib und damit auch mir.
- Nun gut.
So werden wir nun fortan bis zu diesem Punkt gehen ... und nicht weiter. Bis du es selbst willst und mir eindeutig sagst, dass ich es zu Ende bringen soll. Dass ich dich nehmen und dein Verlangen stillen soll.
Sag bitte, Selli! Dann werde ich dir erneut den Himmel zeigen. Sag einfach nur *bitte*!“

Ihre Hand landete mit einem satten Klatschen mitten in seinem Gesicht, während sie ihn nur wieder von sich stieß und dann hastig auf die andere Seite des Bettes flüchtete ...
Heißbrenne Wut und Ernüchterung brandeten einmal mehr durch Sellis Adern und auch seine krasse Demütigung trieb

ihr noch zusätzlich die Schamesröte auf das Gesicht.
„Ich habe ja schon oft von solchen psychisch krank-selbstverliebten arabischen Männern mit einem Ego von Europa bis Rio de Janeiro gehört, doch noch nie bin ich so jemandem bisher begegnet, ... narzisstisch, selbstsüchtig und arrogant, Prinz von irgendwo und sowieso.
Willst du mich ernsthaft *betteln* hören, nur damit du mich weiter nötigen kannst und dein niederträchtiges, perverses Verhalten damit rechtfertigen?
- Vergiss es!
Falls ich je die Chance erhalte, werde ich allen erzählen, was du und dein feiner Vater gemacht haben. Entgegen aller geltenden Gesetze, egal wo auch immer auf der Welt! Ich stelle dich genauso bloß, so wie du es andauernd bei mir versuchst. Und nun verschwinde und rühre mich ja *nie wieder an, sonst bringe ich dich wirklich noch um!"*, brachte sie bebend heraus und Hassan runzelte nur wieder leicht entnervt das Gesicht.
„So melodramatisch ... und das nur, weil ich dir deinen Orgasmus vorenthalten habe, Selli? - Ist das so?", fragte er sie nun beinahe schon spottend.
„*Bastard*!", stieß sie einzig nur aus und stand dann hastig auf, als er schon wieder seufzend nach ihr greifen wollte. „Fass mich ja nicht an! Ich wünschte, du wärst tot, damit ich dann endlich wieder von hier fortkönnte! Du bist das wertloseste und brutalst rücksichtsloseste Wesen auf der ganzen Welt!
Und sicher hast du diese Sache mit meinem Vater vorhin auch nur extra so eingefädelt, damit ich dir jetzt hoffentlich dankbar zu Füßen liege und dich dafür bewundere, dass du ein berechnendes, eiskaltes *Arschloch* bist!", beschuldigte sie ihn heftig keuchend vor Zorn.
Und das hatte dann wohl doch gesessen, denn seine Miene wurde prompt düster. „Selli ...!", murmelte Hassan war-

nend.
Doch sie lachte nur wieder höhnisch auf. „Ist doch so! Alles abgekartet und nur ein lächerliches, feines Spiel für euch Dreckskerle. Doch ich spiele nicht mehr mit. Selbst wenn der Fürst sonst was befiehlt, ich sage jedem Menschen, den ich treffen werde, was für feige Bastarde ihr Bahiraner seid, einfach so irgendwelche Frauen aus ihrem Land zu entführen und gefangen zu halten ..."
„Selli, es reicht! Du steigerst dich da in etwas hinein, das einzig deiner sexuellen Frustration entspringt, welche du nicht gewohnt bist, zu empfinden ...", seine Miene hellte sich wieder deutlich auf und seine Mundwinkel zuckten. „Bei den Göttern, ... was bist du doch für ein temperamentvolles Wesen. Doch dass du nun leidest, ist nur deine Schuld. Du hättest mich nur bitten müssen, ... dann hätte ich es zu Ende gebracht! Und es wäre gut gewesen ... - für uns beide!"
„Behauptest du! Aber du denkst ja prinzipiell immer nur an dich selbst, Hassan! Und niemals an andere! Du bist viel zu egoistisch, um ein Nein von einer Frau zu akzeptieren ..."
„Wäre dein *Nein* ernst gemeint gewesen, hätte ich aufgehört, *Habibi* ... Doch du kennst deinen eigenen Körper noch nicht, weißt nicht, wonach du dich wirklich sehnst. Ich werde es dir aber gerne zeigen und dich lehren ..."
„Wenn du unbedingt sterben willst, *versuche es!"*, brauste sie hitzig-zornig auf und sprang auf die Füße. Und auch Hassan erhob sich nun entnervt seufzend.
„Ich verstehe dich nicht, Selli. Das gebe ich offen zu. Denn ich erwecke Gefühle in dir, was ein Vergewaltiger schwerlich könnte. Warum gibst du also nicht zu, dass dir diese Gefühle gefallen haben, Frau? Du verweigerst dich damit nur deiner eigenen Lust, nicht etwa mir ..."
„Rede du dir das einfach weiter so ein, Prinz. Denn etwas Sinnvolleres scheinst du ja nicht zu tun zu haben. Wenn du

so von dir selbst und deinen miesen Leistungen im Bett überzeugt bist, kannst du nun gerne wieder zu deinen anderen Huren zurückgehen, die dir für gewiss eine ganze Stange Geld, diesen Mist auch noch eingeredet haben! Bei mir beißt du damit jedoch auf Granit!", floh sie nun regelrecht vom Bett fort, als er sich nun doch etwas mehr getroffen scheinend in ihre Richtung bewegte.
„Solche harschen Worte passen nicht zu dir, *Habibi*. Sie sind hässlich und kalt und beides bist du nicht.", erklärte er ihr nun deutlich reservierter, bevor er sich wohl fing und einen oberlehrerhaften Tonfall anschlug. „Lustvolle Spiele, wie wir sie gerade spielten, sind im Grunde etwas sehr, sehr schönes. Du solltest sie also nicht so herabwürdigen und damit auch nicht all diejenigen Frauen, die sie gerne, freiwillig und auch höchst bereitwillig spielen wollen. Denn vergiss nicht, ... vor wenigen Augenblicken hast du dich noch selbst vor Erregung unter mir gewunden!", begann er schon wieder fast zu lächeln.
Okay, ... es reichte ihr nun. Zeit, die gute Erziehung mal beiseite zu lassen. „Vor Erregung oder doch eher vor Abscheu?", stieß sie gedemütigt und peinlich berührt hervor. „Was weißt du schon von *echten* Frauen, die du nicht so einfach kaufen kannst, Prinz von irgendwo? - Rein gar nichts weißt du von uns! Denn du wurdest dein Leben lang nur belogen, damit du nun denkst, du seist ein verdammtes Gottesgeschenk an die Frauenwelt! Aber für mich bist du nur Abschaum, der ein *Nein* nicht akzeptieren kann, wenn er es hört!", herrschte sie ihn zitternd vor Wut an ... und sah sein Lächeln nun endgültig vergehen und seine Augen dunkel werden.
Gut so!
Also fuhr sie fort damit, in die Bresche zu schlagen: „So etwas wie Ehre oder Respekt vor Frauen kennst du nämlich gar nicht, sonst würdest du nicht dauernd versuchen, mich

zu nötigen, zu demütigen und mich jedes Mal fesseln, um mir deine abscheuliche Gewalt aufzuzwingen. Von wegen lustvolle Spiele. Das sind sie *nur für dich!* Für mich ist es Gewalt!

Also verschwinde endlich! Du hattest schließlich gerade schon wieder deinen ungeteilten, aufdringlichen, abartigen Spaß mit deiner gefangenen Sexsklavin! Denn nichts anderes bin ich hier in diesem verdammten Land, in dem es scheinbar keine einzige aufrechte und gerechte Seele mehr gibt, außer vielleicht Zahra!", zürnte sie ihm noch hitziger.

„*Habibi,* ... hör auf! Das meinst du nicht ernsthaft. Du bist nur wütend, weil ich das Spiel unterbrach und schämst dich nun für das, was du unter meinen Berührungen empfunden hast.", flüsterte er nun seltsam gepresst klingend.

„Sagte der Herr zu seiner gefangenen *Sklavin*, derweil sie vor ihm gefesselt liegen muss und sich nicht wehren kann, während er seine eigene Lust an ihr stillt, ... aber nicht wahrhaben will oder gar akzeptieren kann, dass er sie damit foltert!", herrschte sie ihn weiter an, noch lauter nun.

„Selli!", tat er nun ein paar Schritte auf sie zu, doch sie floh zur Tür. „Ja, ... Himmel Herrgott! Rede es dir ruhig noch weiter ein, wie *gut* und *freundlich* du zu deiner versklavten Gefangenen bist, Prinz Hassan al Bakhar. Aber ich weiß nun sicher, dass du eine Frau, die keine Hure ist, niemals respektabel behandeln könntest. Du scherst billige Flittchen und normale, rechtschaffene Frauen einfach so über einen Kamm und bildest dir auch noch ein, dass du aus letzterem erste machen könntest, einfach nur indem du sie wieder und wieder ins Bett oder sonst wohin zwingst."

„*Habibi,* es reicht jetzt! Das ist nicht mehr witzig! Wenn du darauf bestehst, entschuldige ich mich bei dir. Und ich erkenne an, dass ich dich gerade wohl *zu sehr* demütigte mit meinem Ansinnen, dass du endlich nachgibst und dir deine Gefühle selbst eingestehest. So weit bist du wohl noch nicht. Nun gut ..."

„Gut???", herrschte sie ihn weiter schrill an und lachte beinahe hysterisch schnaubend auf. „Für mich ist hier rein gar nichts mehr gut! Ich lebe in der Hölle! Und du bist der Teufel!"

„Selma, nun übertreibe nicht gleich wieder so ..."

„Ich hasse dich, Hassan! - Hörst du? Du bist ganz genauso schlimm und pervers und gewaltbereit wie mein Vater! - ***Ganz. genauso***!", brüllte sie das Letzte nur wieder schluchzend und sah ihn sich versteifen, ... erbleichen, ... tief Luft holen.

Volltreffer!

Endlich ...

Doch dann kam er schon wieder auf sie zu, ... folgte ihr zur breiten Flügeltüre in seinen eigenen herrschaftlichen grün-goldenen Wohnbereich hinüber, wo sie sich rasch ein paar Bücher aus dem Regal herausriss, die ungleich schwerer und dicker waren, als ihre Bücher es waren und auch damit nach ihm zu werfen begann.

„Bleib weg von mir! Geh endlich weg und komm nicht wieder!", brüllte sie erneut furchtsam und drehte sich dann nur noch um, um zu rennen, doch er hatte den Abstand zwischen ihnen beiden bereits überwunden und griff nach ihr, schleuderte sie fast schon herum und presste sie mit dem Gesicht voran gegen die nächste Wand.

„NEIN!!!"

„Ganz ruhig, *Habibi*! Schhhhh, ... beruhige dich!", presste er sie fest dagegen und hielt auch ihre Hände und Arme mit seinen eigenen gegen die Wand gedrückt fest.

„Lass mich, du Tier!"

„Nein, ich lasse dich nicht, sonst verletzt du dich noch selbst! Deine Furcht ist gerade übermäßig, weil du einfach noch nicht erfahren genug bist, um mit deinen Gefühlen umzugehen. Doch zu einer Flucht vor mir besteht kein

Grund, Selli!
Ich bin nicht dein Vater und ich werde dich auch niemals so brutal schlagen, wie er es tat, verstehst du? Ganz egal, was auch immer du tust!
Und wenn du nun erst einmal sanft umworben werden willst ..."
„Ich will ***nach Hause*** ...! *Das* will ich!", schluchzte sie nur wieder erzitternd und versuchte, sich unter ihm herauszuwinden, doch er war einfach zu stark.
„Schhhhh, ... ruhig!", sagte er schließlich nur wieder leise und neigte seine Stirn auf ihren Scheitel hinab. Doch er versuchte nun nicht mehr sich ihr noch mal sexuell aufzudrängen. Hastig atmete sie aus und ein. Immer wieder... erbebend, ... schluchzend.
„Beruhige dich einfach. Mehr will ich gerade nicht mehr. Ich halte dich nur, bis du wieder ruhig bist, *Habibi*. Denn ich lasse sicher nicht zu, dass du dich am Ende noch selbst verletzt. Das hatte ich schon einmal alles. Ganz. Genau. So. Meine erste Frau wurde auch sehr verletzt und geschlagen. Sie fürchtete ihren Vater sehr und darum auch mich zuerst. Ich hätte daran denken müssen, wie sehr sein Anblick dich heute aufgewühlt hat und nichts Weiteres von dir verlangen sollen.
Doch nun ist es ernsthaft genug! Du magst dich beschweren über die Art, wie ich mit dir umgehe, über die Art, wie ich dich nehme, verführe ... und zumindest deinen Körper davon überzeuge, mir nachzugeben und höchste Lust zu empfinden, *Habibi*! Doch zwischen Ehepartnern gibt es keine Scham, hörst du? - Ja, ich verbiete dir sogar, dich zu schämen, nur weil du ganz wundervoll auf mich reagierst. Doch wir sind nun Mann und Frau.
Vor unserem Gesetz legitim verbunden, *ehrenhaft*, nicht anstößig, *spielend*, nicht gewaltsam, *lustvoll*, nicht qualvoll ... Und auch grausam wirst du mich schon bald nicht mehr

nennen. Dafür werde ich sorgen.“, flüsterte er ihr ins Ohr, bevor er sie langsam losließ und nur noch seine Hände rechts und links neben ihrem Kopf gegen die Wand stemmte.
Selli blieb indes stehen, wo sie war und rührte sich nicht ... und er tat auch nichts mehr weiter. Schon seltsam.
„Geh endlich!“, flüsterte sie schließlich leise, als sie das Schweigen nicht mehr aushalten konnte. Er atmete leise ein und laut seufzend wieder aus. „Kommst du denn nun zurecht?“, fragte er sie ebenso leise. Sie nickte nur hastig.
„Und wirst du wieder toben, wenn ich gegangen bin?“, fragte er sie weiter. Sie schüttelte den Kopf. Er seufzte leise auf.
„Ich legte dir bereits etwas Frisches zum Anziehen auf das Bett. Warte hier einfach. Zarah wird kommen und dich holen und zurück in deine Gemächer geleiten. Dein Schoß pocht nun vermutlich noch immer. Du warst so kurz vor dem Höhepunkt. Nun bereue ich es, einfach aufgehört zu haben. Denn das ist gerade das wahrhaft Quälende für dich. Vielleicht sorgst du also besser selbst noch mal selbst für etwas Erleichterung und legst deine eigene Hand an dich.“, merkte er noch an.
Sie versteifte sich prompt und er seufzte leise auf.
„Diese prüde Erziehung ... Man brachte dir bei, deine Gefühle zu verleugnen, statt sie auszuleben, *Habibi*. Jedoch ich verspreche dir, ... ich werde nicht wieder versuchen, dich durch unerfüllte Lustqual zu Eingeständnissen zu bewegen. Du wirst unser nächstes Beisammensein wieder genießen können. Darauf hast du mein Wort.“
Er stieß sich von der Wand ab und Selli drehte sich schon wieder aufgewühlt fühlend um und sah ihn gerade noch die Tür zum Schlafzimmer durchschreiten.
„Ich will dich aber nicht in meinem Leben oder Bett, Hassan al Bakhar ...!“, rief sie ihm noch erschreckend zittrig und

unsicher klingend nach. Doch er ging nur weiter, ohne sich noch einmal zu ihr umzudrehen. Schon hörte sie die äußere Tür öffnen und schließen. Dann war sie endlich allein.

9.

Er war zum Glück nicht zurückgekommen, während sie sich anzog und dann auf Zarah wartete, die tatsächlich kam und zuerst nur unsicher anklopfte. Doch Selli riss sofort die Tür auf und trat hinaus in den Korridor, in dem es nun von Wachen nur so wimmelte.

„Gehen wir! Ich will hier einfach nur noch raus und zurück auf meine Zimmer!“, flüsterte sie der ebenfalls unsicheren Dienerin zu und die nickte nur und eilte ihr voraus. Erst links, ... dann lange geradeaus und dann wieder links, ... schon standen sie vor ihrer Tür ... im Frauenbereich und traten hastig ein.

Das allererste, was Selli dann allerdings tat, war, sich die Kleider vom Leib zu reißen und sie Zarah mit der Anweisung, sie entweder zu verbrennen oder zu verschenken, mitzugeben. Sie würde sowohl Hassans Hemd als auch den vormals so hübschen Rock garantiert nie wieder tragen.

Dann trat sie in das Badezimmer neben dem Zimmer, welches Zahra ihr gestern erst gezeigt hatte, und stellte sich unter die eiskalte Dusche, um sich erstens abzukühlen und zweitens sauber zu schrubben.

Doch mit dem Pochen in ihrem Schoß behielt er trotzdem recht, ... dieser verfluchte Bastard! Es ging nicht weg! Wie bitte machte er das bloß? Wie konnte er sie nur so unglaublich erregen, wenn er sie doch zugleich so schändlich behandelte?

Oh, sie hasste ihn so sehr dafür.

Also lag sie dann, gleich nach dem feudalen Essen, das aus allerlei ungewohnten Köstlichkeiten bestanden hatte, wie auch einigen sehr scharfen Gerichten, die sie kaum anrühren konnte ohne ihre Zunge in Flammen stehen zu spü-

ren, stundenlang in dem Alkoven im Außenbereich, in der Nähe des Pools herum, und weigerte sich, schon aus Prinzip, sich seinen perversen und abartigen Anweisungen, sich nun auch noch selbst zu befriedigen, nachzugeben und lieber anders abzulenken.
Darum hatte sie sich extra noch einen der deutschsprachigen Romane aus den Regalen im Wohnzimmer mitgenommen, war jedoch vollkommen unfähig, mehr als nur ein paar Worte davon zu lesen, geschweige denn, den Sinn davon zu begreifen. Denn sie war immer noch viel zu wütend auf den Prinzen und seine unfähige Art der sozialen Kontaktaufnahme mit anderen Menschen.
Beziehungsweise ... seiner desaströsen Art der Kontaktaufnahme mit Frauen, die nicht bereits zu seinem anbetenden Harem gehörten.
War der Kerl eigentlich geisteskrank, sie derart zu benutzen und dann zu verhöhnen? Verdammter Dreckskerl ...
Erneut begann sie sich unruhig zu bewegen und rollte sich auf die andere Seite.
Zahra hatte ihr vorhin eine Massage angeboten und auch diese Badetherapeutin hatte anscheinend angeboten, ihr ein entspannendes Bad einzulassen ... und zwar hier draußen ... in den Swimmingpool! Was für eine unglaubliche Wasserverschwendung ... und das in einem Land, in dem es fast nur Wüste, Staub und Steine gab.
Ach ... Nein, nein! Schluss jetzt mit den Gedanken an die hiesige Umwelt und den abartigen Prinzen!
Sie hatte so lange und hart um ihre Unabhängigkeit kämpfen müssen und sich ganz allein und ohne jede Hilfe durchgeschlagen. Nun hatte sie ihren Weg gefunden, auch ohne richtige Eltern an ihrer Seite, die sie doch nur zu beherrschen und zu dominieren versuchten. Ganz zu schweigen von der brutalen Gewalt, die ihre Kindheit geprägt hatte. Da würde sie sich nun garantiert nicht gleich

wieder als nächstes von diesem irren Prinzen und seinem bescheuerten Vater beherrschen lassen oder bevormunden ... und dann auch noch verheiraten.
Oh nein!
Sollte er sich doch eine andere Prinzessin suchen, sie spuckte darauf, ... auf ihn, seinen Reichtum und auch alles andere hier hatte für sie absolut keinen Wert. - Jawohl!
Schließlich klang die Erregung doch endlich wieder ab. Sie beruhigte sich und sah lieber den kleinen Vögelchen zu, die im Hof nach Würmern und Samen pickten, statt zu lesen, wurde darüber dann aber schläfrig und nickte schließlich sogar ein.

*

Sie erwachte erst wieder von einem brutal harten Schlag mitten ins Gesicht, der sie mit einem halb erstickten Aufschrei von dem Lager des Alkoven herunter auf die Steinfliesen fallen ließ.
Verstört blinzelnd und erschrocken keuchend erblickte sie gleich darauf den Mann, den sie am meisten auf der Welt fürchtete und hasste ... und der sich gerade erneut über sie beugte, um sie an den Haaren zu fassen und halb auf die Knie zu zwingen ... *Scheiße, tat das weh!*
„***Aaaaaaahhhhhhhh***!", schrie sie auf und trat unwillkürlich nach seinen Beinen und schlug auch nach seinen Händen. Da landete auch schon die nächste Ohrfeige brutal hart auf ihrer anderen Wange.
„Auuuua!"
„Du mieses, kleines Flittchen, ... hast einfach all meine Pläne zunichte gemacht ... Mich auch noch öffentlich bloßgestellt vor dem Fürsten und seinem Sohn, dem Kronprinzen. Jetzt lachen sie mich alle aus als den Mann, der eine ungehobelte, ungehorsame Tochter hat und es sich gefallen lassen

muss, von seiner Hoheit selbst bedroht zu werden, du verdammtes Luder!", tobte er sie mit einem unglaublichen und echt wahnsinnigen Blick an, den sie schon früher oft an ihm gesehen und gefürchtet hatte. Doch endlich gelang es ihr, seine Finger aus ihrem Haar herauszuschlagen und zu kratzen, konnte sie sich von ihm losreißen und kam schwankend auf die Füße, nur um dann aber gleich erneut niedergeschlagen zu werden. - Diesmal sogar mit seiner Faust! Ihre Lippe platzte auf ...

Nein, Konrad Gutenberg hatte sich absolut nicht verändert, dachte sie und landete derweil hart zwischen den Stühlen, die am Tisch vor dem Alkoven standen, und schrie erneut laut auf.

Wo zum Teufel war nur Zarah?

Und wo war Hassan?

Vorhin hatte er doch noch so großspurig behauptet, dass er sie nun vor ihrem Vater beschützen würde. Oder war das nun aufgrund ihrer Ablehnung anders?

Todesangst stieg in ihr auf und ließ sie eilig davonkrabbeln. Sie wollte schnell unter den Tisch. Doch schon hatte Konrad Gutenberg sie eingeholt und erneut an den Haaren gepackt und heftig daran reißend hochgezerrt.

„**LASS MICH** ...!", schrie Selli laut auf und versuchte sich erneut wild zappelnd zu befreien.

„*Was* soll ich? - Ha! Das könnte dir so passen, Hure! Und nun sagst du mir nun ganz brav, was du dem Prinzen alles über mich erzählt hast!", schrie er sie an und schlug sie dann schon wieder ins Gesicht, bevor er sie kräftig schüttelte. „Er sagte vorhin noch zum Großvisier Abdullah al Duhan, er wolle seinen Vater bitten, von den Verträgen doch wieder zurückzutreten, da du ihn tatsächlich nicht willst, du miese kleine Schlampe!

Als ob du irgendwelche Rechte hättest, dich deinem Mann und den hiesigen Gesetzen zu verweigern ... Ich habe hier

nicht jahrelang so hart dafür gearbeitet, nur um mir mein Leben dann ein zweites Mal von dir kaputtmachen zu lassen, ... du kleines Nichts!“
Mit diesen Worten zerrte er sie wieder auf die Füße, riss sie mit sich mit und schleuderte sie dann zurück auf das Lager unter dem Alkoven.
Doch noch ehe er sie wieder packen konnte, rollte sich Selli nun mit einem raschen Rückwärtspurzelbaum über ihre Schulter zurück und beeilte sich dann auf der anderen Seite des Lagers auf die Füße zu kommen.
Heftig atmend versuchte sie nur noch, wieder einen klaren Kopf zu bekommen, der von seinen harten Schlägen nun furchtbar summte und brannte.
Dann aber sah sie ihn zum ersten Mal richtig an. Vorhin hatte sie ihn in all der Eile gar nicht so richtig betrachtet. Doch ihr Vater hatte sich tatsächlich ziemlich verändert. Ja ... Er war sogar richtig fett geworden, sein Haar war licht und schon fast weiß-grau und eine Brille ohne Rand saß nun auf seiner dicken Knubbelnase. Seine dunkelbraune Pluder-Hose und das lange, kunstvoll bestickte, beigefarbene Hemd im orientalischen Stil ließen ihn wirken wie einen billigen Schauspiel-Pascha.
So gedacht erlangte sie nun zumindest mal ihre Fassung zurück. Weit genug sogar, um ihn nun ihrerseits anzuklagen.
„Du hattest kein Recht, eine *Ehe* für mich zu schließen!“, brachte sie mit vor Wut zitternder Stimme heraus. „Ich mache da nicht mit und genau *das* habe ich Hassan al Bakhar auch gesagt!“
Hasserfüllt sah er sie daraufhin an und seine Augen verengten sich zu schmalen, bösartigen Schlitzen.
„Das wirst du sofort widerrufen und dich bei ihm entschuldigen, wenn es sein muss auch auf Knien! Du wirst außerdem ab sofort genau das tun, was *ich* dir sage, sonst werde ich genau da weitermachen, wo ich eben aufgehört

habe. Und diesmal kann dir dann keine neugierige Nachbarin und keine Polizei mehr helfen. In diesem Land ist es nämlich vollkommen legitim, seine ungehorsame Tochter zu züchtigen, bis sie gehorcht und keiner mischt sich da ein!"

Das boshafte Lächeln auf dem Gesicht ihres Vaters ließen eiskalte Angstschauer in ihrem Körper heraufziehen und sie wich prompt noch zwei weitere Schritte vor ihm zurück. Doch da stand ihr urplötzlich das ernsthafte Gesicht ihres ehemaligen Karatelehrers vor Augen und sie hörte erneut seine Stimme zu ihr sprechen: *„Ein Opfer ist nur derjenige, der sich dazu anbietet. Selbstbewusstsein, Mädchen! Ihr braucht nur etwas Mut, einen heftigen, ausbrechenden Zornesausbruch und ein wenig Selbstbewusstsein!"*

Sie richtete sich also langsam wieder auf und atmete tief, tief durch, um ihr hämmerndes Herz wieder zu beruhigen. Sie war heutzutage nicht mehr das verängstigte kleine Kind von damals. Sie war nun eine erwachsene Frau und es wurde höchste Zeit, dass ihr brutaler Vater dies erkannte und nicht mehr länger versuchte, sie einzuschüchtern!

„Du willst mich also schon wieder schlagen!? Das würde ich dir ernsthaft nicht raten zu versuchen, ... *Vater*!" Sie klang bissig und böse. „Denn wenn du das noch einmal wagst, schlage ich diesmal zurück!", flüsterte sie entschlossen.

Konrad Gutenberg schnaubte spöttisch auf.

„*Du* willst *mir* drohen!? Du hast schon einmal alles kaputt gemacht, noch einmal lasse ich das nicht zu! Eher bringe ich dich mit meinen eigenen Händen um!", lachte er bösartig auf und kam dann langsam um das Lager herumgeschritten. „Wie schon gesagt, ... *Selma* ... Du bist hier nicht mehr in Deutschland! Und du bist auch nicht stark genug, um gegen *mich* zu bestehen!", höhnte Konrad Gutenberg weiter und sah sie höchst verächtlich an. „Denn in diesem Land hat nur der Mann das Sagen und ich werde dich, wenn nötig, zum

Gehorsam zwingen so wie früher, ... erinnerst du dich noch? An die notwendige Prügel, die du schon als Kind immer wieder provoziert hast, Selma Gutenberg?“
Selli stieg bittere Galle in die Kehle und sie meinte, sich gleich übergeben zu müssen. Denn genau so hatte er früher auch zu ihr gesprochen, bevor er sie gepackt und verdroschen hatte. Auch bei diesem letzten schlimmen Mal ...
Doch da erfasste sie plötzlich eine seltsame Ruhe und sie sah ihn nun mit völlig neuen Augen an.
Denn er war inzwischen alt und fett und sie aber erwachsen und stark. Jetzt und hier würde sie sich auf keinen Fall mehr von ihm beeinflussen oder einschüchtern lassen. Dann doch eher sterben!
„Ich heiße schon lange nicht mehr Selma Gutenberg, sondern Wiegand. Selli Wiegand, *Herr Gutenberg*. Und was das übrige betrifft, was du willst, ... vergiss es und verschwinde, du mieser Dreckskerl! Denn du bist vor dem Gesetz schon lange nicht mehr mein Vater und warst es im Übrigen auch nie!“, forderte sie ihn heraus und hob dann zynisch lächelnd die Hände, als er nun krebsrot anlief vor Zorn.
„Na los, schlag mich noch mal! Schlag mich tot und bring es endlich zu Ende! Ich werde dir trotzdem niemals gehorchen, hörst du, du hässliches Scheusal? ... ***Niemals***!“
Das letzte Wort schrie sie, nun ebenfalls zornentbrannt. Doch ihr Vater schien keineswegs beeindruckt.
„*Ich* bin dein leiblicher Vater und dein Leben gehört damit *mir*. Vor allem hier in Bahira, wo die Frauen nichts sind und auch kein Recht dazu haben, zu sprechen oder gehört zu werden. Ich lasse dich auspeitschen, bis du alles tust, was ich will und mich auf Knien um Verzeihung anflehst, *hast du kapiert?*“
Ihr Vater stand nun direkt vor ihr und streckte grausam lächelnd eine Hand nach ihr aus. Doch sie schlug sie beiseite und duckte sich dann hastig weg, als er sie erneut weit aus-

holend schlagen wollte.
Energisch trat sie ihm jedoch vors Schienbein und ganz so, als hätten sich jahrzehntelanger Kummer und Angst endlich aus ihrem Inneren heraus befreit, schlug sie plötzlich heftig explodierend auf ihn ein mit den Fäusten und Ellenbogen und dem Knie, das sie in seine Leiste rammte mit aller Kraft, fast wie eine Furie. Dazu schrie sie all ihren Schmerz heraus, beschimpfte ihn und schrie dann erneut richtig laut und schrill.
Sie bekam nicht einmal mehr mit, dass ihr Vater sie gleich darauf erneut hart schlug und schließlich sogar am Hals packte und erstickend zu würgen begann. Sie hatte vollkommen die Kontrolle verloren, sah buchstäblich rot und auf einmal stand sie sogar neben sich und konnte sich selber gegen ihren Vater kämpfen sehen.
Ja, wirklich!
Ihr Geist stand neben ihrem Körper und sah fassungslos zu, wie sie und ihr Vater sich nun gegenseitig heftigst und brutal verprügelten und ihre Fingernägel nun blutig über seine Hände und dann auch seinen Hals und Gesicht kratzten, was ihn schließlich vor Schmerz laut aufbrüllen und von ihr ablassen ließ.
Er warf ihr noch einen bitterbösen Blick zu und ging dann humpelnd und wüst fluchend davon. Heftig blutende Kratzspuren verliefen nun nämlich auch noch quer über sein Gesicht und er hatte tatsächlich ein blaues Auge.
Und Selli, die immer noch kämpferisch schrie und dann halb erstickt gegen ihre gequetschte Kehle ankeuchte, die aber nun endlich wieder Luft in ihre brennenden Lungen pumpen konnte, war mit einem Mal wieder dort, wo sie hingehörte, in ihrem Körper und starrte seltsam triumphierend wie auch entsetzt hinter ihm her.
Doch ihre Ohren pfiffen mal wieder. Sie zitterte und bebte nur wie Espenlaub, kam erneut heftig taumelnd auf die

Füße und konnte sich dann aber nicht für lange auf den Beinen halten.
Steifbeinig wankte sie zum Tisch hinüber und sank nur einen Schritt davor schon wieder keuchend zu Boden. Lange saß sie dann würgend, hustend und nur noch schwer atmend da und starrte blicklos zitternd vor sich hin.
Egal, wie sehr er sie auch gerade verprügelt hatte ... Sie fühlte sich nun fast schon gut, ... sogar richtig euphorisch. Denn sie hatte es diesmal tatsächlich gekonnt. Sie hatte ihre Angst besiegt und ihren Vater zum ersten Mal, seit sie denken konnte, richtig hart zurückgeschlagen!
Irgendwann jedoch verging die Euphorie und ihr wurde kalt und seltsam leer zumute. Sicher war das der Schock. Also zog sie sich mühsam die leichte Decke vom Lager herunter, wickelte sich darin ein und legte sich zitternd auf den Rücken, damit ihr Blut wieder zurück in den Kopf fließen konnte. Ihr gesamter Körper schmerzte nun heftig und ihr Kopf begann zu dröhnen.
Sie hatte eine mächtige Beule an der Stirn und ihr Hals schmerzte ebenfalls immer mehr. Sie bekam nur schlecht Luft. Doch innerlich fühlte sie sich stark und unbesiegbar. „Nein“, sagte sie sich wieder und wieder, „... ich werde nicht nachgeben! Ich werde diese Farce nicht akzeptieren, nur weil mein biologischer Vater das vielleicht so will! Ich bin erwachsen ... und lasse mich zu nichts mehr zwingen!“
Immer wieder sagte sie sich diese Worte und bemerkte darüber nicht, wie die Zeit verging. Die Sonne stand bereits tief, als Zahra schließlich eilig den Außenbereich betrat. „Es tut mir so unendlich leid, ... ich bin zu spät. Jemand hat mich wohl aus Versehen in die Vorratskammer eingesperrt, ... Prinzessin Selli?“
Verwirrt blickte sie sich kurz um, als sie das zerwühlte Lager bemerkte wie auch ein paar Blutspuren und es dauerte dann auch nur noch wenige Sekunden, bevor sie Selli hinter

dem Tisch auf dem Boden liegend entdeckte, die mit kreidebleichem und sehr zerschlagenem Gesicht irgendetwas vor sich hinmurmelte.
Erschrocken stieß sie einen heiseren Schrei aus und rannte zu ihr hin. „Prinzessin Selli! – *Oh, Allah*! Was ist hier geschehen? Wer hat Euch so geschlagen? – ***Lilmusaeada*** ... ***LILMUSAEADA****!!!“*, schrie sie laut.
Doch als Selli dann den Kopf zu ihr hindrehte, um sie anzusehen und dabei die Decke von ihrem Hals rutschte, schrie das Mädchen erneut vor fassungslosem Entsetzen auf, griff sich an den Hals, sprang auf und eilte noch irgendetwas anderes kreischend davon.
Mühevoll stemmte sie sich also wieder hoch und versuchte, das laute Summen und Pfeifen in ihren Ohren zu ignorieren.
Kurz darauf rannte einer der beiden Männer herein, die Selli entführt hatten. Der Araber mit der Narbe im Gesicht, Ahmed, und keuchte bei ihrem Anblick zutiefst erschrocken auf.
Unwillkürlich wich Selli vor ihm zurück und der Mann, der gerade noch im Begriff stand, sich neben sie zu knien, blieb sofort stehen. Entsetzen lag in seinem Blick.
Beschwörend hob er seine Hände und kam dann langsam auf sie zu. „Wer hat Euch das angetan, Prinzessin?“, fragte er sie mit schwerem Akzent.
Doch Selli mochte ihm nicht antworten und hielt den Blick schlicht auf den Boden gesenkt. Sie dachte nämlich lieber erst mal nach. Das hier war schließlich nicht Deutschland ... Und ihr Vater hatte gesagt, er durfte sie hier sehr wohl schlagen und misshandeln, so viel er wollte. Und er würde sie auch noch auspeitschen lassen, bis sie ihm gehorchte. Selli schüttelte leicht benommen den Kopf und runzelte kurz die Stirn.
Dann entstand plötzlich Bewegung am Pool und Selli sah Hassan heranstürmen, dicht gefolgt von einem kleinen,

bärtigen, weißgekleideten Mann mit einer Tasche, Zahra und sogar dem Fürsten, der nun äußerst ernsthaft dreinblickte.
Sofort trat ihr Entführer von Selli zurück und verbeugte sich tief vor Hassan und dem Fürsten, die dies jedoch gar nicht zur Kenntnis nahmen. Hassan lief nur direkt zu Selli hin und sank vor ihr auf die Knie. Dann hob er mit dem Zeigefinger vorsichtig ihr Kinn an, um sie richtig ansehen zu können. „*Habibi*, ... nein ...!“, murmelte er dann ganz leise und zutiefst bestürzt aufkeuchend.
Dann sah Selli, wie sich sein Blick verhärtete und erkannte Zorn in seinen Augen. „Wer war das? - Etwa Gutenberg?“, knurrte er finster.
Hu!?
Seine Stimme klirrte nun vor Kälte und Selli war froh, dass sich sein Zorn gerade nicht gegen sie richtete, ... naja... jedenfalls jetzt noch nicht.
Doch auch wenn sie gewollt hätte, sie konnte ihm gerade nicht antworten, denn ihr war auf einmal sehr übel und schwindelig zumute. Ein Kälteschauer fuhr durch ihren Körper und sie spürte, wie ihr Magen sich hob. Die Anspannung war wohl zu viel für sie gewesen. Sie konnte sich gerade noch aus Hassans Armen befreien und sich zur Seite drehen, bevor sie sich heftig auf dem Fußboden erbrach.
Plötzlich war der kleiner Mann in weiß neben ihr und hielt mit sachten Fingern ihren Kopf, bis der Brechreiz nachließ und sie sich erschöpft und keuchend an das Lager zurücklehnte.
Er sprach rasch einige arabische Worte und Selli wurde vorsichtig von Hassan aufgehoben und in ihr Zimmer getragen. Sie stöhnte mehrmals leise auf - sofern das heisere Krächzen als Stöhnen durchging - und wurde schließlich sanft auf ihrem Bett abgelegt. Dann erst erfolgte die richtige Untersuchung, Abtasten des Halses, Leuchten in

die Augen. Abtasten von Rumpf, Armen, Beinen und Gesichtsknochen.
Schließlich hielt der kleine Mann, der offenbar ein echter Arzt war, ein kleines Glas an ihre Lippen und sie schluckte mühsam die bitter schmeckende Medizin herunter.
Schon kurze Zeit später verspürte sie eine rasche Linderung der Schmerzen und schloss erschöpft die Augen, um sich nun restlos entkräftet in die Dunkelheit davontreiben zu lassen. Doch noch kurz bevor sie einschlief, hörte sie Hassans Stimme wie von weit her. „Schlaf, *Habibi*, meine Liebste, ... werde rasch wieder gesund, dann bringe ich dich fort von hier an einen Ort, wo du sicher und beschützt sein wirst, das schwöre ich dir!“
Irrte sie sich oder bebte seine Stimme nun vor Zorn? „Hassan ...!“, flüsterte sie heiser. Er beugte sich über sie und ergriff ihre Hand, um sie an seinen Mund zu ziehen und einen warmen Kuss darauf zu hauchen, derweil der Arzt ihr am anderen Arm noch einen Zugang legte und eine Infusion anschloss. Wahrscheinlich Kochsalzlösung ... oder Elektrolyte gemischt mit Cortison, um die zunehmende Schwellung am Hals zu bekämpfen, überlegte sie unwillkürlich.
„Ja, *Habibi*, ich bin bei dir ...! Ich gehe auch nicht wieder fort! Habe keine Angst mehr!“, flüsterte er hastig. Wahrscheinlich dachte er, sie würde sich nun ängstigen, dass der Schläger zurückkehren könnte. - Ha!
Selli lachte benommen auf und entzog ihm dann ächzend ihre Hand, bevor sie ihm noch einmal zornig blinzelnd in die Augen blickte. „Euer Land ist so unglaublich rückständig ... wie im tiefsten Mittelalter!“, flüsterte sie heiser. „Was sich die hiesigen Väter einfach so herausnehmen dürfen, ohne Strafen zu fürchten ...
Also sag schon, ... welche Strafe erwartet hier eine Tochter, die ihren Vater verprügelt hat, ... weil sie ihm wieder mal nicht gehorcht hat und es auch niemals im Leben tun

wird?“, flüsterte sie finster entschlossen.
Doch noch bevor er ihr fassungslos blickend antworten konnte, tat das Beruhigungsmittel seine Wirkung und sie schlief ein.

*

Als Selli erwachte, war es wieder früher Morgen. Das erkannte sie am Lichteinfall durch das Fenster. Und auch Hassan saß schon wieder an ihrem Bett, in einem Sessel, mit vor der Brust verschränkten Armen.
Seine Augen waren diesmal leicht gerötet, seine Miene grimmig. Ein Zeugnis davon, dass er wohl die ganze Nacht bei ihr verbracht hatte.
„Was tust du denn noch hier?“, entfuhr es Selli unwillkürlich. Das Reden fiel ihr nun immerhin wieder leichter, auch wenn ihre Stimme rau und seltsam klang.
Hassan zog überrascht die Brauen hoch und sie errötete.
„Ich meine, ... warum *sitzt* du hier?“, präzisierte sie ihre Frage.
„Ich habe dich schon verstanden, Selli. Du empfindest mich wohl gerade als äußerst störend und aufdringlich, doch ich wollte verhindern, dass dein Vater wiederkehrt und sein tödliches Werk an dir vollendet, nachdem mein Vater nicht nur sein Leben verschont und mich ihn auch nicht hat bestrafen lassen, so wie ich es wollte. Er hätte dich beinahe erwürgt, *Habibi*. Der Arzt meinte, du handeltest in Panik aus purer Atemnot heraus, wie es jeder gerade gewaltsam Sterbende tun würde. Dass er dich so brutal verletzt hat und deine Stellung wie auch mich persönlich missachtet hat, verzeihe ich ihm nie!“, knurrte er rau.
Selli runzelte die Stirn und tastete nach ihrem Hals. Tatsächlich fühlte er sich immer noch ziemlich wund und geschwollen an. Doch nun bekam sie wenigstens wieder

richtig Luft.
Na ja ... Zumindest jetzt noch.
Doch die Worte ihres Vaters gingen ihr schon wieder durch den Kopf. Es sei *sein Recht* gewesen, sie zu schlagen – zumindest hier in diesem Land. Und er wurde also tatsächlich noch nicht einmal dafür bestraft, sie aber schon?! Wenn Hassan nicht hier sitzen würde, hätte er sie getötet ... Sie senkte den Blick voller Wut und Verzweiflung.
„Du glaubst wohl, ich hätte das verdient, was?“, griff sie Hassan also sofort krächzend an und setzte sich mühsam auf, derweil er nur grimmig den Kopf zu schütteln begann.
„Selli ...“
„Aber ich muss euch alle leider schwer enttäuschen, denn diesmal war ich *nicht* sein Opfer, obwohl er angefangen hat. Und ich fühle mich eigentlich auch schon wieder ganz gut, nur ein bisschen zerschlagen eben. Wie nach einer Prügelei eben üblich!“, murmelte sie heiser und nahm dann eine stolze Haltung mit hoch erhobenem Kinn an.
„Doch ich glaube, mein Vater hat diesmal weit mehr abbekommen als ich. Und das geschieht ihm recht. ... Und nur damit du und der Fürst es auch gleich wisst, ich werde mich nicht dafür bei ihm entschuldigen. Nicht in 1000 Jahren, ganz egal ob ich dafür nun ausgepeitscht oder sogar getötet werde!“, zischte sie nun wirklich erbost.
Hassan antwortete ihr diesmal nicht, atmete allerdings hörbar aus, derweil seine Miene ausdruckslos blieb. Doch dann half er ihr nur fürsorglich dabei, sich in die von ihm rasch aufgestellten Kissen zurückzulehnen.
„Möchtest du vielleicht etwas trinken, Selli?“, fragte er sie ruhig und Selli sah ihn sogleich wieder höchst misstrauisch an.
„Ich ... glaube nicht ...!“, sagte sie schließlich lahm. „Denn ich möchte wirklich nicht schon wieder gefesselt auf dem Rücken enden.“

Er sah sie nur finster an und sie hob schließlich kurz die Schultern. „Das solltest du stets bedenken, wenn du mich mit Aphrodisiaka vergiftest."
„Vergiften, ... Selli ..."
„Ja, ja, ... ich weiß schon. Du siehst es wieder mal anders. Doch auch hier muss ich dich nun mal korrigieren. Diese Mittel gehören in unserem Land zu den illegalen Mitteln, wenn sie gegen den Willen der Personen verabreicht werden. Zudem reagiere ich seit meiner Kindheit und den schlimmen Verletzungen, die mich fast das Leben gekostet haben, oft allergisch und übersensibel auf gleich welche Mittel und muss auch bei Speiseölen immer sehr aufpassen. Leinöl zum Beispiel vertrage ich auch nicht gut.
Was mich mal wieder zum Thema bringt. Du weißt nichts über mich, Hassan, und experimentierst dennoch, ohne auch nur einmal etwas zu fragen, mit meiner Gesundheit herum.
Wusstest du eigentlich, dass ich auf manche Früchte allergisch reagiere? Wenn ich davon esse, könnte ich einen allergischen Schock bekommen und daran sterben und hier sind doch auch ständig irgendwelche Früchte mit im Essen oder im Zimmer."
„Gib mir eine Liste dessen, was du nicht verträgst, dann wird in Zukunft darauf geachtet werden.", brummelte er nur tief durchatmend und sah sie stirnrunzelnd an.
Selli lachte nur wieder unfroh auf und hob erneut die Schultern. „So einfach ist das also für dich ...?", fragte sie ihn schnaubend. Doch dann rieb sie sich nur kurz über ihre schmerzende Stirn und schloss die Augen.
„Du solltest dich besser ausruhen und nicht mehr aufregen, Selli!", empfahl er ihr leise, runzelte nur wieder kurz die Stirn, als sie um Fassung ringend den Kopf schüttelte.
„Warum bist du jetzt eigentlich so nett zu mir? Das warst du doch sonst auch nicht. Nur entweder höhnisch, abwertend,

spöttisch oder arrogant, je nachdem um was es gerade ging. Oder liegt es daran, dass du nun endlich vernünftig geworden bist und die Eheverträge nun doch wieder aufkünden lassen willst?! - Bin ich dir nun also doch zu anstrengend, weil ich dir eben nicht sofort hechelnd zu Füßen liege wie ein gut trainierter Hund ... oder die hiesige Frauenwelt, ja? Dann hast du nun zum ersten Mal meinen tief empfundenen Respekt. Denn ich werde dich in diesem Leben und nach allem, was da gelaufen ist, totsicher nicht mehr als meinen Ehemann akzeptieren können.", wiederholte sie noch einmal energisch, worauf Hassan dann aber doch ein bisschen den Mundwinkel verzog und ihr schlicht ein hohes Glas mit einer Art Zitronenlimonade zureichte.
„Es sind keine Drogen darinnen.", sagte er gelassen dazu, als sie lediglich skeptisch die Braue hob, denn schließlich hatte er ihr schon mehrfach verkündet, dass er diese Mittel nicht für Drogen hielt.
„... Und auch kein aphrodisierender Saft, ich schwöre es, Selli, nun trink schon!", fügte er noch augenrollend hinzu.
Etwas beruhigt nahm sie also das Glas und begann durstig auszutrinken. Es war sehr lecker, süßsauer ...
„Danke, ... das war sehr gut.", reichte sie es ihm schließlich zurück und er stellte es mit einem finsteren Blick zurück auf den Tisch.
„Du traust mir nun also gar nicht mehr, es sei denn, ich schwöre einen Eid auf die Wahrheit meiner Worte?", fragte er sie lediglich ausdruckslos.
„Du hast mich mehrfach hereingelegt, belogen oder verspottet, ... was erwartest du da von mir?", erwiderte sie lediglich leise.
„Belogen?", fragte er sie schnaubend.
Sie zuckte nur wieder mit den Schultern. „Aus meiner Sicht gesehen ja. Aus deiner Sicht gesehen natürlich nicht. Du belügst dich ja auch gerne selbst, nur um dir weis zu mach-

en, dass alle Frauen, die dich heute noch abgrundtief hassen, dich irgendwann doch noch mögen, lieben und verehren werden, wenn du sie nur weiter unter Drogen setzt und weiter grausam und brutaler zu ihnen bist und dann ... danach ... einfach ganz locker behauptest, es sei *total schön gewesen.* Für dich ist es das wohl auch. Für mich aber nur erniedrigend und abstoßend. Da ist nichts Freiwilliges oder Schönes an den Dingen, die du magst. Nur erzwungene Gier und durch chemische oder natürliche Mittel erzeugte Wahnvorstellungen. - Aber ich will mich jetzt nicht schon wieder mit dir streiten. Dies ist ein anderes Land. Du siehst die Dinge nun mal ganz anders als ich. Also lassen wir das jetzt besser.
Ich hoffe nur, dass es nun möglichst schnell zu Ende geht und ich wieder zurück nach Hause kann. Ich suche mir dann einfach wieder einen guten Therapeuten, so wie damals nach der Sache mit meinem Vater, wo ich jahrelang Alpträume davon hatte. Ich komme dann schon irgendwann klar ..."
Er schwieg aber nur, nun wieder höchst finster blickend ...
So lange, dass Selli schließlich wieder unruhig wurde. „Was? Spuck es schon aus! Du willst doch nun wieder irgendetwas Gewaltiges loslassen, oder? Mir wieder einen reinwürgen?!", vermutete sie schließlich unruhig und Schlimmes vorausahnend.
„Reinwürgen ...", murmelte er ganz leise und schüttelte leicht den Kopf „Nein ... Du vergisst es nur schon wieder, *Habibi.*", sagte er schließlich ganz leise. „Diese Ehe wurde bereits vollzogen ..."
„Man sagte mir aber, du warst bei einem Minister, Hassan ...! Um dich zu erkundigen, wie man die Verträge wieder auflösen kann!", unterbrach sie ihn rasch und er schloss erst nur den Mund, bevor er schließlich leise seufzte. „Wie du nur trotz deiner fehlenden Sprachkenntnisse und Beziehun-

gen an solche Informationen gelangt bist ... Doch deine Informationen treffen natürlich zu. Ich dachte wirklich noch einmal kurz darüber nach, die Verträge aufzukünden, da es mir doch sehr widerstrebt, eine Frau die meine zu nennen, die jede meiner Berührungen als pure Gewalt an ihr betrachtet und sich auch sonst in keinerlei Hinsicht auch nur ansatzweise einfügen will. Eine Ehe sollte kein Kampf sein, sondern ein gütliches Miteinander in friedlicher und angenehmer Atmosphäre. Also ließ ich Ahmed nachforschen, auf welche Weise wir dieses Desaster auf eine annehmbare Weise beenden könnten und sandte ihn zu einem der Minister, der mir noch einen Gefallen schuldete, ihn um Unterstützung in dieser Rechtsfrage zu bitten.
Doch dann erfuhr mein Vater, Fürst Rashid, davon und ließ mich zu sich rufen, was übrigens auch der Grund war, warum ich dir nicht zu Hilfe kommen konnte. Und auch deine Wächter hatte ich ja zuvor bereits von deinem Gemach abgezogen, weil ich nicht damit rechnen konnte, dass du hier je lange allein und ohne Zarah bist. Doch das war wohl ein Irrtum.
Sie wurde in der Küche heimtückisch in die hinterste Vorratskammer gelockt und eingesperrt und hat dort lange um Hilfe gerufen und gegen die Tür geschlagen, bevor jemand sie fand und wieder herausließ ..."
„Stopp! Moment, ... noch mal zurück.", bat Selli ihn verwirrt unterbrechend, um das Gehörte kurz noch mal zu sortieren. „Du ... warst also gestern noch mal bei deinem Vater, ... nachdem du nach einer Möglichkeit gesucht hast, die Eheverträge wieder auflösen zu lassen, ja? - Und ...? Was ist da denn nun jetzt bei rausgekommen? Hat er zugestimmt?", fragte sie ihn hoffnungsvoll. Seine eben noch ernsthafte Miene wurde prompt noch um einiges düsterer.
„Wie ich inzwischen herausgefunden habe, hatte Gutenberg unmittelbar vor mir eine Audienz mit meinem Vater

und überzeugte ihn wohl davon, noch einmal *liebevollen väterlichen* Einfluss auf dich nehmen zu dürfen.
Und weil er genau wusste, dass ich dieser *Einflussnahme* auf keinen Fall zugestimmt und die Bediensteten sich bei deinen Hilferufen oder Schreien sofort eingemischt hätten, befahl Gutenberg mit Vaters Legitimation all meinen Bediensteten, sich aus dem inneren Bereich zurückzuziehen, um völlig ungestört mit dir *zu plaudern*, Selli, derweil mein Vater mich und auch Ahmed in den Hauptpalast befahl.
Doch Ahmed machte sich Sorgen um Zarah, die eigentlich schon längst wieder aus der Küche zurück hätte sein sollen. Er hatte ein ungutes Gefühl dabei zu gehen, ohne deine getreue Dienerin bei dir zu wissen. Er entschuldigte sich also und ging zurück, um sie zu suchen, derweil ich mit Vater über deine strikte Weigerung sprach, meine Frau sein und bleiben zu wollen.
Und da zog er es dann auch wirklich kurz in Erwägung, die Verträge einfach zu zerreißen, da es auch ihm widerstrebt, eine derart widerwillige Prinzessin an der Seite seines ehrenwerten Sohnes zu sehen, die unserem Land vielleicht letztlich sogar mehr schadet als Heil und Unterstützung verspricht.
Nur leider hat er mir nicht mitgeteilt, dass derweil wir noch sprachen, Gutenberg bei dir war. Sonst wäre ich auf der Stelle zu dir gekommen.
Doch dann fand eine völlig aufgelöste Zahra Ahmed und überbrachte ihm weinend die Nachricht, sie sei eingesperrt gewesen und in der Zwischenzeit habe dich jemand schlimm verprügelt und fast sogar getötet.
Er kontaktierte mich umgehend ... und da war Vater tatsächlich geneigt, diese ganze Sache auf der Stelle zu beenden.
Er kam mit mir hierher, um zu sehen, was dein Vater dir

angetan hatte. Gerade sprach er noch, dass es so absolut keinen Sinn für uns alle machen würde ... Dass wir mit einem ständig verletzten *Opfer* als Prinzessin nichts anfangen könnten, das erst an die Seite eines Prinzen gezwungen und dann ständig geprügelt werden muss. So will er sich nämlich den europäischen Ländern gewiss nicht präsentieren. Doch dann behauptetest du plötzlich, dass du es warst, die Konrad Gutenberg verprügelte."
Er schnaubte leise und schüttelte mit fast schon bewundernder Miene den Kopf. „Kannst du überhaupt ermessen, was es in diesem Land bedeutet, so stark und stolz, trotz Würgemalen und harten Schlägen ungebrochen kämpferisch zu triumphieren, Selli? Du hast dich erfolgreich gegen deinen höchst gewalttätigen Vater gewehrt und ihn tatsächlich noch schlimmer verletzt als er dich. Das macht mich als dein Mann überaus stolz.
Doch nicht nur mich beeindruckte dies, denn sofort dachte mein Vater nur noch an die prächtigen starken Söhne, die du mir irgendwann gebären wirst und hieß mich letztlich nur noch einmal an, dich schlicht von mir zu überzeugen. Deine Schönheit und deinen Mut haben es ihm scheinbar wirklich angetan. Du erinnerst ihn an meine Mutter, die er über alles liebte und auch heute noch immer wahnsinnig vermisst.", schloss er tonlos und schüttelte dann nur wieder zynisch schnaubend den Kopf.
Und Selli war es nun zumute, als sei ihr gerade der Boden unter den Füßen weggezogen worden. War das nun wirklich sein Ernst? - *Ja*???
Nur weil sie einmal mutig gewesen war und keine Heulsuse, die sich einfach hatte verprügeln lassen, hatte der Fürst nun wieder seine Meinung geändert? Das durfte doch nicht wahr sein!
„Aber ... Es kann doch gar keine Söhne geben, Hassan! Hast du ihm das nicht gesagt? *Ich kann und will das nicht!"*

Sie schrie nun fast, doch er lächelte nur weiter dieses seltsame, bittere Lächeln.
„Das spielt nun alles keine Rolle mehr, Selli. Du hast das Herz eines Fürsten gewonnen, der es sehr begrüßt, eine so starke Persönlichkeit, wie du es bist, zur Schwiegertochter zu bekommen. Und was deine Unfruchtbarkeit durch Narbengewebe oder Verletzungen betrifft ... Du weißt nicht, was man heutzutage alles mit Geld kaufen kann. - Die besten Ärzte, die besten Behandlungen, unzählige Alternativen ... Sobald du dazu bereit bist, wirst du noch einmal eingehend von einem Spezialisten untersucht werden und auch behandelt, bis es wieder möglich ist, dass du schwanger werden und auch Kinder gebären kannst. Auch das hat der Fürst bereits geboten."
„Ach ja? Hat er das? Selbst wenn es mich umbringen kann, jemals schwanger zu werden? Mein Leben zählt also rein gar nichts, Hauptsache, der Brutkasten wird repariert, um zumindest noch einmal etwas auszuspucken, bevor er den Geist aufgibt? *Ist das jetzt wirklich euer Ernst?"*, herrschte sie ihn entsetzt an. Er lächelte nur wieder unfroh.
„So weißt du also doch noch ein bisschen mehr, als du sagtest, über deinen Zustand, ... nun gut, ... doch das ist nun leider irrelevant. Der Fürst hat sich entschieden. Und du hast andere keine Wahl als zu gehorchen, Selli. Und ich im Übrigen nun auch nicht mehr. Doch du wirst in den nächsten Wochen zumindest noch ausreichend Gelegenheit erhalten, mich etwas besser kennen und vielleicht sogar doch noch mögen zu lernen, damit es dir letzten Endes vielleicht doch nicht ganz so unerträglich vorkommt, meine Frau zu sein. Denn im Endeffekt wird es auf dich ankommen, ob du nun glücklich oder traurig oder zornig oder verzweifelt sein möchtest. Ich persönlich plädiere für das erste und werde mein Bestes tun, dich zufriedenzustellen ... in deiner neuen Heimat Bahira!"

Selli wollte wieder zornig aufbrausen, doch Hassan hob lediglich erbittert auflachend die Hand.
„Ja, ja, ich weiß schon, du willst es trotzdem nicht, doch es geht hier gerade um weit mehr als nur um deinen oder meinen Willen, Selli. Das hast du immer noch nicht verstanden, weil du mir auch kaum Gelegenheit dazu gibst, einmal vernünftig mit dir zu sprechen."
„Vernünftig nennst du es, wenn du dich auf mich stürzt und mich zum Sex nötigst?", fuhr sie ihn zischelnd an, doch diesmal achtete er nicht darauf.
„Unser kleines Land braucht die moderne Entwicklung und eine Anbindung an den Westen.
Wir sind sehr reich aufgrund einer großen Diamantmine und den ergiebigen Ölfeldern in den westlichen Steinebenen. Doch ist unser Land zu klein und unbedeutend, um von allein westliche Standards zu erreichen ... - Oder sich auch nur im Kampf um die territorialen Gebiete noch lange halten zu können ohne die protegierende Hilfe von außerhalb.
Und Deutschland stellt inzwischen wieder eine wirtschaftliche Größe dar. Sie haben sehr viel Wissen um Medizin und auch Hilfs- und Entwicklungsprogramme für Dritte-Welt-Länder. Doch vor allem sind auch sie, so wie alle großen Nationen, abhängig vom Öl.
Wir könnten uns eine Zusammenarbeit und vielleicht auch wirtschaftlichen Handel mit ihnen durchaus vorstellen, weshalb dein Vater ja letztlich auch als hiesiger Wirtschaftsberater in unserem Fürstentum tätig wurde."
„Ein einfacher Buchhalter wird demnach euer Wirtschaftsberater ... Was für ein Witz!", warf sie erneut höhnisch ein.
„So ist es! Doch unsere umliegenden Nachbarländer sind mit unserem bereits vollzogenen wirtschaftlichen Aufschwung und unserer wachsenden Anbindung an den Westen nicht einverstanden. Es wäre ihnen am liebsten,

wenn sie uns zwischen sich zermalmen und unsere Reichtümer dann schlicht unter sich aufteilen könnten. Doch dafür sind mein Vater und ich noch zu lebendig und unsere Armee, wenn auch klein, wurde von ehemaligen amerikanischen Deltaforce- und Seal-Ausbildern zu gut trainiert und auch bezahlt und ausgerüstet, um hierüber Attentäter zu finden und zu verdingen. Außerdem habe ich in den letzten Jahren damit begonnen, so einige diplomatische Beziehungen zu Botschaftern aus allen großen Industrieländern aufzubauen, welche uns bisher mit ein paar sehr klug ausgehandelten Wirtschaftsverträgen die Schakale vom Hals halten konnten.
Und nun, wo eine deutsche, einfache Bürgerin die Kronprinzessin von Bahira geworden ist, auf die alle Welt nun verzückt blickt, wird es uns noch viel leichter fallen, gehört und gesehen zu werden. Denn Prinzessin Selma al Bakhar ist lieblich und wunderschön ... und auch ich bin nicht gerade hässlich."
„Das kann nicht wahr sein! ... Dass ihr mich einfach für so etwas hier benutzt!", unterbrach sie ihn aufbrausend.
„Es war die Idee deines Vaters, Selli. Er brachte es meinem Vater gegenüber an, es sei unerlässlich, dass ich mir eine westliche Frau nehme, die sich aufgrund ihrer Erziehung und Herkunft aktiv und als eine Art Botschafterin der westlichen Welt in unserem entwicklungsbedürftigen Land mitwirkend einbringen könnte, damit unsere Vorschläge zur Verbesserung der Lebens- und Gesundheitssituation der Bevölkerung auch richtig verstanden werden.
Nun hatte ich mit dir sogar noch mehr Glück ... Denn du bist auch noch Krankenschwester, Selli, und wie ich gehört habe, auch sehr gut ausgebildet.
Du weißt also auch, wie moderne Einrichtungen auszusehen haben und kannst vielleicht sogar ein paar gut ausgebildete Ärzte empfehlen oder sie in Gesprächen davon überzeugen,

in dieses Land zu kommen und unsere Leute besser auszubilden. Das schafft dann mehr Arbeitsplätze und die Lebensqualität aller wird steigen."
Selli sah ihn nur sehr verwirrt an und Hassan hielt inne. „Hast du Probleme damit, meinen Ausführungen zu folgen?", fragte er kurz besorgt und Selli schüttelte langsam, aber doch wieder hektischer atmend den Kopf.
„Ich verstehe dich, ... sehr gut sogar, doch ich glaube einfach nicht, was du da sagst.", gab sie zu und sah ihn nur wieder erbittert an. „Es gibt bestimmt mehrere tausend Krankenschwestern in *der westlichen Welt*, wie du es nennst, und darunter sicher auch ein paar hübsche, die auf Fesselspielchen und Männer wie dich stehen. Warum soll also ausgerechnet *ich* mich nun opfern?"
Hassan zuckte kaum merklich zusammen und sein Blick verdunkelte sich etwas. Abrupt wandte er sich ab und ging hinüber ans Fenster. Die Hände verschränkte er auf dem Rücken, doch Selli sah genau, wie es in ihm arbeitete. Schließlich stieß er leise zischend die Luft aus.
„Ich hoffe, dass du in Zukunft diese Spitzen unterlässt, Selli.", warnte er sie und Selli lief ein unbehaglicher Kälteschauer den Rücken hinunter.
„Ich kann nichts dafür, dass du dich nun so unglücklich fühlst. Ich habe ebenfalls nur meine Pflicht getan und meinem Vater gehorcht, als er meinte, es sei nun an der Zeit für mich, zum Wohle Bahiras eine Frau zu nehmen, die er mir aussuchte. Zugegeben, ich finde seine Wahl gut, denn du bist sehr schön und begehrenswert und reagierst auch sehr empfindsam auf meine Berührungen. Deshalb befürworte ich unsere Verbindung."
„Von wegen empfindsam! Wenn du Frauen erst noch mit Drogen füttern musst, nur damit sie Gefühle für dich und das, was du tust, entwickeln ..."
„Die Öle und Säfte benutzte ich nur, damit du deine Angst

schneller verlierst und dich hingibst, Selli. Doch auch das ist nun irrelevant. Ich kann an der Entscheidung des Fürsten nichts mehr ändern, selbst wenn ich die Möglichkeit erörtert habe und auch du kannst es nicht. Wir sind Kronprinz und Kronprinzessin von Bahira und müssen das Beste daraus machen! ... Finde dich damit ab!", schloss er ruhig.
„Nein, das werde ich ganz sicher *nicht*!", zürnte Selli und biss die Zähne zusammen. „Ich werde niemals deine Land-Vorzeige-Alibi-Botschafter-Frau sein, Prinz von sonstwo!"
„Bahira", korrigierte er sie seufzend. „Und wenn du nicht gerne öffentlich auftrittst, ist das für mich auch kein Problem. Dann konzentrieren wir uns eben ganz darauf, möglichst viele Nachkommen in die Welt zu setzen ..."
„Ich sagte doch schon, dass es keine Kinder mit mir geben wird, oder kannst du nicht hören? Genau deshalb bin ich ja bis jetzt auch noch ungebunden gewesen. Denn ich werde garantiert nicht mein Leben riskieren, nur damit du und dein Vater noch weitere Nachkommen habt, und euch dann Ehefrau Nummer 15 oder 16 in euren Harem rauben könnt, Hassan al ..."
„...Bakhar! - *Nicht* Alpaka.", unterbrach er sie erneut sehr ruhig und kühl. „Das ist wichtig zu wissen, denn versprichst du dich erneut, wird der Fürst sicher nicht mehr so gutmütig darüber hinwegsehen wie beim letzten Mal ..."
„Ja, ja, ... wie auch immer.", winkte Selli nur entnervt ab. „Es ist mir egal. Ich spiele nicht mit und dabei bleibt es. Keine Botschafterin ... und auch keine Kinder ... Und wenn wir schon mal bei *meinen Regeln* sind, ... auch keinen Sex mehr!", fauchte sie ihn nun ernsthaft aufbrausend an.
Da wandte sich Hassan nun doch wieder zu ihr um und heiße Wut stand in seinem Blick, als er nun mit raschen Schritten auf das Bett zustürmte.
Selli wollte noch reagieren, flüchten, auf der anderen Seite aufspringen, doch da war Hassan bereits auf das Lager ge-

sprungen, zerrte sie zurück auf die Matratze und unter sich, derweil er ihren aufkreischenden Mund mit einem heißen, erregten und auch ziemlich wütenden Kuss verschloss. ***Autsch****, die kaputte Lippe!!!*
Doch er bemerkte wohl ihr heftiges Zusammenzucken. Schon wurde der Kuss sehr viel sanfter und er strich mit seiner Zunge nun eher zärtlich neckend über den unschönen Riss an ihrer Unterlippe.
Doch Selli machte sich nichts vor. Dieser Kuss war eigentlich als eine Art Strafe für sie gedacht und so wehrte sie sich heftig, schlug mit den Fäusten auf ihn ein und versuchte ihn, wild mit den Beinen strampelnd, von sich wegzudrücken. Doch er fing ihre Hände nur mühelos ein und hielt ihre beiden Handgelenke schließlich über ihrem Kopf auf dem Kissen gefangen.
Seine so überlegene Kraft ängstigte Selli, doch es regte sie zugleich auch irgendwie an. Ein ursprüngliches, instinktives Gefühl stieg in ihr auf, als sie mal wieder so wehrlos dalag und ihn nur heftig keuchend ansehen konnte.
Doch die eisige Wut war nun immerhin aus seinen Augen heraus gewichen und etwas anderes drängte sich da nun mit aller Macht an die Oberfläche zurück.
Begierde.
Oh nein!
Es verstörte Selli zutiefst, ihn so zu sehen und sich auch einmal mehr in dieser Position wiederzufinden - unter ihm ... gefangen ... und ihm hilflos ausgeliefert.
Schon wieder!
Doch obwohl sie in erneut großer Sorge war, was er jetzt wohl wieder mit ihr tun würde, mischte sich da auch ein unterschwellig nervöses Kribbeln mit rein. Gestern hatte er sie trotz ihrer Verweigerung noch so sehr erregt – und dann aber einfach liegen lassen. Ja, sich sogar noch mit seiner Forderung, sie sollte ihn nun auch noch darum *bitten,* ihr

Erlösung zu bereiten, über sie lustig gemacht. Da hatte sie rein gar nichts mehr von ihm wissen wollen, so wie eigentlich immer ... *danach*.

Doch die Tatsache war und blieb, dass er wirklich die Gabe besaß, sie trotz aller Gewalt und der Aphrodisiaka zu erregen und sogar zum Höhepunkt zu treiben.

Vielleicht, weil sie sich nun ganz langsam daran gewöhnte ... Ja, vielleicht war das sogar die perverse Art von ihm, sie zu seiner kleinen, unterwürfigen Sex-Sklavin-Frau zu konditionieren, bis sie irgendwann gar nicht mehr dagegen protestieren würde, was er tat.

Das war doch schon das Stockholmsyndrom, oder? Ein psychisches Muster, das Entführte ihren Entführern gegenüber entwickelten, um zu überleben. Und er versuchte sie zu beeinflussen, nachzugeben.

Zu tun, was er sagte, ... gleich wenn er es sagte, denn nun hielt er sie erneut gefangen und was nun folgen würde, war sicher auch nur wieder eines seiner Spiele.

„Nicht, bitte, ... *bitte*!", flüsterte sie heiser krächzend, als er schließlich von ihren Lippen abließ. Doch er ignorierte ihren Protest mal wieder, ... war ja klar, ... und küsste die geprellte Haut ihrer Wange ... so sanft, dass es nicht einmal schmerzte.

Oh, dieser Teufel!!!

Hassans freie Hand wanderte schließlich streichelnd über die immer noch deutlich sichtbaren Druckmale an ihrem Hals, dicht gefolgt von seinem Mund, der erneut sachte Küsse darauf hauchte oder sogar pustete, wie um bei einem verletzten Kind die Schmerzen zu lindern.

Das irritierte sie doch sehr. Sie hatte da eher mit weitaus intensiveren sexuellen Handlungen gerechnet. Doch er hauch-küsste sich nur einen Weg über ihren wunden Hals hinab bis zu dem dünnen Seidenhemd, unter dem sich ihre Brüste abzeichneten ...

Selli zappelte prompt wieder wie wild los, als seine Hand kurz unter das Hemd schlüpfte und sanft mit den Fingerspitzen den Ansatz ihrer Brüste zu streicheln begann. Wimmernd bäumte sie sich gegen ihn auf und er hielt sie sofort wieder unnachgiebig fest. Dann sah er sie auch nur wieder sehr eindringlich und stumm abwartend an, bis sie wieder still lag und vor Furcht aber auch Erwartung erschauernd die Augen schloss.
Ihre Lippen bebten. Nein, ... *sie* bebte nun am ganzen Leib. Denn wie konnte er es nur wagen, sie immer und immer wieder auf diese Weise anzufassen und zu berühren? Ihr Herz schlug schon wieder viel zu schnell und der Puls tanzte unter seinen Fingern wie ein Schmetterling, während ihr eine Träne über die Schläfe hinab und ins Haar hineinrann.
Und genau das brach dann aber nun sein Schweigen. „Schhhh, ... nein, ... schon gut, *Habibi* ...!“, raunte er leise und küsste ihr die Träne fort. „Du musst dich nicht so fürchten ... Ich tue dir doch schließlich gar nicht weh!“, fügte er noch sanft flüsternd hinzu.
Doch Selli erzitterte nur wieder und wimmerte schließlich ganz leise schniefend auf, als seine Lippen nun erneut hinaufwanderten über ihre andere Halsseite hoch bis zu ihrer anderen Wange und dann erst zurück zu ihrem Mund strichen und sie abschließend noch einmal, und zwar diesmal viel behutsamer, küssten.
Sie hätte nur den Kopf wegzudrehen brauchen, doch seine Lippen und auch die Zunge, die nun erneut so zart über die kleine Verletzung strich, hielten sie wie in einem Bann gefangen.
„Siehst du? Das war doch gar nicht so schlimm, oder?“, fragte er sie schließlich leise und sie atmete lediglich kurz keuchend durch. „Du ... du hörst auf?“, fragte sie ihn leise krächzend und schluckte schließlich hart. Er nickte nur ganz

ernsthaft. „Du bist gestern schwer verletzt worden, Selli, und brauchst nun dringend Ruhe.
Es war schon in den letzten Tagen alles zu viel für dich. Also treten wir jetzt nun mal besser ein bisschen auf die Bremse und gehen es etwas langsamer an, einverstanden?"
Selli konnte nicht anders, als ihn verdutzt anzustarren. War ... das jetzt vielleicht wieder so ein schlechter Witz von ihm oder wollte er sie nur mal eben in Sicherheit wiegen und dann doch weiter machen?
Plötzlich zuckten seine Mundwinkel nach oben. „Bei Gott ... Dieser Blick ...! Du hältst mich wohl wirklich für eine wilde Bestie, oder? Doch auch ich lerne dazu. Du brauchst nun etwas Zeit, Selli, um das alles noch einmal zu überdenken und auch, um dein Misstrauen zu überwinden. Ich werde dich täglich besuchen kommen und hoffe sehr, dass es dir dann bald schon wieder besser geht.
Wisse nur, dass dein Vater hier nun nicht mehr eindringen kann, ganz egal ob der Fürst ihm nun noch einmal die Erlaubnis dazu erteilt oder nicht. Ahmed und Sedan wie auch mein übriges Sicherheitsteam werden nun wieder Tag und Nacht über dich wachen und dich auch zukünftig begleiten, wenn du und Zarah vielleicht durch den Palast oder die Gärten spazieren wollt."
Selli schüttelte nur erneut hastig den Kopf und schniefte wieder. „Ich will hier nicht spazieren gehen. Ich hasse diesen Palast. Und ich kann auch nicht hier sein, wo ... wo auch dieser *Mann* ist. - Bitte, Hassan, ich will nur noch nach Hause! - Ich flehe dich an, lass mich gehen ...!", überwand sie sich selbst und verlegte sich nun doch mal aufs Betteln, auch wenn ihre Stimme sich immer noch furchtbar heiser anhörte. Und wieder rannen ihr Tränen aus den Augenwinkeln heraus und über die Schläfen hinab.
Seine Augen verdunkelten sich erneut ein wenig und seine Hand strich ihr behutsam über das Haar. Doch noch bevor

er den Mund auftat, wusste Selli, dass er ihr nicht helfen würde.
„Oh, bitte!", bettelte sie also nur wieder aufschluchzend.
„Nein, *Habibi,* ... ich kann nicht. Doch denke bitte nicht, dass ich gnadenlos und unbarmherzig bin. Glaube mir, ich verstehe dich gut. Doch gerade bist du noch nicht einmal transportfähig, Selli, und brauchst nun wirklich erst einmal Ruhe und Erholung. Denn zwei Gehirnerschütterungen so kurz hintereinander sind gefährlich, sagte der Arzt. Du musst das nun richtig auskurieren, bevor vielleicht noch Schlimmeres passiert.", ließ er nun langsam ihre Handgelenke los und streichelte ihr noch einmal sanft über den Arm hinab.
Sie aber schluchzte nur wieder leise auf. Er betrachtete ihre bebenden Lippen und strich noch einmal bedauernd blickend wie auch hauchzart über ihre Wange.
„Du musst noch lernen, mir zu vertrauen, dass ich nichts mache, was dich wirklich gefährden oder zutiefst verletzen würde, Selli, auch wenn unser Start zugegeben etwas holprig war. Doch als dein Mann kann ich dir sehr Vieles geben, wenn auch nicht alles. Denn letztlich ist keiner von uns beiden frei zu entscheiden, was er wirklich haben will, vergiss das nicht!", erinnerte er sie noch einmal ruhig. „In diesem Land und Leben sind es andere, die für uns entscheiden. Dem können wir uns beide nicht entziehen."
Sie schniefte nur erneut und sah erbebend zu ihm auf. „Also bleibe ich nun für den Rest meines Lebens deine Gefangene?", fragte sie ihn fassungslos.
Er schüttelte kurz den Kopf. „Du bleibst *meine Frau*, Habibi. Eine Gefangenschaft ist das im Grunde nicht. Denn solches passiert nur allein in deinem Kopf. Wenn du dich hier wirklich für immer gefangen fühlen willst, dann wirst du es letztlich auch sein. Und dabei ist es dann auch ganz egal, an welchem Ort du leben musst.", stieg er nun von ihr herab und stand vom Bett auf.

Er ging wirklich ...?!
- Nicht wahr ...
Doch seine Haltung war eindeutig.
„Bleibe für dich oder geh hinaus, das kannst du nun selbst entscheiden. Du kannst natürlich auch jederzeit zu mir kommen, wenn du möchtest, Fragen hast oder mich einfach nur gerne sehen willst. Ich bin immer sehr beschäftigt, doch für genau zwei Personen tatsächlich zu jeder Zeit zu sprechen. Eine davon bist du.“, stellte er noch fest und wandte sich zum Gehen.
„Also muss ich wirklich für immer hierbleiben? - In eurem Palast ...? Zusammen mit diesem ... diesem Monster, das jederzeit irgendwo auftauchen kann?“, schluchz-flüsterte sie erbittert.
Hassan hielt noch einmal inne, jedoch ohne sich noch einmal zu ihr umzudrehen, und neigte nur den Kopf ein wenig zur Seite. „Nein, keine Sorge. Du bleibst nur genauso lange hier, bis du wieder reisefähig bist. Ende der Woche bringe ich dich dann fort von hier zu meinem Anwesen in Bazurah. Es gehörte einst meiner Mutter und ist im europäischen Stil eingerichtet. Vielleicht gefällt es dir dort ja ein wenig besser als im Palast. Doch wenn nicht, kannst du an der Inneneinrichtung ändern, was auch immer du geändert haben willst. Geld spielt dabei überhaupt keine Rolle. Hauptsache, du fühlst dich irgendwo wohl und sicher.“, sprach er noch ausdruckslos und dann ging er hinaus.
Selli, die sich noch halb aufgestützt hatte, sah gerade noch den Ernst blickenden Leibwächter draußen die Türe schließen. Dann war sie wieder allein, legte sich vorsichtig in die Kissen zurück, blickte noch mal zum bunten Bleiglasfenster hin, das ihr heute noch mehr als sonst wie ein Gefängnisgitter in einem Knast erschien und brach dann erst so richtig in Tränen aus.

10.

Und er hielt Wort. Eine ganze Woche lang hatte Selli tatsächlich Ruhe und Frieden.
Hassan besuchte sie nur immer ganz kurz und brachte ihr dann jedes Mal kleine Geschenke, riesige Sträuße mit orientalischen Blumen, Süßigkeiten, Bücher und einmal sogar ein Saphirarmband mit, von dem er behauptete, die Farbe der Steine sei exakt die ihrer Augen. Es war in Weiß-Gold gefasst und sah schwer und teuer aus.
Doch sie zuckte noch nicht mal mit der Wimper und nahm es auch nicht in die Hand, um die kostbaren Steine zu betrachten oder mal anzufassen, wie er es aber wohl von ihr erwartet hatte.
Seine Enttäuschung über ihre Ablehnung war offensichtlich und als er ging, dachte sich Selli nur triumphierend: *Nimm das, du Wüstensohn, das Bezahlen mit Schmuck klappt vielleicht bei deinen anderen Huren, aber nicht bei mir ...* und bat Zarah gleich am nächsten Tag das Kästchen wieder ohne jeglichen Kommentar von ihrer Seite aus, zurück zu seinem Besitzer zu tragen. Wenn er sie fragen würde, was das zu bedeuten hätte, sollte sie nichts weiter dazu sagen, sondern es einfach nur respektvoll hinstellen und dann wieder gehen, bat sie die junge Frau weiter und Zarah, die allmählich wirklich Gefallen an Sellis Art fand, lächelte vergnügt und tat es, sogar liebend gerne.
Dabei meinte sie sogar noch flüsternd, damit die Wächter vor der Tür sie nicht hören konnten, dass Selli die erste Frau in ihrem Bekanntenkreis sei, die sich nicht von einem kostbaren Schmuckstück und süßen, einschmeichelnden Worten eines einflussreichen Mannes um den Finger

wickeln ließe. Und ob alle Europäerinnen so wären wie sie, was ihr schon sehr schmeichelte.
Doch noch mehr vergnügte es sie, dass Hassan, gleich nach der Übergabe des Kästchens durch Zarah, zu ihr gestürmt kam, um zu versuchen, ihre Gedanken hinsichtlich der kommentarlosen Rückgabe zu ergründen.
Doch sie schwieg nur wieder still und sah ihn nicht an. Er versuchte noch minutenlang, mit ihr ein Gespräch zu führen, gab sein Vorhaben dann aber doch wieder frustriert auf, da sie ihm schlicht nicht antwortete, ganz egal was immer er sie auch fragte oder sie zu provozieren versuchte. Denn Selli war nun ernsthaft sauer.
Sie durfte also nicht wieder nach Hause, nur weil sie sich zum ersten Mal im Leben gegen ihren idiotischen, grausamen, brutalen und scheißgefährlichen Vater gewehrt hatte, und es diesem Fürsten und seinem Sohn tatsächlich auch noch genauso *gefallen* hatte, sie in einem Kampf auf Leben und Tod gerade noch mal eben so überlebend zu sehen?
Denn sie war natürlich irgendwann aufgestanden, nachdem Hassan gegangen war. Sie war ins Bad gegangen und hatte sich selbst, zutiefst erschrocken, im Spiegel angesehen, die dicken Blutergüsse im Gesicht, ... die fetten Würgemale an ihrem Hals, die Hassan zuvor ja noch so zart geküsst hatte, und wusste nun eindeutig, dass ihr Vater wirklich erneut versucht hatte, sie umzubringen.
Und es war ihr nun auch sonnenklar, warum Hassan keinen Versuch mehr unternommen hatte, sie wieder zu nötigen. Denn er fand sie wohl gerade so mit blau-grünen Flecken und Ödemen verunziert, schlicht zu hässlich, um sich lange mit ihr zu beschäftigen.
Nur darum gab er ihr nun diese Schonfrist. Nicht etwa aus Zuneigung oder Einsicht oder Rücksichtnahme heraus, nein! Vielmehr sah Selli ihre erste Einschätzung seiner Wesensart

bestätigt, dass Prinz Hassan al Bakhar, Kronprinz von Bahira, sich stets nur mit den schönen und wertvollen Dingen des Lebens umgab und alles andere mied. Außerdem stieß ihr natürlich noch extrem sauer auf, dass diese Bestie, dass auch Hassans Worte an Konrad Gutenberg gleich nach der Audienz beim Fürsten nur heiße Luft gewesen waren. Von wegen ... erhöbe er nur noch einmal die Hand gegen Selli, würde er sie ihm nehmen, ... alles nur Humbug und Augenwischerei. Nette Worte, die sie hatten beeindrucken und ihn anhimmeln lassen sollen. Doch das konnte er gleich wieder vergessen.
Es war bezeichnend für die soziale und werteorientierte Einstellung der Männer in diesem Land, dass ein Mann, der seine Tochter beinahe umbrachte, noch nicht einmal für seine Tat bestraft wurde. Im Gegenteil wurde nur wieder sie für ihre Gegenwehr bestraft. Mit ihrem endgültigen Verbleib in Bahira, was für Selli tatsächlich schon Höchststrafe bedeutete. Denn nun lebenslänglich an diesen fiesen, rücksichtslosen, arroganten Prinzen gebunden zu sein ...
Doch natürlich sah Hassan auch das wieder ganz anders. War ja klar.
Doch immerhin kam niemand von der hiesigen Gerichtsbarkeit zu ihr ... und sie wurde auch nicht vom Fürsten dafür zur Rede gestellt, dass sie Konrad Gutenberg das Gesicht zerkratzt und ihn ebenfalls verdroschen hatte, was Zarah noch mit am meisten wunderte, aber auch begeisterte. Die junge Frau bewunderte Selli nun ganz offen und frei heraus für ihren gezeigten Mut und Widerstand, gegen den eigenen Vater derart handgreiflich anzukämpfen und erzählte ihr, Sellis Betragen habe sich auch schon im ganzen Palast wie auch in der Stadt herumgesprochen. Nun wurde sie von vielen anderen jungen Frauen entweder heimlich dafür gefeiert oder offen und laut, vor allem von den Männern, dafür kritisiert, in dieser schändlichen Art und Weise

mit ihrem eigenen Vater umgegangen zu sein. Denn sie als Tochter hätte nicht das Recht gehabt, sich dem zu erwehren oder zu widersetzen, was der Vater ihr als Bestrafung für ihren Trotz auferlegte.
Ha!
Doch auch Konrad Gutenbergs Ruf nahm in den folgenden Tagen dann noch großen Schaden, wie Zarah ihr weiter lächelnd und flüsternd berichtete.
Denn wie man sich erzählte, hatte Konrad Gutenberg nach der Auseinandersetzung mit seiner Tochter selbst einen Arzt benötigt, denn die Kratzer über sein Gesicht hatten bei ihm einen Augenschaden verursacht, wie auch tiefe blutige Wunden in seine Haut an Hals und Gesicht gerissen, die nicht so bald wieder verheilen würden, wenn überhaupt. Es sprach sich wie ein Lauffeuer herum und bald schon lachten ihn viele einflussreiche Bahiraner, vor allem der Adel und die reichen Familien, offen dafür aus, den Kampf gegen die eigene Tochter verloren zu haben. Denn wenn er sich schon als Vater nicht im eigenen Hause behaupten konnte, war er denn dann überhaupt würdig, der Berater eines Fürsten zu sein?
Diese Reden machten Selli sogar am meisten Spaß, hatte ihr Vater ihr doch noch eigens vorgeworfen, schon wieder sein Leben zu zerstören. Nun ... dann aber jetzt erst recht, meinte sie zu Zarah, die ihr begeistert beipflichtete.
Denn mit ein wenig Glück würden ihm nun ebenfalls Narben und Schäden bleiben, berichtete Zarah ihr aus dem Palast-Klatsch der Küche, wo sich die Diener von Gutenberg belustigt über ihren Vater und dessen noch gestiegene Wut auf seine Tochter ausließen.
Ja ... Selli war nach dem Gehörten wirklich sehr mit sich zufrieden, auch wenn sie die Einstellung der männlichen Bahiraner den Frauen und Töchtern gegenüber absolut nicht nachvollziehen oder auch nur im Geringsten gut-

heißen konnte und sich darüber auch lang und breit mit Zarah diskutierend ausließ, die ihr mehr als nur ein bisschen interessiert lauschte, wie denn solche Dinge gewöhnlich in Deutschland gehandhabt wurden.
Doch zumindest war der entstandene Schaden an der Reputation ihres Vaters Selli noch eine echte Genugtuung, nachdem der Fürst ihn tatsächlich überhaupt nicht dafür bestraft oder auch nur getadelt hatte, seine eigene Tochter fast erwürgt zu haben, obwohl sie doch bereits höchst offiziell Hassan al Bakhar, dem Kronprinzen von Bahira, seinem eigenen Sohn, gehörte.
Doch auch dieser Umstand gereichte Gutenberg nun zum Nachteil. Denn in diesem Land war es ein schwerer Frevel, den Besitz eines anderen Mannes, also seine Frau oder Tochter, irgendwie anzurühren.
Und auch Gutenberg, obwohl der Vater, hätte sich rein aus Respekt vor dem Fürstenhaus der Prinzessin gegenüber niemals mehr so brutal zeigen dürfen, zumal Zarah bei einer dieser Diskussionen in der Küche geistesgegenwärtig vor sich hinflüsterte, dass Selli nach all den Zuwendungen des Prinzen vielleicht sogar schon schwanger gewesen sei und die brutalen Schläge wie auch ihre beinahe Ermordung nun vielleicht sogar einen zukünftigen Kronprinzen von Bahira verhindert oder gefährdet hatten.
Das brachte die Dienerschaft erst recht gegen den ausländischen Berater auf und Zarah erzählte Selli nachher noch höchst zufrieden, dass es für Stunden in der Küche hoch hergegangen war und der fürstentreue Koch sogar in Gutenbergs Suppe hineingespuckt hatte, bevor er sie dann der ebenfalls nun äußerst grimmigen Dienerschaft des wirtschaftlichen Beraters mit auf den Weg gegeben hatte.
Denn solange Gutenberg nun verletzt war, sollte er als Gast von Fürst Rashid im Palast bleiben und behandelt werden, hatte Hassans Vater angeordnet.

Und auch wenn Selli Zarahs Einmischung in dieser Sache nicht gerade begrüßte, zumal die junge Dienerin ja nun inzwischen wusste, dass Selli vermutlich niemals Kinder kriegen konnte und demnach auch niemals schwanger werden würde, musste sie doch ihren Einfallsreichtum bewundern. Aber Zarah zuckte auf ihren Tadel hin, dass sie doch bitte mal bei der Wahrheit bleiben sollte, lediglich nonchalant mit den Schultern und meinte, dass man diesen Vorfall doch auch sehr gut ausnutzen könnte, falls Selli tatsächlich keine Kinder bekommen würde. Dann würde es nämlich letztlich nicht ihre Schuld, sondern die ihres brutalen Vaters sein, worüber sich dann jeder aufregen konnte, statt über die Kronprinzessin zu spotten aufgrund ihrer Unfähigkeit, einen Erben zu präsentieren.
Selli konnte diesen unglaublich listig gedachten Einfallsreichtum ihrer Zofe nur Bewunderung zollen, denn letztlich war es ja tatsächlich so, wie Zarah es darstellte. Wenn sie keine Kinder kriegen konnte, lag das nur an den brutalen Schlägen ihres Vaters ... Jedoch zu einer anderen Zeit, an einem anderen Ort ... Über welche sie nun aber lieber nicht mehr länger nachdenken wollte.
Nein.
Ihr ging es stattdessen gerade einfach nicht mehr aus dem Sinn, wie sehr Hassan sich nun fortwährend um sie bemühte. Vor allem, dass er wirklich immer wieder mit ihr sprechen wollte, statt sie einfach nur wieder ins nächste Bett zu zerren. Der Arzt hatte ihm dazu sicher schon sein Okay gegeben, also warum legte er sie nun nicht wieder sofort in Ketten und tobte sich an dir aus oder blieb einfach weg, wenn er ihren Anblick doch gerade überhaupt nicht gut ertragen konnte? Hatte der Fürst es ihm vielleicht sogar befohlen, sich mit ihr eingehender zu beschäftigen, um sie von sich zu überzeugen? Gesagt hatte er so etwas ja schon einmal. Doch sie hatte da nicht richtig hingehört und war zu

aufgeregt und zornig gewesen über die Anmaßungen dieses Landesherrschers.
Also vermutete sie nun, misstrauisch geworden, hinter jeder seiner momentanen Freundlichkeiten nur wieder einen listigen Plan, um sie in Sicherheit zu wiegen und/oder sie mal auf eine etwas charmantere Art und Weise von sich zu überzeugen zu versuchen.
Doch das konnte er mal glatt vergessen. Schließlich wusste sie ja nun, wie er war. Hinterhältig, grausam, arrogant und eingebildet. Doch als sie auch darüber wieder mit Zarah sprach, überraschte die junge Dienerin Selli doch ein wenig, indem sie ihr versicherte, wie besorgt der Prinz gleich nach ihrem Auffinden beim Alkoven um sie gewesen war, wie auch in den ersten drei Tagen danach ... und wie oft er noch immer mit dem Arzt über sie sprach, der nach wie vor dreimal täglich nach ihr sehen musste, aber kaum mehr für sie tun konnte, als ihr eine Salbe für die schon gut heilende Lippe und ein Schmerzmittel für die Blessuren zu geben. Im Grunde waren diese fortlaufenden Untersuchungen nach Tag fünf sogar vollkommen sinnlos, was auch der Arzt ihm bereits mitgeteilt haben musste, doch der Prinz bestand weiterhin darauf, weil er irgendwelche Spätfolgen fürchtete, wie Zarah ihr wieder leise flüsternd mitteilte. Und auch sie bestellte er wohl immer wieder zu sich ein, um sie nach Sellis Gesundheitszustand zu befragen und wies die junge Dienerin dann jedes Mal an, ihr sämtliche geäußerte oder auch nur erahnte Wünsche zu erfüllen. Doch außer, dass Selli nach Hause wollte, hatte sie keinen weiteren Wunsch und machte sich lediglich nach drei Tagen in ihrer selbst gewählten Isolationshaft wieder daran, sich aus neuen Stoffen, die Zarah ihr brachte, weitere schlichte Kittel-Hemden und Hosen zu nähen, um während der langen Stunden beschäftigt zu sein - und natürlich auch, um noch etwas mehr Auswahl in ihrer Garderobe zu bekom-

men.
Die fremdländischen Muster und Farben behagten Selli zwar nicht so sehr, sie hätte viel lieber schlichte, einfarbige Stoffe gehabt, um damit zu nähen, doch scheinbar gab es auch hier wieder feste Regeln, welche Arten von Stoffen eine Prinzessin von Bahira zu tragen hatte. Und trotz Zarahs Nachfrage, welche Farben sie lieber tragen würde, konnte Selli sich nicht dazu überwinden, auch nur den leisesten Wunsch auszusprechen. Denn darauf wartete der Prinz ja nur ... Ihr irgendwelche Gefallen zu tun, was sie aber nicht wollte. Sie wollte rein gar nichts von ihm, außer ihre Freiheit.
Hassan tat letztlich nichts mehr weiter, als nur noch mit ihr zu reden zu versuchen, brachte ihr seine Geschenke, Blumen und nette Worte, dar und ging dann wieder.
- Bis die versprochene Woche vergangen war. Doch am achten Tag saß Hassan dann morgens ganz still an ihrem Bett und sah sie diesmal nur überaus ernsthaft an, als sie erwachte. Und er sprach nun ebenfalls kein einziges Wort zu ihr, als sie sich abrupt aufsetzte und ihn hart schluckend anstarrte, nur um dann aber doch nur wieder störrisch zum Fenster hinzugucken.
Ihr Herz raste derweil erschrocken durch ihre Brust. Doch nach etwa zehn Minuten Stille und Schweigen wurde sie dann doch ziemlich nervös und warf ihm immer wieder kurze, unsichere Blicke zu, die dieser ernsthaft erwiderte. Dann schließlich stand Hassan auf und ging zum Fenster.
„Ich mag dein anhaltendes Schweigen nicht, Selli!", begann er schließlich leise und gepresst zu sagen. Er sah aus dem Fenster hinaus in die Ferne. „Ich mag es nicht, wenn du so still und unnahbar bist, aber ich respektiere es. Denn dies habe ich mir anscheinend genau so verdient. Zumindest behaupten das meine Dienerschaft wie auch der Arzt, der sehr mit mir gescholten hat, weil ich es dir gegenüber an

Rücksicht habe mangeln lassen. Du warst zuerst verletzt und ich habe dich trotzdem ins Bett genommen. Du warst sehr verwirrt und das habe ich rücksichtslos ausgenutzt. Nun gut, ... dann schweigen wir eben nun, so lange es dir behagt, doch nun geht es dir auch endlich wieder gut genug, um zu reisen, auch wenn du sicherlich nach wie vor noch Schonung benötigst.
Doch ich habe deine Ängste, deine Räumlichkeiten zu verlassen, tatsächlich verstanden. Erst recht, wenn man bedenkt, dass du sicherlich von Zarah gehört hast, dass dein Vater ebenfalls eingeladen wurde, im Palast zu gesunden. Eine ungeheure Beleidigung für uns beide. Mein Vater hatte wohl vor, dich zu zwingen, dich doch noch einmal mit ihm auseinanderzusetzen. Doch meine Wächter haben ihn daran gehindert, zusammen mit seinen neuen Leibwachen als Begleitung - die dich zweifellos festhalten sollten, wenn er dich nun väterlich bestrafen wollte - hereinzukommen. Nun schon zweimal.
Und heute Morgen bei meinem befohlenen Frühmahl mit dem Fürsten hat er mir unmissverständlich befohlen, deinen Vater diese Angelegenheit noch mit dir klären zu lassen. Schließlich hat sein Auge bei eurem Kampf wohl doch noch einen bleibenden Schaden erlitten. Er findet also, du hast noch einmal deutlich härtere Schläge verdient. Rein aus Prinzip."
Er sah sie kurz an und bemerkte wohl, trotz dass sie es versuchte zu verbergen, ihre Hände und auch ihre Lippen zu zittern begonnen hatten. Außerdem atmete sie nun wieder viel zu schnell.
Hassans Worte erschreckten Selli zutiefst.
Ihr Vater durfte sie auf Geheiß des Fürsten tatsächlich noch einmal schlagen? Und diesmal sogar mit Wächtern, die sie festhalten würden?
Das war ein Witz, oder?

„Nur keine Angst, Selli. Ich sagte dir doch bereits, dass ich dich vor Gutenberg beschützen werde. Denn *ich* finde *nicht*, dass er noch ein Recht auf dich hat, Habibi. Du bist nun *meine Frau* und du hast genug gelitten. Der gesamte Palast ist heute sogar empört. Der Koch hat heute früh sogar *vergessen*, dass Gutenberg hier immer noch zu Gast ist und ihm kein Frühstück bereitet. Seine Diener sind nicht auffindbar. Sicherlich wird später noch herauskommen, dass sie krank gewesen sind oder dergleichen.“, er lächelte kurz. Doch Selli konnte das alles wirklich nicht witzig finden. Dieses verdammte frauenverachtende Land ...
Da sprach Hassan schon weiter. „Wie dem auch sei. Ich bin hierhergekommen, weil es niemand wagen wird, in diese Gemächer einzudringen, während der Kronprinz bei seiner Gemahlin ist.
Das war übrigens Zarahs Idee, die vor einer Stunde zu mir kam, nachdem sie von Gutenbergs Dienerschaft über die kurz bevorstehende Bestrafungsaktion informiert wurde. Denn ob ich nun zornig gehen und protestieren würde oder nicht, Gutenberg würde in der Zwischenzeit sicher seine Chance nutzen und dich ein weiteres Mal im Schlaf überraschen. Das konnte ich auf keinen Fall zulassen. Denkst du nicht auch?“
Selli atmete ganz tief ein. Sie hatte doch nur Zarah erzählt, dass sie gerade geschlafen hatte, als ihr Vater sie draußen erwischt und die ersten harten Hiebe gelandet hatte. Warum hatte sie es Hassan erzählt ...?
Scheinbar waren ihre Gedanken gerade leicht an ihrem Gesicht abzulesen, denn Hassan seufzte leise auf. „Sei nicht böse auf Zarah. Sie sagte mir vorhin nur, dass sie nicht will, dass du erneut von deinem Vater im Schlaf überrascht wirst, als sie zu mir gerannt kam, um mich zu holen.
Sie wollte dich sicher nicht damit hintergehen, dass sie mir erzählte, was du ihr wohl im Geheimen anvertraut hattest,

obschon ich wirklich nicht verstehe, warum du es mir verschwiegen hast.
Denkst du wirklich, dass ich schlechter von dir denke, nur weil ich nun weiß, dass dein Vater nicht einmal den Respekt und die Höflichkeit besaß, dich zu wecken, oder später wiederzukehren, um zunächst einmal mit dir zu sprechen, bevor er seine Hand gegen dich erhob?
Im Gegenteil bewundere ich dich nun umso mehr, da ich es weiß. Und deshalb fällt es mir nun auch wirklich nicht mehr schwer, dem Fürstenpalast, wie auch meinem Vater schon in der nächsten Stunde missachtend und entgegen seiner Befehle, den Rücken zu kehren und mit dir in mein eigenes Heim nach Bazurha zu fahren, so wie versprochen. Ich lasse nicht zu, dass du bestraft wirst, obschon dein Vater an seinen Verletzungen selbst Schuld trägt."

Er verstummte, denn Selli atmete hörbar auf und sah nun rasch wieder auf ihre Hände, doch er hatte es natürlich bemerkt.
Fest biss sie sich auf die Unterlippe, um nicht schon wieder mit dem dämlichen Gezitter anzufangen.
Derweil lächelte Hassan ironisch. „Solches Verhalten wünscht sich vielleicht mein Vater von seinen Frauen, Selli, nicht ich. Diese Unterwürfigkeit und Ängstlichkeit passt nicht zu dir. Du bist eine Kämpferin, das weiß ich genau. Also sieh mich an, rede mit mir, brüll von mir aus ..."
„Du hast selbst gesagt, dass ich keine Spitzen mehr bringen soll! Ergo - hast du mir das freie Reden verboten. Vielleicht solltest du ja zuerst einmal selbst entscheiden, was du nun willst, bevor du dauernd hin- und herbefiehlst, wie ich mich nun zu verhalten habe.
Ich persönlich will absolut nicht mehr mit dir sprechen. Denn es gibt nichts mehr zu besprechen. Euer Land ist derart rückständig, dass es zum Himmel schreit. Und eure

Gesetze sind einfach nur mittelalterlich. Frauen sind absolut nichts wert und werden noch viel schlimmer behandelt als selbst die dümmsten Tiere.
Da mache ich garantiert nicht mit. Egal auf welche Weise! Und selbst dein Vater mit seinem Schläger-Trupp und meinem Vater im Gepäck kann mich nicht dazu zwingen, jemals deine Frau zu spielen! Eher bringe ich mich um, als mich so von euch zerstören zu lassen!", zischte sie leise und schluckte dann wieder mehrmals heftig.
Und Hassan schluckte nun ebenfalls hart, bevor er dann langsam zum Bett zurückkehrte und sich zu ihr auf die Bettkannte setzte.
Oh, ... dieser Blick von ihm!
Am liebsten hätte sie ihre Wut und Frustration nun laut herausgebrüllt, ihn geschlagen und getreten, genauso hart wie ihren Vater. Doch leider wusste sie schon jetzt, dass das bei Hassan vollkommen vergeblich sein würde. Er war zu stark und zu schnell. Letztlich würde sie es doch nur sein, die wieder gefesselt auf dem Bett landen würde, derweil er seine Lust an ihr stillte ... und sie damit in den Wahnsinn trieb.
„Selli ... Ich kann dir gerade nicht versprechen, dass alles gut wird, denn das liegt nun ganz bei dir. Finde dich mit unserer Situation ab und mache nun einfach das Beste daraus, so wie ich. Dann kannst du auch wieder anfangen zu leben ..."
„Was weißt du schon vom echten Leben deutscher Frauen, Hassan? - *Nichts* weißt du! Du hältst dich selbst ja sogar für ein Geschenk Gottes, Hassan, und hast ein total übersteigertes Selbstwertgefühl, das dir einredet, dass eine Frau, die *nein* zu dir sagt, es tatsächlich gar nicht so meint ..."
„Das weiß ich inzwischen, Selli. Das brauchst du mir nicht wieder und wieder zu erzählen.", sprach er nun etwas energischer zu ihr.
„Anscheinend doch, sonst würdest du mich nämlich endlich

gehen lassen ..."
„Ich kann es nicht, Frau! Doch ich weiß inzwischen, dass du nicht bist wie hiesige Frauen und dass ich dich deshalb auch nicht mehr länger so behandeln kann. Ich habe zwar noch keine Ahnung, wie genau ich dich anstatt behandeln muss, damit du endlich deinen Starrsinn aufgibst und dir zumindest selbst gegenüber eingestehst, dass du sehr wohl etwas dabei empfindest, wenn ich dich in mein Bett oder sonst wohin nehme und es sogar auch gefesselt und geknebelt zu genießen im Stande bist. Doch dir anschließend an unsere Spiele dabei zuzusehen, wie offensichtlich unglücklich du darüber bist, wie ich dich empfinden lasse, und es hasst, mich, den Kronprinzen von Bahira, zum Manne zu haben, ist nicht gerade leicht für mich.
Aber es ist nun völlig egal, wie sehr du dich nun auch weiterhin dagegen sträubst, ob du monatelang schweigst oder schimpfst oder wieder tobst oder dir Gegenstände suchst, um mich damit zu bewerfen oder zu erstechen ... Ich kann und werde dich nun nicht mehr gehen lassen. Denn das wäre dann nämlich dein sicheres Todesurteil, Habibi."
„Todesurteil?", zischte sie fassungslos auf.
Er nickte nur, ausatmend, nahm mehrere Zeitungen und Zeitschriften vom kleinen Tisch in der Nähe des Fensters und brachte sie hinüber zum Bett, um sie vor Selli auf die Decke zu werfen.
Entsetzt blickte sie auf die vielen Titelseiten und Frontcover diverser Hochglanzmagazine aus der ganzen Welt, welche alle nur ein einziges Foto zeigten ... und das war *sie* ... oder besser gesagt ... sie und Hassan!
Es war dieser eine verwirrte Moment bei der Audienz mit dem Fürsten gewesen, wo sie mit vor zorniger Aufregung noch leicht gerötetem Gesicht und einem seltsamen Ausdruck in den Augen, der vieles bedeuten mochte, zu Hassan aufblickte, der ihr gerade schmunzelnd und höchst

verliebt und gutaussehend die Hand küsste.
Ein wahrer Märchenprinz in seiner orientalischen Uniform.
Doch eine Art winziges Lächeln umspielte da gerade ihren Mundwinkel. Oh ja, der Fotograf hatte ganze Arbeit geleistet und dieses Bild vollkommen aus dem Zusammenhang herausgerissen. Das Heben des Mundwinkels - ihre Überraschung ... Der Ausdruck ihrer Augen - verwirrte Verständnislosigkeit und die Röte auf ihren Wangen - Hektik und Aufregung, durch das Wiedersehen mit Konrad Gutenberg und ihrer Halbschwester.
Doch auf den ersten Blick ... und ohne das alles zu wissen, ... wirkte es nun tatsächlich nur noch wie scheue, zurückhaltende, aber nichtsdestotrotz glücklich anhimmelnde *Liebe* zwischen einem gutaussehenden, sonnengebräunten Prinzen eines kleinen, aber reichen Ölstaates und seiner wunderschönen, goldhaarigen Prinzessin!
Und die Zeitschriften überschlugen sich alle geradezu mit ihren fantastischen Cinderella-Storys ... Es war nicht zu fassen.
Selli kramte keuchend eine deutsche Zeitschrift hervor und schlug die erste Seite auf, blätterte dann immer hektischer darinnen herum ...
Da waren ja noch viel mehr Bilder von ihr ...?!
- Sie, wie sie (erleichtert) lächelnd, dass ihre Schicht endlich vorbei war, noch in Schwesterntracht mittags aus dem Krankenhaus kam und ihren Zopf öffnete.
- Sie, wie sie in einem Buch blätternd im Park auf einer Bank saß ...
- Sie, wie sie melancholisch lächelnd im Sonnenschein spazieren ging ...

Und dazu gab es einen *zehnseitigen* Bericht von ihrem Werdegang ... bis hin zu dem geheimen ersten Treffen! Das wunderschöne Aschenputtel, das zufällig dem Prinzen

auf der Straße begegnet war, und rein zufällig mit ihm zusammenstieß - weil er nicht aufgepasst hatte.
Der Prinz von Bahira, hieß es, war an diesem Tag vor einiger Zeit auf diplomatischem Besuch in Frankfurt gewesen, um einige wirtschaftliche Gespräche über diverse Handelsabkommen zu führen und hatte sich an einem Tag dann auch die Märchenstadt Hanau zeigen lassen, wo Prinz Hassan dann der schönsten Frau der Welt begegnete und sich auf der Stelle in sie verliebte, ... der bildhübschen jungen Krankenschwester Selma Felicitas Wiegand, nun *ihre Hoheit Prinzessin Selma al Bakhar, Kronprinzessin von Bahira*. Und ein Märchen wurde in der Stadt der Märchenbrüder Grimm wahr ...!
Nicht. Sein. Ernst!
„Oh Scheiße!"
Selli schluckte mühsam und legte die Zeitung dann wieder zurück auf den Stapel, bevor sie gleich mehrmals tief Luft holte.
„Woher ... haben die Zeitungen diese Bilder von mir, Hassan? Und ... und was ist das für eine haarsträubende Geschichte ...?! Ich bin nicht Aschenputtel und du bist auch kein ..."
„... Kein Prinz?", lächelte er zynisch.
„Kein ... *Märchenprinz,* wollte ich sagen. Die sind nämlich nett und ... und ... würden garantiert nicht einfach so über eine Frau herfallen ..." Selli versagte die Stimme, weil es ihre Kehle nun so sehr zuschnürte, dass sie das Gefühl hatte, gleich ersticken zu müssen.
Doch Hassan schnalzte nur leise mit der Zunge, bevor er auch noch nonchalant die Schultern hob.
„Ich sagte es dir bereits, ... unser Land ist noch immer unabhängig, jedoch sehr klein und umzingelt von Schakalen, die nur auf die Beute lauern. Je unbedeutender und un-

bekannter wir sind, desto leichter sind wir zu überwältigen und auszulöschen.
Doch mit dir als Märchenprinzessin und mir als Traumprinz längst vergangener Zeiten werden wir nun weltweit bemerkt und auch gesehen. Und genau *das* war die Idee von Konrad Gutenberg. Es hat funktioniert. Die Zeitschriften kamen gestern heraus und waren sofort Bestseller. In deinem Land mögen die Leute Märchen, Selli. Gerade wird schon heiß diskutiert, warum du so viel Glück hattest und andere nicht. Wirklich schade nur, dass du es selbst nicht als ein Glück ansiehst, einen überaus reichen, adeligen, noch jungen und sehr attraktiven Mann an deiner Seite zu haben, der dich auch noch erregen und zum Höhepunkt bringen kann.
„Erzwungen! Und es hat furchtbar weh getan! Es tut jedes Mal weh!“, flüsterte sie heiser und ballte die Hände zu harten Fäusten.
„Weil du dich nicht hingeben kannst uns willst, Selli. Lieber beharrst du auf deinem stolzen Trotz und verkrampfst dich total, statt dich gehen zu lassen und zu genießen, was geschieht. Doch bin ich natürlich auch hier wieder unfair und weiß es, ... du brauchst dich nicht schon wieder zu ereifern!“, hob er sogleich die Hand, als Selli wieder aufbrausen wollte. „Ich weiß nun, dass ich langsamer hätte vorgehen sollen. Uns beiden Zeit lassen müssen und mich zunächst weigern, dich zu nehmen, bis deine Kopfverletzung ausgeheilt war.
Der zweifache Schmerz hat noch zu deinen Ängsten beigetragen. Doch ich war, zugegeben, viel zu erpicht darauf, dich zu der meinen zu machen.
Und du warst leider noch viel zu sehr Jungfrau und kannst deshalb schlicht nichts mit Sex anfangen, kennst auch deinen Körper nicht und weißt nicht wirklich, was dir guttut oder was du tatsächlich willst und brauchst.

Und wie du schon mehrfach meintest, bin ich in der Tat absolut *kein* ritterlicher Prinz aus den Märchen, der sich selbst zum Mönch erhebt beim Anblick einer wunderschönen Frau, statt sie einfach nur in sein Bett zu nehmen. Ich bin ein Mann aus Fleisch und Blut mit gewissen Gelüsten. Äußerlich passen wir sehr gut zusammen und auch die Chemie würde stimmen, wenn du dich nur endlich etwas hingeben würdest, statt krampfhaft an deiner Meinung von Perversionen festzuhalten, welche schlicht nur ein paar gängige, erotische Spiele sind.
Also hast du nun Angst und ich bin der Arsch, der dir Angst gemacht hat. Doch eines solltest und musst du nun wirklich bedenken, falls du noch immer vorhast, von hier zu fliehen und wieder in dein altes Leben zurückzukehren ..."
„Und ob ich das will ... und ich werde einen Weg finden ..."
„Es gibt hier bei uns keine Scheidung, Selli!", unterbrach er sie nun deutlich schärfer klingend und auch sein Gesichtsausdruck wurde strenger. „Mit der Heirat bist du nun eingebürgerte Staatsangehörige des Fürstentums Bahira geworden. Selbst wenn du also zurückkehren würdest, bliebest du dennoch die Prinzessin von Bahira und meine Frau und würdest damit weltweit zur Zielscheibe für jedwede Art von Verbrecher, Entführer und natürlich nicht zuletzt ein Druckmittel, welches die drei Länder um uns herum nur zu gerne an sich reißen würden, um uns in unserer Autonomie ernsthaft zu bedrohen, weil wir klein, eigenständig und auch reich genug sind, um tatsächlich positive Veränderungen im Leben der Bevölkerung bewirken zu können, wie zum Beispiel im Bildungssektor, Menschenrechte und in der medizinischen Versorgung, welche gerade Vorrang vor allem anderen hat. Denn sie ist in unserem Land quasi kaum existent, außer natürlich in den gehobenen Kreisen, welche sich einen Arzt leisten können."
„Und das heißt nun für mich ... *was*?", flüsterte sie zornig,

obschon sie es bereits wusste.
Er streckte die Hand erneut zu ihr aus und streichelte ihr sanft über den Arm.
„Wenn du gehst und dich aus der sicheren Deckung unserer Leibwächter wagst, kannst du davon ausgehen, dass du binnen weniger Tage tot bist. Denn Attentäter aus Algerien, Tunesien oder Libyen gibt es hier viele, die noch weitere Nachkommen von mir und auch Fürst Rashid gerne verhindern würden.
Denn wenn unser Land irgendwann keine legitimen Erben mehr hat, werden sich die Schakale auf uns stürzen. Und nun komm!
Es wird Zeit.
Dein ganz eigener erzfeindlich gesinnter Schakal steht da draußen vor der Tür, bereit dich zu bestrafen, für was auch immer. Meine erste Frau Aishe sagte mir immer, ihr Vater bestrafte sie nur allein dafür, dass sie lebte.
Ich habe sie damals vor ihm beschützt so wie nun dich. Nur vor ernsthaften Krankheiten und Fieber konnte ich sie nicht beschützen. Und jetzt zieh dich an, Habibi. Wir sollten gehen!", forderte er sie auf, doch Selli blieb erneut stark erbebend sitzen.
Da war nun so eine Wut in ihr ... Ohhhh, am liebsten hätte sie ihn wirklich geschlagen ... und nicht mehr damit aufgehört. Nie mehr!
Wie konnte er ihr so etwas nur antun? Zählte ihr eigenes Leben denn gar nichts? Ihr Wille? Ihre Existenz, die sie sich mühevoll aufgebaut hatte?
Er hatte sie wissentlich ob der Auswirkungen durch diese Heirat in Gefahr gebracht, als er dieses Bild machen ließ und nun ...?
„Du und dein Vater, ... ihr seid sogar noch größere Monster als gedacht. Benutzt mich einfach ohne meine Zustimmung und stellt mich als eine Zielscheibe und zugleich Schutz-

schild vornan! Das ... ist so niederträchtig ... Oh, ich weiß gar nicht, was ich dazu ...", sie schüttelte aufkeuchend den Kopf und kämpfte mit den Tränen.

Doch Hassan blieb natürlich seelenruhig. „Selli ... Ich kann verstehen, wenn du nun wütend bist, und ich kann dir auch nicht versprechen, dass alles gut werden wird, denn das liegt nun ganz bei dir.

Ich habe mich von vornherein gegen diesen Vorschlag ausgesprochen, hatte aber auch keine bessere Idee vorzubringen, weshalb der Fürst letztlich entschied, dass es das Risiko wert wäre, zumal Gutenberg auch noch seine eigenen Töchter für diese Sache anbot.

Wie gesagt, verweigerte ich mich lediglich der Idee, ein Kind zu ehelichen und nahm mir eine Frau. Nun feiert uns die ganze Welt, auch wenn wir beide die Situation vielleicht noch ein bisschen anders betrachten.

Ich kann es dir jetzt also nur noch raten, ... finde dich damit ab und mache das Beste daraus. Du hast als meine Frau viele Vorteile, lebst in einem sonnenreichen, warmen Land und kannst fast alles besitzen, was dein Herz begehrt. Je eher du es einsiehst und aus deinen Gemächern herauskommst, desto schneller kannst du auch wieder anfangen, richtig zu leben.

Denn es ist gerade auch für mich nicht leicht. Dir zuzusehen, dass du nun so offensichtlich unglücklich darüber bist, mich zum Mann zu haben, hinterlässt einen bitteren Beigeschmack in meinem Mund. Ich habe gestern noch versucht, die Artikel aufzuhalten, doch nun kann und werde ich dich nicht mehr gehen lassen, Habibi! Du bist meine Frau ... und ich werde dich beschützen, als auch schon sehr bald wieder in meinen Armen liegend genießen.", verkündete er ihr ernsthaft und kam dann noch einen Schritt näher an sie heran, streichelte erneut über ihre Schulter, doch sie zuckte diesmal nicht mehr weg, obschon eine innere Stimme in ihr

aufbrüllte:
Los, abwenden!
Umdrehen!
Aufstehen und weggehen!
... Hallo?
Tu etwas ... Schlag ihn einfach!!!
Sie brüllte sich in Gedanken selbst an, doch sie konnte sich einfach nicht mehr rühren. Ging nicht!
Gott!!!
Was war nur mit ihr los, dass sie es einfach zuließ, dass er sie nun auch noch so seltsam tröstend an sich zog? Sie musste erneut hart schlucken, um nicht in Tränen auszubrechen. Doch da bemerkte sie erst, dass sie schon längst weinte, ... still und leise. Und auch Hassan schien nun sehr bewegt, denn er atmete gepresst aus und ein.
„Ich habe dich so sehr vermisst, Selli. Die ganze letzte Woche über. Ich habe dein Temperament vermisst und deine Widerworte, deinen Zorn. Dich zu berühren ... Dein weiches Haar unter meinen Händen zu spüren, deine weiche Haut an meiner. Ich weiß, dass ich dir nicht vollkommen gleichgültig bin, auch wenn du es gerne so hättest. Und auch wenn du dich immer noch dagegen sperrst, mir zu gehören, so sehnt sich doch ein kleiner Teil von dir nach meiner Nähe."
Selli riss fassungslos vor Entsetzen die Augen auf und errötete heftig. Schon wollte sie doch noch unruhig beiseite rutschen, da ließ Hassan sich auf die Bettkante nieder und nahm ihre fest gefalteten Hände in seine.
Zart strich er über jeden einzelnen Finger und führte ihre Hände schließlich auch noch an seine Lippen, um sie zu küssen.
„Schhhh, ... schon gut, Selli! Ich sage das nicht, um dich aufzuregen oder zornig zu machen. Und falls es dich beruhigt, so beunruhigt mich dieses seltsame Gefühl, das

deine Nähe in mir auslöst, tatsächlich ebenso sehr, wie meine Nähe dich beunruhigt. Da ist auf jeden Fall Gefühl. Und vielleicht kann ja noch irgendwann mehr daraus werden. - Wir werden sehen!“
Und schon wieder küsste er ihre Fingerknöchel und strich mit seinen Daumen dann sanft über ihre Handrücken. Sie hatte keine Ahnung, warum sie es einfach so geschehen ließ. Seine Augen, ... sein Blick, ... er hypnotisierte sie irgendwie.
Dann drückte er ihre Hände auch noch sachte gegen seine Brust und bedeckte ihre nun zittrigen Finger mit seinen. „Ach ... Sprich doch wieder mit mir, Habibi! Sieh mich nicht einfach nur unglücklich schweigend an, als wäre die Welt gerade untergegangen. Oder hasst du mich nun wirklich so sehr und hältst mich ... tatsächlich für genauso schlimm und brutal wie deinen Vater?“

11.

Wow!
Selli war ernsthaft verwirrt. Denn dieser eine Satz, den sie letzte Woche irgendwann noch voller Wut herausgeschrien hatte, schien ihn tatsächlich tief getroffen zu haben. Das hätte sie nun wirklich nicht gedacht.
Hatte er sich also deshalb nun so lange von ihr ferngehalten, sie ausruhen lassen und nichts versucht? Nahm er ihr deshalb ihr Schweigen und ihre Ablehnung nicht übel oder versuchte sie wieder so wie zuvor durch sexuelle Handlungen zu provozieren oder rumzukriegen?
„Selli?“, tippte er mit seinem Zeigefinger unter ihr Kinn, sodass sie unwillkürlich zusammenzuckend zu ihm aufsehen musste. Seine Miene war ... seltsam. Angespannt. Da war so ein Zug um seinen Mund herum, der sie irritierte und seine Augen schienen nun fast zu brennen.
„Verdammt noch mal, Weib, sag es mir schon! Sind meine Berührungen für dich wirklich genauso schlimm wie die Schläge deines Vaters? Bin ich für dich ein ebensolches Monster, wie er es ist?“, fragte er sie nur noch heiser flüsternd.
Oh, ... sie wollte schon zornig *Ja, so ist es* brüllen. Er sollte wenigstens ein bisschen Scham empfinden und dann die Finger von ihr lassen. Doch sie brachte einfach kein Wort heraus. Ob es wohl daran lag, dass sie ihn nun etwas besser leiden konnte, seit er ihrem Vater eiskalt versprochen hatte, ihm seine Hand zu nehmen, so er sie noch einmal schlagen würde? Oder lag es an den Zeitungen, die sie gerade so sehr geschockt hatten?
Sie konnte es nicht sagen, konnte tatsächlich rein gar nichts mehr sagen. Seine Worte hatten sie bis ins Mark getroffen und sie wollte nun, dass er ebenso sehr litt wie sie, ... wenn

er da nun schon mal so etwas Ähnliches wie Schamgefühl empfand. Auf keinen Fall wollte sie es ihm nun gerade leichter machen, sie weiterhin zu gängeln und grob zu misshandeln ... Also zitterte sie nun einfach wieder vor sich hin und schwieg. Und Hassan gab es endlich auf und zog sich wieder ein wenig von ihr zurück.

„Nun gut, ... schon gut, ... wir haben Zeit.

Doch du sollst zumindest noch wissen, dass ich dich niemals so verprügeln würde, wie es dein Vater tat. Egal was auch immer du tust! Und nun ...

Zarah kommt gleich zu dir und hilft dir beim Packen. Zieh dich an! Wir brechen in 10 Minuten auf."

Er küsste sie, noch im Aufstehen begriffen, leicht auf die Stirn und ging dann einfach ohne weiteres in den Wohnraum hinüber, sogar ohne noch einmal zu ihr zurückzublicken, was sie erstaunte. Denn seine Miene war diesmal auch gar nicht triumphierend oder belustigt, sondern vielmehr nachdenklich.

Erleichtert schloss sie einmal mehr die Augen und legte sich dann trotz seiner Aufforderung noch einmal in die seidenen Kissen zurück.

Fühlte, tief durchatmend mit den Fingern über die feine Decke streichelnd, den Luxus, der sie um gab. Doch das alles war so unbedeutend im Angesicht der Ereignisse.

Sein Kuss auf ihrer Stirn brannte noch immer auf ihrer Haut und ihre Hände kribbelten ebenfalls ganz merkwürdig. Die Zeitungen sahen sie beide nun als Traumpaar des Jahres an. Eine Märchenprinzessin sollte sie nun sein ... Ausgerechnet sie? – Nein, ... nein, *nein*!

Und Hassan wurde nun auch noch als neuer Märchenprinz des Jahrhunderts gefeiert. Wie ging das bitte? Er war so ein arroganter Arsch! Und doch prickelte ihre Haut dort, wo er sie berührt hatte, und hatte sie eben gerade noch unruhig darauf gewartet, dass er nun einfach wieder zu ihr ins Bett

zurückkommen würde.
Ja, sie hatte es tatsächlich auch noch *erwartet*. War sie denn jetzt vollkommen verrückt geworden, oder was?
Oh, Gott im Himmel!
Was hatte dieser Mann nur an sich, dass sie gerade so irre auf ihn reagierte? Und warum hatte sie ihm nicht rundheraus gesagt, dass er sogar *noch schlimmer* als ihr Vater war? Verdient hätte er es allemal.
Jedoch ergriff sie gerade so ein irreales Gefühl, als ob dies alles nur ein Traum war, aus dem sie bald erwachen würde. Ja, ... sie hatte vielleicht nur ein Buch gelesen und sich nun voll und ganz in ihrer Fantasie verloren? Denn ... dies alles hier war fast so wie in einem ihrer Liebesromane, wo der Held und die Heldin sich nicht mochten, doch dann voneinander wie von zwei gegensätzliche Polen eines Magneten angezogen wurden und sich letztlich doch noch ineinander verliebten.
Nun, zumindest erging es *ihr* gerade so.
Es war vollkommen verrückt, ... musste tatsächlich an diesem verdammten Stockholmsyndrom liegen, dass sich auch ihr Schoß gerade schon wieder so zusammengezogen hatte, als er ihre Hände geküsst und dann an seine Brust gedrückt hatte, ... oder?
Sie war sich nicht sicher.
Bei gar nichts mehr. Und was Hassan gerade fühlte, konnte sie beim besten Willen auch nicht sagen. Er hatte dies alles hier doch sicher mit geplant. Oder war es wirklich so, wie er es sagte, dass auch er keine Wahl gehabt hatte? Aber wieso war er dann jetzt so zu ihr? Wieso nahm er das alles einfach so gelassen hin, fand sich damit ab, widersprach nicht ...? Nur aus Sorge um sein Land? Oder fand er sie tatsächlich schön ... Trotz all ihrer Narben?
Oh ... Wenn sie doch nur in seinen Kopf hätte hineinblicken können.

Oder nein, ... *nein*!
Doch lieber nicht. Wer weiß, was da alles Perverses in ihm vorging, errötete sie verschämt und atmete gleich noch einmal ganz tief durch.
Vielleicht war es ja nur Stolz und neugierige Erregung wegen ihres fremdländischen Aussehens und natürlich ihr blondes langes Haar, das sie gerade interessant für ihn machte, vielleicht aber auch nur sein verdammtes Pflichtgefühl seinem Vater und dem Land gegenüber, ... wenn sie hier wirklich alle so sehr in Bedrängnis waren, wie er behauptete. Selli runzelte nachdenklich die Stirn. Sie erinnerte sich dunkel an einen Bericht vor ein paar Jahren, ... hatte es da nicht mal einen furchtbaren Zwischenfall gegeben, wo eine der hiesigen arabischen Länder, nur um mehr Land und das Recht der Nutzung für sich zu erobern, ethnische Minderheiten, die noch als Nomaden in der Wüste lebten, ausgelöscht hatten? Es sollten über 1000 Menschen, Männer, Frauen und Kinder gewesen sein, ein ganzer Stamm oder sogar mehrere Stämme, die sie in die Wüste hinausgeschafft hatten und dort elendig verdursten ließen ... Drohte genau dieses Schicksal nun also auch Bahira? Obwohl es doch ein eigenständiges Land war und die Menschen hier auch sicher keine Nomaden ... Oder irrte sie sich da?
Und warum zum Teufel versuchte sie das hier nun zu entschuldigen oder sein schreckliches Verhalten ihr gegenüber? War es denn rechtens von ihm, sie derart auszunutzen, nur um einen Vorteil für sich und sein Land zu ergattern?
Er hatte sie eiskalt vergewaltigt und sich mehrfach über ihr Verhalten, sich ihm zu entziehen zu versuchen oder ihn abzuwehren, lustig gemacht, oder war sogar auch noch ärgerlich darüber geworden.
Er hatte sie mit diesem grausigen Öl und seiner perversen

Art der Bestrafung gequält, das sie aber nicht vertragen hatte, und ihr zuletzt auch noch diesen aphrodisierenden Saft gegeben, bevor er ihr quasi den Verstand rausgevögelt hatte.
Wie konnte er nur?
Und wie konnte sie nur?
- Bei irgendetwas, was er nun wollte, mitspielen oder zu verstehen versuchen, warum dieser Kerl ihr das nun antat? Es war pure Gewalt, ... oh ja. Gegen ihren Willen entführt, hier eingesperrt und dann missbraucht zu werden, ohne dass sie das Geringste dagegen tun sollte. Ja, sogar sich zu wehren, war verboten und wurde bestraft.
Es war verachtenswert, ... entgegen aller Menschenrechte. Aber er empfand es seltsamerweise als ganz anders.
Lag es vielleicht an den kulturellen Unterschieden? Oder einfach daran, dass dieser Mann genau wusste, wie er sie trotz ihrer Abscheu und ihres Widerwillens erregen konnte? Denn dass er das tat, stand ganz außer Frage.
Und Selli fürchtete nun, er würde es wieder tun, schon bald sogar ... und erschauerte unwillkürlich vor ... hm, sicherlich Unbehagen. Ja, ... ganz sicher sogar. Doch ganz egal, ob sie das nun wollte oder nicht, er würde sie sicher im Handumdrehen wieder um den Verstand bringen. Mit seinem Mund oder der Zunge, ... mit seinen Fingern ... Ihr Schoß begann schon wieder so unangenehm zu jucken und zu pochen. Sie sollte ihn also wirklich besser auf Abstand halten, und zwar weit, weit weg von sich, ... weil sie gerade nur noch Angst hatte. Ja! Vor ihm, ... aber am allermeisten auch vor sich selbst, denn sie wusste, sie würde im nächsten Kampf um ihre Gefühle und Selbstbeherrschung nach nur wenigen Sekunden mit fliegenden Fahnen untergehen. Sobald er sie wieder so innig küsste und berührte. Und in diesem Moment, da ihr das klar wurde, hasste sie sich selbst wohl am allermeisten.

*

Zarah kam schließlich mit besorgtem Blick hereingeeilt. Sie trug ein paar Taschen bei sich und biss sich gerade sogar die Lippe wund.

„Rasch, Prinzessin! Steht auf! Der Prinz bringt Euch fort von hier, denn da draußen stehen nun bereits die Wächter aus dem Strafbüro des Fürsten, um Euch für den Angriff auf Euren Vater hart zu züchtigen!“, flüsterte sie beunruhigt und Selli stand stirnrunzelnd auf. Ihre Gedanken kreisten noch immer in ihrer eigenen seltsamen Gefühlswelt herum, sodass sie kaum auf Zarahs Worte achtete.

„Warum hast du Hassan erzählt, dass mein Vater mich letztens im Schlaf erwischt hat? Jetzt bemitleidet er mich, Zarah! Das wollte ich nicht ...“, fragte sie die junge Frau leise und die fiel dann mit weit aufgerissenen Augen vor ihr auf die Knie und begann fast sofort zu schluchzen.

„Bitte verzeiht mir, Prinzessin! - Bitte! Ich wollte nichts preisgeben, doch es kam mir einfach so über die Lippen, weil ich in großer Sorge war.

Denn Ashunah kam zu mir und sagte, Euer Vater hätte gerade die Zustimmung des Fürsten erlangt, Euch für seine erlittenen Verletzungen und Schmach zu bestrafen ... Ich war so aufgeregt und kopflos ... Ich bin unwürdig, Euch zu dienen, Prinzessin. Bitte bestraft mich ...“, schniefte sie zum Steinerweichen und Selli sah sie nun vollkommen verdattert an.

„Sag mal ... *Was tust du denn da*? Steh sofort wieder auf, Zarah! Wir führen doch nur eine Unterhaltung und kein Herren-Sklaven-Strafgericht mit mittelalterlichen Unterwerfungsregeln!

- Du bist genau so viel wert wie ich oder der Prinz oder der Fürst! Und auch wenn ich es nicht gut finde und dir schon ein bisschen böse bin, dass es dir dem Prinzen gegenüber

rausgerutscht ist, heißt das aber doch noch lange nicht, dass ich jetzt sofort die ... die *Peitsche* schwinge oder so. Wenn du so niederträchtig von mir denkst, denkst du absolut falsch.
Ich bin eine im Westen aufgewachsene und modern erzogene Frau, klar? Ich wuchs mit dem Wert und Sinnbild auf, dass kein Mensch mehr wert ist als der andere, vollkommen unabhängig, ob nun Mann oder Frau.
Lass dir das ja nicht mehr einreden, hörst du? Oder auch nur, dass die Leute, für die du arbeitest, das Recht haben, dich zu schlagen oder anders zu misshandeln. Frauen sind tatsächlich viel mehr wert, als sie es euch hier weis machen. Denn sie können genau dasselbe, was auch Männer können und mehr.
Zum Beispiel, ... Englands Premierministerin ist derzeit tatsächlich eine Frau, okay? Sie regiert das ganze Land! Und sie hat zehn Mal mehr drauf als die übrigen Männer! Und sogar euer Fürst müsste sie mit großem Respekt und Achtung behandeln, wenn er sie je treffen sollte. Also sind die hiesigen Thesen, dass Frauen wertlos sind, absolut überholt und unwahr.", half sie der verwundert guckenden jungen Frau nun doch schon etwas geschockt über ihr Verhalten auf die Füße zurück, die sie dafür aber nur verwirrt anblinzelte.
„Eine ... eine *Frau* regiert ein ganzes Land?", fragte sie sie schließlich ungläubig. Selli nickte nur bestätigend. „Und die Königin dieses Landes, die ihr den Auftrag dazu gegeben hat, lässt ihren Mann bei offiziellen Auftritten drei Schritte hinter sich gehen. Er ist nur Prinzgemahl, kein König! Er hat offiziell nichts zu sagen.", erklärte sie dem nun schlicht fassungslos blickenden Mädchen ganz ernsthaft weiter.
„Ihr, ... wie sagt man auf Deutsch, ... *belügt mich*?"
„Oder Veräppeln, reinlegen, ... nein, das tue ich gerade nicht. Frag halt den Prinzen selbst, wenn du mir nicht

glaubst oder nimm dir da eine Zeitung aus England weg und sieh sie dir genau an, Zarah.", deutete sie zu dem Zeitschriftenhaufen auf dem Bett hin. „Da wird dauernd vom Königshaus gesprochen oder von der Premierministerin. Und es kann keine Fälschung sein, wenn es in den Zeitungen steht und auch im Fernsehen so gezeigt wird.
Doch hier in diesem Land reden die Männer euch allen ein, dass Frauen nichts wert sind. Nur um selbst die Macht im Haus zu behalten. Es geht ihnen einzig um gewaltsame Kontrolle. Doch in unseren Ländern sind Frauen tatsächlich gleichberechtigte Partner.
Und wenn man uns zu Hause, aus egal welchem Grund auch immer, schlägt, kommt die Polizei und nimmt die Schläger mit und wirft sie ins Gefängnis. Die Gerichte verurteilen sie dann und nicht die Frauen, die sich wehren. Doch in einem derart rückständigen Land wie diesem hier, kann man wohl keine Gerechtigkeit oder Fairness erwarten. Es befindet sich noch immer im tiefsten Mittelalter, auch wenn sie den Frauen natürlich anderes einreden wollen.
Also knie nie wieder so vor mir nieder, klar? Das ist eine Beleidigung für jede einzelne Frau aus dem weltoffenen und aufgeklärten Europa. Vor ein paar Jahren haben wir nämlich alle noch dafür gekämpft, dass auch wir wählen gehen dürfen, dass auch wir gehört werden, dass wir besseren Lohn für unsere ebenfalls harte Arbeit bekommen und dass wir generell tragen dürfen, was wir wollen. Nicht nur Röcke, einschnürende Mieder und hohe Schuhe, nur weil den Männern das so gefiel. Wir haben die Gleichberechtigung erlangt und sie wurde in unserem Grundgesetz verankert!", drückte sie Zarahs Hände, die aber wohl gerade ziemliche Mühe hatte, zu verstehen.
„Frauen ... kämpften *gegen Männer*?", fragte sie leise. Selli nickte gewichtig. „Und gegen das alte diskriminierende Gesetz. Sie mussten schließlich nachgeben. Sonst hätte es

nie wieder Frieden gegeben.
„Oh, Prinzessin …“, protestierte Zarah erschrocken, derweil Selli sich nun ein paar selbst genähte Hosen aus dem Schrank nahm und hineinschlüpfte. Prompt richtete sie sich wieder auf und sah Zarah nur noch genervt die Braue hebend an.
„Oh, nun gut, … *Selli* …“, flüsterte sie unsicher zur Tür spähend nachgebend und Selli schmunzelte kurz, bevor sie auch noch in das selbstgenähte Shirt schlüpfte. „Egal was auch der Prinz dazu sagt oder der Fürst persönlich. Ich will nicht *Prinzessin* genannt werden. Und ich sehe auch eher eine Freundin in dir, statt eine Dienerin, Zarah.“, erklärte sie ihr weiter und zwinkerte der nun höchst skeptisch auf ihre Kleider schielenden Zarah amüsiert zu, bevor sie beschloss, sich noch mal selbst ein Urteil zu bilden und vor den mannshohen Spiegel trat.
Tja … Es war zwar nicht sehr schick, diese unförmige, figurkaschierende Kleidung, doch sie fühlte sich zumindest wohl und betrachtete sich zufrieden drehend im Spiegel. Die Hosen dieses braun-goldenen Outfits, das sie aus einer Art Sari-ähnlichem Tuchkleid genäht hatte, reichten ihr sogar noch die halbe Wade hinunter. Waren also sogar noch relativ züchtig, wenn man mal außer Acht ließ, dass die Frauen hier eher verschleiert gingen und immer nur Röcke und lange Kleider mit engen, sexy Oberteilen trugen. Sie gefiel sich sogar recht gut. Vor allem, als sie nun auch noch ihr langes Haar mit den Fingern nach vorne kämmte.
„Sieht doch gut aus. Zu Hause würde man es sicher so annehmbar finden, auch wenn der Stoff doch recht exotisch gefärbt ist.
Wenn der Prinz mich so nicht akzeptiert, hat er eben Pech gehabt. Dann soll er sich eine andere Frau nehmen. Und generell bin ich sowieso dafür, dass er mich zurück nach Hause gehen lässt, diesen Ehe-Quatsch als Zeitungsente

deklariert und beendet. Er hat einfach so aller Welt verkündet, dass ich nun eine Prinzessin bin. Es ist so lächerlich ..."

„Oh, ... ist es das?", fragte Hassan sie ruhig und Selli fuhr hastig zu ihm herum.
Sein Blick glitt einmal an ihr hinauf und wieder hinunter, bevor er schlicht Zarah zunickte. „Noch ein passendes langes Tuch, bitte. Der Fürst steht sicherlich ebenfalls draußen und wir werden ihn schon genug verärgern, indem wir nun einfach gehen. Da soll er nicht auch noch Anstoß an der Kleidung meiner Gemahlin nehmen, auch wenn ich es durchaus reizvoll finde, dass Frauen aus deinem Land sich so sehr verhüllen. Diese Sichtweise hat auch Potenzial. Kein anderer sieht so deine wunderschönen, fraulichen Kurven und Figur, Habibi. Nur mir allein steht dieses Privileg zu.", schmunzelte er kurz, während Selli sich natürlich schon wieder über seine Anmaßungen ärgerte.
Zarah gehorchte dem Prinzen auch noch rasch und brachte ein langes, braungoldenes Schleiertuch herbei, welches sie Selli erst in kunstvollen Falten um die Schultern herum drapierte, da und dort mit einem winzigen Knoten fixierte und zuletzt auch noch mit einem langen Zipfel-Ende ihren Kopf und das Haar bedeckte. Schon sah sie fast so aus wie eine Einheimische.
Hu ...?
- Wäre da nicht ihr unter dem Tuch bis zur Taille herausfallendes blondes Haar und ihre blauen Augen gewesen ... Und natürlich die schneeweiße Haut, sie hätte sich selbst nicht mehr wiedererkannt. Es sah sogar recht gut aus, fast schon indisch. Fehlte nur noch der allgegenwärtige, übermäßig verteilte Goldschmuck der indischen Frauen und sie hätte glatt als europäische Inderin durchgehen können, dachte sie bei sich und strich sich dann ihr Haar sich selbst

im Spiegel auch noch ein klein wenig zulächelnd wieder glatt.
„Du bist wunderschön, Habibi!“, trat Hassan nun neben sie und betrachtete sie dann ebenfalls so im Spiegel. Verlegen, aber auch seltsam peinlich berührt errötete sie.
Er fand sie also wunderschön? Vielleicht weil sie gerade ein Kopftuch trug ... Doch das war nicht wirklich sie. Das war nicht die echte Selli. Die deutsche Selli. Diese war nämlich absolut keine Kopftuchträgerin. Also besser war es wohl, wenn sie ihn sofort von dieser irrigen Annahme befreite, die nun wohl gerade in seinem Kopf Einzug hielt, er hätte gewonnen und sie hätte das alles hier akzeptiert.
Nein, ... sie wollte es besser erst gar nicht so aussehen lassen, als würde sie dem Prinzen nun nachgeben. Also wollte sie das Tuch rasch wieder von ihrem Kopf herunterschieben, doch Hassan ergriff plötzlich ihre Hand und zog sie einfach mit sich mit. „Pack alle Kleider deiner Herrin ein, Zarah, und fahre dann später mit Sedan mit. Am besten ihr benutzt den Dienstboten-Ausgang.
Er wartet hinter meinen Räumlichkeiten auf dich und wird dich beschützen.“, bestimmte er noch knapp. Und Zarah verneigte sich nun sehr besorgt blickend vor ihm, derweil Selli die Welt nicht mehr verstand.
„Wieso sollte Zarah denn bitte Schutz benötigen?“, fragte sie ihn, doch er antwortete ihr nicht darauf und zog sie nur weiter zur Tür. Erst dort drehte er sich noch einmal ganz kurz ein wenig zu ihr hin und blickte ihr tief in die Augen. „Vertrau mir jetzt einfach, Habibi. Ich lasse nicht zu, dass sie dir wehtun, nur weil du dich dagegen gewehrt hast, erwürgt zu werden.“, versicherte er noch und sie öffnete schon wieder verwirrt den Mund. Doch da öffnete Hassan auch schon die Tür auf den Korridor hinaus und Selli erstarrte, ... denn da standen nun sicher zehn bewaffnete, rot-uniformierte Männer sowie auch Konrad Gutenberg, der nun eine Augen-

klappe unter seiner Brille und eine Kamelpeitsche in der Hand trug, und blickten ihnen finster entgegen.
„Prinz Hassan ...- '*atamanaa lak yawm jayid ...*“, begrüßte ihr Vater den Kronprinzen von Bahira ehrerbietig tief verneigend und schmalzig lächelnd, derweil Hassan kurz stehen blieb und ihre Hand unwillkürlich fester umfasste ...
- Um sie zum Dableiben zu zwingen? Hatte er sie etwa doch hereingelegt???
Selli rutschte das Herz prompt bis in die Hosen hinunter und sie starrte kurz die fies aussehende Peitsche in der Hand ihres Erzeugers geschockt aufkeuchend an, derweil ihr Vater schon weitersprach. „Es ist gut von Euch, dass Ihr die Prinzessin eigens herausgebracht habt, damit sie sich ihrer gerechten Strafe nicht mehr entziehen kann. So können wir sie letztlich doch noch einmal etwas mehr Respekt vor der Autorität des Mannes lehren, welchen sie ja sowieso immer stark vermissen ließ ... Der Fürst hat sicherlich schon mit Euch gesprochen ...?! Und ich bin mir sicher, auch Ihr werdet letztlich sehr von dieser Maßnahme *profitieren* ... - Prinz Hassan? ... PRINZ HASSAN!!!“, rief er lauter, nachdem Hassan nur leise: *„Fikr fi kalamati*!“, geknurrt hatte, was immer das auch hieß, und Selli dann energisch weiter mit sich zog, die nun merklich zitterte.
Konrad Gutenberg schnappte kurz empört nach Luft, bevor er ihnen wieder hinterherzueilen und *„'Awqafahum!“,* zu brüllen begann. Sofort rückten die Wächter, die ihr Vater mitgebracht hatte, vor und versuchten, sich ihnen in den Weg zu stellen. Da tauchten auf einmal noch weitere bewaffnete Wächter im Laufschritt den Korridor hinuntereilend auf, angeführt von Ahmed, Prinz Hassans Sicherheitschef, und zogen gegen die Wächter des fürstlichen Bestrafungsbüros die Säbel blank.
Wow ...!!!
Selli hielt vor Schreck den Atem an. Denn dass es hier gerade

wirklich so furchtbar ernst war, war ihr bis jetzt komplett entgangen. Brachte sich Hassan wohlmöglich sogar mit seiner Entscheidung, sie zu beschützen, selbst in Gefahr? Du lieber Gott!!!

Doch die Miene ihres Vaters war nun wirklich sehenswert und erst die vielen Waffen und Security-Leute in schwarzen orientalischen Anzügen, ... die nun auch noch echte Pistolen zogen, ... und laut gegeneinander brüllten!

Was lief hier nur ... Oh Gott, oh Gott! Sie war doch schließlich immer noch Deutsche und nicht Bahiranerin. Wie konnte der Fürst dann nur ihrem Vater erlauben, sie zu schlagen und stellte ihm dazu dann auch noch extra Personal ab, die ihm dabei helfen sollten?

Und wenn Hassan da nun auch noch mitgemacht hätte ...!? Er hatte sie schließlich schon einmal, auf Geheiß seines Vaters, bestraft ... Und am Ende fand er es vielleicht auch noch im Grunde genommen richtig, was hier gerade lief!?

„Augen nach vorne, Habibi! Blicke nicht zurück und den Fürsten auch nicht an!", raunte Hassan ihr plötzlich leise zu und sie sah nur wieder erschrocken nach vorne.

Und da ... mitten auf dem Flur ... stand nun tatsächlich der Fürst höchstselbst und sah ihnen beiden äußert streng entgegen.

„'Atae 'amri ya bani!", donnerte er Hassan entgegen, doch Hassan beachtete auch ihn nicht, sondern zischte nur: *„Lays hadhih almarat*!" und zog sie dann einfach nur weiter, nun mit einer wahren Leichenbittermiene, die Selli noch nie so an einem Menschen gesehen hatte. Ja, ihr lief nun sogar selbst schon ein eisiger Schauer den Rücken hinunter.

Der Fürst rief noch etwas anderes, diesmal sehr wütend und zornig hinter ihm her, doch Hassan beschleunigte einzig nur seine Schritte.

„Was hat er gerade gesagt?", fragte sie ihn fast schon heiser vor Sorge. Er knurrte jedoch nur leise, „Still!" und zog sie

dann plötzlich heftig in seinen Arm, wobei die Sicherheitsleute, die ihren Rückzug deckten, nun ebenfalls um sie herum auftauchten.
Der Fürst brüllte noch mehr hinter ihnen her, doch Hassan hielt nicht an und schaute auch nicht zurück. Also ganz offensichtlich hatte sein Vater nun gerade ihre Herausgabe gefordert und er hatte es ihm verweigert?! - Schon wieder?! *Wow* ...!
Ihr Herz schlug Stakkato und kurz dachte sie schon, ihre Beine würden unter ihr nachgeben, als sie in Hassans Arm zwei Treppen eilig hinunter*rannten*. Riesige breite Treppen, waren das, die auch in einen riesig breiten und großen Empfangssaal führten, wo der Fürst anscheinend seine geehrten Staatsgäste empfing oder sogar Bälle für die oberen Zehntausend gab.
Ein gewaltiger Kronleuchter, mit tausend riesigen Brillianten besetzt, welche im schräg einfallenden Sonnenlicht blitzten und funkelten, hing imponierend mitten im Eingangsbereich.
Hassans Wächter stürmten vor und kümmerten sich in reinster Material-Art-Manier um die Wächter an den gewaltigen goldenen und reich beschnitzten Flügeltüren, rissen diese dann für ihren Prinzen und sie auf und gaben dann auch schon ihre Waffen im Anschlag haltend den Blick frei auf eine herrliche, mit einem riesigen Springbrunnen versehene Auffahrt, auf der gerade auch noch mehrere Autos vorfuhren. Ahmed eilte diesmal voran und öffnete die Tür des Fonds einer silbernen Bentley-Limousine und Hassan drängte sie dazu, da hinein einzusteigen und durchzurutschen. - Was sie auch sofort tat.
Denn ihr war der Hintern gerade glatt auf Grundeis gegangen bei dem Anblick der vielen Wächter, die scheinbar darum kämpften, sie in die Finger zu bekommen. Und auch ihr Vater hatte sie eben noch so seltsam angesehen, ... so

giftig. Und was er gesagt hatte. Sie würde *letztlich* noch lernen, dass die Männer hier das Sagen hatten oder so, ... was bedeutete das nur?
- Was?
Hassan stieg nun ebenfalls ein und setzte sich umgehend neben ihr auf den Sitz und ergriff ihre nun stark bebende Hand, noch während die Wagentüre sich hinter ihm schloss. Gerade war sie zwar heilfroh darüber, dass Hassan sie nun wegbrachte, jedoch fühlte sie sich gerade auch noch viel mehr gefangen als je zuvor.
Wann hatte sie eigentlich so vollständig die Kontrolle über ihr eigenes Leben verloren?
Und warum schien nur auf einmal jeder hinter ihr her zu sein, wurde sie wieder für Nichtigkeiten bestraft und nur dieser orientalische Prinz, den sie im Grunde doch gar nicht mochte, war noch ihre einzige Hilfe und Zuflucht?
Sie fühlte sich innerlich wie ausgebrannt und leer, als der Wagen anfuhr und sie schließlich wieder zu ihm aufblickte.
„Und? Darf ich jetzt wieder sprechen?“, flüsterte sie bitter.
Sie zitterte immer noch und Hassan zog sie nach einem kurzen, kritischen Blick leise seufzend dichter an seine Seite.
„Du bist hier nicht mehr in Deutschland, Habibi, und dein Vater genießt hier nun wohl auch noch so etwas Ähnliches wie Narrenfreiheit.
Mein Vater vertraut seinem Urteil blind, wie man sieht, sodass er sich nun sogar schon gegen seinen eigenen Sohn wendet. Doch Gutenberg wird dafür büßen, dass er uns so entzweit. Er denkt tatsächlich, dass er nun einfach so einem Prinzen gebieten kann, - genauso wie dem Fürsten. Doch heute gingen sie beide zu weit.“, grollte Hassan nun zornig und umfasste plötzlich ihr schmales Kinn, um sie grimmig anzusehen.
„Habibi! Das werden nun stürmische Zeiten, die uns bevorstehen. Doch wenn ich dich nicht beschütze, tut es nun

wirklich keiner mehr.
Also hoffe ich sehr, dass du wenigstens in diesem Punkt nachgibst und nicht auch noch versuchst, mir davonzulaufen. Auf diese Weise starb schon meine Mutter! So langsam sehe ich da einige Parallelen erwachsen. Bei dir will ich das nicht auch noch erleben müssen, verstanden?“, fragte er sie streng und sie sah ihn nur wieder hart schluckend an.
Er ließ schließlich ihr Kinn wieder los, als es kurz vor ihnen piepste, und griff frustriert zum Telefon, das in einer Konsole unter seinem Sitz eingebaut war.
Den Anrufer kannte er wohl, denn seine Miene wurde sofort bitterböse. Dann sprach er schnelles, wie geflucht anhörendes, Arabisch und wechselte schließlich ins Französische, als wohl auch der Gesprächspartner wechselte.
Hm, ... wie klug er doch war. Er sprach drei Sprachen fließend und sicherlich auch noch Englisch. Er war ein echter Prinz, gutaussehend und besitzergreifend, beschützerisch, aber dann auch wieder eindeutig pervers und sadistisch veranlagt.
Mit so einem Mann verheiratet zu sein, entbehrte eigentlich jedweder vernünftigen Logik. Sie waren viel zu verschieden. Schon allein was ihren Lebensstandard anging. Er fuhr Bentley, sie fuhr Bus und Bahn. Er war ein Prinz, sie eine Krankenschwester.
Also was zum Teufel tat sie nun hier?
Ihre Gefühle und Gedanken fuhren gerade Achterbahn und auch diese alles verzehrende Angst war wieder da. Das hatte eben so ernsthaft ausgesehen, ... so bösartig und gefährlich und ... und ...
Tränen stiegen ihr in die Augen, als ihr zudem gerade erst wieder bewusst wurde, dass es gerade gar keine feste Konstante mehr in ihrem Leben gab. Dabei hatte sie doch so hart für sich und ihren Frieden gearbeitet, hatte sich so an-

gestrengt ... und letztlich war nun alles umsonst gewesen. Ihr Vater war wieder aufgetaucht und hatte sich erneut in ihr Leben eingemischt, um es zu zerstören. Um *sie* zu zerstören. Er hatte diese Ehe für seine älteste, noch unverheiratete Tochter beschlossen, auch wenn sie eigentlich für ihre jüngere Schwester gedacht gewesen war.

Für ein 16-jähriges, junges Mädchen. Konrad Gutenberg war also eindeutig noch sehr viel perverser als Hassan, verkaufte seine eigenen Töchter, ... denn sie bedeuteten ihm nichts. Sie selbst hatte er doch auch schon vor vielen Jahren aufgegeben und einfach weggeworfen ...
Die Erkenntnis sickerte nur langsam in sie ein ... wie tropfendes Wasser, ... so wie sie sich nun auch wieder an seine zuvor noch so zornige, eiskalt-entschlossene Miene erinnerte, als Hassan die Tür öffnete und Konrad Gutenberg damit überraschte, ... auch wenn der dann fast sofort umgeschaltet und gelächelt hatte, ... er hatte letzte Woche tatsächlich versucht, sie umzubringen, oder? Nur ihre Gegenwehr hatte es letztlich noch verhindert.
Doch jetzt ... Was war heute sein Plan gewesen. Warum war Hassans Gesichtsausdruck gerade so finster und verschlossen? Ein paar harte Schläge hätten sie ganz sicher nicht weichgeklopft. Egal wie viele und wie hart man sie auch schlug.
Doch Hassan hatte sie gerade eben noch, direkt vor seinem Vater, mit einer derartigen Leichenbittermine in den Arm genommen ... so, als wollte er ihr Leben mit seinem Körper beschützen, oder?
Also war es vorhin vielleicht um bedeutend mehr gegangen, als nur um die Bestrafung einer ungehorsamen Tochter, ... weshalb er sie dann so rasch weggebracht hatte?
Ihr Vater hatte sie letzte Woche nicht so einschüchtern können, wie er es gewollt hatte, um sie für seine finsteren

Pläne zu benutzen, ... ergo – musste Konrad Gutenberg sie nun rasch wieder loswerden, ... um seine ersten Pläne mit Elisabeth und Hassan doch noch durchzusetzen ...?! Das zumindest entsprach seiner früheren Art. Das hatte auch der Psychologe in der Therapie ihr so erklärt. Konrad Gutenberg war nämlich ein echter und hochgradiger Narzisst. Er behielt nur das, was ihn anbetete, ihm bedingungslos folgte, ihm nützte ... und den Rest warf er einfach weg wie Abfall. Es hatte nie an ihr, Selli, gelegen, sondern an ihm, an seiner psychischen Störung ... Zumindest hatte der Psychologe ihr das wieder und wieder so gesagt.

Und nun ... wollte er sie nun doch lieber gleich ganz töten ... mit der Zustimmung des Fürsten, der ... ja, was eigentlich? Nein, das passte irgendwie auch nicht, denn gerade hatte der Fürst sie doch noch für ihren mutigen Kampfgeist gelobt und wollte Söhne mit ihr und seinem Sohn gezeugt sehen ... Hatte sich das nun vielleicht doch wieder geändert?

Hatte er letztlich vielleicht auch noch einen Spezialisten anhand ihrer momentanen medizinischen Akten befragt, wie wahrscheinlich es sei, dass Selli je ein gesundes Kind bekommen könnte?

War das also letztlich der Ausschlag für diesen Wahnsinn hier? Oder reagierte sie gerade nur total über und bildete sich nur einfach etwas ein, weil Hassan so sauer auf seinen Vater war?

Oh, ihr Kopf schwirrte.

Was lief hier nur?

Hassan hatte doch noch selbst gesagt, es sei nun alles zu spät, sie wäre seine Frau, eine Scheidung sei ausgeschlossen und die Zeitungen wären auch schon alle gedruckt und draußen.

Die ganze Welt feierte nun angeblich das *Traumpaar* und schauten auf das kleine Fürstentum Bahira ... Aber ihr Vater wollte sie trotzdem immer noch töten, oder? ... Oder kam es nur ihr so vor? War sie nun schon völlig paranoid? Blicklos starrte sie aus dem Fenster und fröstelte über ihre eigenen Gedankengänge, bis Hassan seine Gespräche schließlich beendet und den Hörer wieder aufgelegt hatte.

Da erst wandte sie sich nun zum ersten Mal vollkommen ernsthaft wieder zu dem Prinzen von Bahira um und atmete kurz tief ein, um sich zu fassen.

„Du hast mir vorhin vermutlich das Leben gerettet, Hassan. Ich hoffe, das ist dir klar. Denn ganz egal, was mein Vater dem Fürsten alles weisgemacht hat ... Er hasst mich. Und hätte ich mich das letzte Mal nicht gegen ihn gewehrt, wäre ich nun tot.", flüsterte sie leise.

Hassan erwiderte nur ausdruckslos ihren Blick und nickte dann aber schließlich kurz, bevor er schlicht wieder ihre Hand ergriff und sachte drückte. „Ich weiß, Habibi! Doch wusste ich wirklich nicht, welche Pläne er schmiedete, bis er es gerade eben sagte und mein Vater dann auch noch bestätigte. Aber ich lasse garantiert nicht noch mal zu, dass mir auch die zweite Frau nach nur kurzer Zeit wegstirbt, nur weil der Fürst und seine Berater für mich ständig neue Entscheidungen treffen möchten, was angeblich das Beste für mich oder unser Land ist. Ich habe mich widerwillig mit dieser *Ehe* einverstanden erklärt, nicht mit Betrug und Mord."

Sein Blick wurde finster und Selli schüttelte nun vollends verwirrt den Kopf. „I...Ich glaube, ich verstehe das alles immer noch nicht so ganz. A...Andere wollen entscheiden, was das *Beste* für dich ist ...? U...Und Betrug und *Mord*?!", fragte sie ihn unsicher.

Er lächelte diesmal bloß noch zynisch und strich dann sanft über ihr langes, blondes Haar. „Genau das habe ich bisher auch nicht ganz verstanden, Selli. Sie haben mich über ihre wahren Absichten völlig im Dunkeln gelassen. Doch ich habe es im Grunde von Anfang an schon nicht verstanden, warum mein konservativer Vater mit einer derart unstandesge-

mäßen Gemahlin, der verstoßenen Tochter eines schlichten *Beraters* im Palast, so zufrieden und einverstanden war. Doch nun sehe ich klar.", knurrte er bedrohlich finster auf.
„Klar? - Inwiefern?!", zitterte sie heiser und er schnaubte zynisch-bitter auf. „Scheinbar reichen die Pläne deines grausamen und absolut skrupellosen Vaters noch sehr viel weiter als nur bis zu einer Märchenhochzeit mit einem Traumpaar, auf das die ganze Welt blickt, um Bahira zu beschützen, ... nein. Gerade eben hat sich mein Verdacht von letzter Woche erhärtet, und auch mein Vater hat ihn mir gerade eben noch mal bestätigt, wofür ich ihn wohl für immer und ewig verachten werde ...", grollte er nur leise weiter und seine Augen blitzten unheilvoll auf.
„Für ... für was genau denn bitte? Was hast du denn herausgefunden ...?!", flüsterte Selli nur noch leise mit einem nun noch viel scheußlicherem Bauchgefühl als vorhin, denn Hassans Augen wurden nun fast schwarz, eiskalt und starr, als er ihr, ohne sie noch mal anzublicken, antwortete.
„Im Grunde genommen ist es ein wirklich grausam-genialer Plan ... Ein ausgeklügeltes Schachspiel, auf dem man die Figuren aber keinesfalls matt, sondern nur in eine ewig anhaltende Pattsituation setzt ..."
„Ich...Ich spiele kein Schach, Hassan ...", würgte sie fast schon hervor und rang die nun eiskalten Hände, als er nur wieder spöttisch schnaubte und sie dann aber doch etwas freundlicher betrachtete.
„Genau darum eignetest du dich vermutlich auch so gut für diesen Plan, ... ebenso wie deine jüngere Schwester Elisabeth, das dumme, einfältige Ding. Doch im Grunde ist es wirklich einfach und auch schnell erklärt, Habibi ...
Wie bringt man die ganze Welt dazu, drei Länder Nordafrikas beinahe schon zu ächten, ohne dass sie überhaupt einen Finger gerührt haben, dies zu verdienen? Sie haben alle nur das eindeutige Motiv, uns unsere Souveränität, die

Bodenschätze wie auch unsere Leben rauben zu wollen. Und dann noch weiter ...
Wie bringt man dann genau durch diese offene Fast-Ächtung diese drei besagten Länder dazu, sich so sehr vor einer öffentlichen weltweiten Schmähung zu fürchten, dass sie schon von sich aus für immer auf all ihre angeblichen Ansprüche gegenüber unserem Fürstentum Bahira verzichten?", sagte er kalt und ballte dann seine Hände zu harten, weißen Fäusten.
„Durch ... Betrug und Mord?", hauchte Selli mit Tränen in den Augen, denn sie wusste es ja bereits. Ahnte es ...
Hassan lächelte erneut, aber nicht froh. „So ist es, Habibi. Betrug und Mord. Es war *alles* genau so geplant. Man nehme nur einzig eine überaus schöne junge Frau, die europäischer, bodenständiger und vor allem *einfacher* Herkunft ist, setze sie direkt in ein Märchen hinein und verheirate sie mit einem echten Prinzen wie aus „Tausend und einer Nacht". Dann schicke man sämtliche Bilder davon in die ganze Welt, auf dass alle Menschen davon reden, schwärmen, mitträumen und verzückt sind, wie viel Glück diese junge Frau doch hatte, nun in einem echten Palast zu leben, zusammen mit ihrem über alles geliebten, gut aussehenden Prinzen, dessen Vater, ein Fürst, sowohl die Frage der Religion, als auch die der vornehmen Etikette und Allianzen durch Heirat in die einflussreichen Adelshäuser unserer Nachbarn modernerweise völlig beiseiteschob und all dem einfach so zustimmte ..."
Er schnaubte abfällig und schüttelte den Kopf, bevor seine Miene wieder hart und bitter wurde. „Doch dann stirbt die schöne junge Prinzessin von Bahira plötzlich und auch nur wenige Tage oder Wochen nach ihrer Hochzeit bei einem Attentat. Wer genau dahinter steht, kann aber natürlich nicht ermittelt werden, einzig ein ernsthaftes *Motiv* steht für diesen Mord im Raum ... Der Versuch zu verhindern, dass

ich einen Erben zeuge. Es wäre umso glaubwürdiger, da auch meine erste Frau sehr jung verstarb und damals auch noch schwanger war. Ja, ... ich höre sie jetzt schon reden. Sie starb *angeblich* an einer schlichten Grippe, ... man *munkelt* dann etwas von dubiosen Umständen. Es wird leise geflüstert, vorsichtig nur ... Doch wenn dies dann schon die zweite junge und eigentlich zuvor vollkommen gesunde *Prinzessin von Bahira* in nur vier Jahren wäre, die da plötzlich verstarb ..."

Er hielt inne und sah sie kurz eindringlich an, derweil es Selli heiß und eiskalt zugleich überlief.

„Verstehst du es jetzt, Selli? Der Aufschrei in der Welt nach deinem Tod würde zu allgemeinem Misstrauen und eben jener Fast-Ächtung führen, welche sich alle Bahiraner derzeit für unsere Nachbarn wünschen. Unsere Nachbarn wie auch wir stünden dann unter ständiger Beobachtung, bekämen alle ständig unangenehme Fragen gestellt, welche niemand beantworten könnte oder wollte. Es wäre ein unvorstellbar wertvoller Schutz für unser kleines Fürstentum. Denn jeder, der uns danach noch irgendwie okkupieren wollte, wäre dann auch ganz offiziell für deinen und vermutlich auch noch Aishes Tod verantwortlich zu machen. Den Tod von zwei Prinzessinnen und zugleich auch die aktive Verhinderung eines weiteren Thronerben von Bahira.", erklärte er ihr noch tonlos zu Ende.

Dann war er still und sah nun ebenfalls wieder düster grübelnd aus dem Fenster hinaus, während Selli die wahrhaft diabolische List ihres Vaters nun in ihrer gesamten schicksalsschweren Tragweite begriff.

Nur Hassan stand jetzt noch zwischen ihr und dem Tod, sonst niemand mehr. Und gerade jetzt war er noch mehr als gewillt, diese Farce von Ehe aufrecht zu erhalten und sie zu beschützen, auch wenn sie ihn derzeit immer noch ablehnte und verachtete. Die einzige Frage, die sich Selli also nun zitternd, keuch-atmend und mit rasendem Herzen stellte, war schlicht und ganz einfach, ... wie lange noch?

*

Im Alkoven des Fürsten herrschte geruhsame Stille.
Der Fürst hatte die Musiker fortgeschickt und auch die Tänzerinnen, die ihn immer im Garten unterhielten und erfreuten und dann ruhig und gelassen nach Gutenberg rufen lassen.
Und dieser stand nun höchst zufrieden lächelnd vor ihm und verneigte sich tief vor ihm. „Eure Hoheit!"
Der Fürst betrachtete seinen wirtschaftlichen Berater kurz anerkennend von Kopf bis Fuß. Ja, ... man konnte über Gutenberg denken, was man wollte. - Er war sicherlich machtbesessen, skrupellos, opferte auch viel zu rasch all seine persönliche Habe, ... doch tat er das einzig und allein für den Erfolg seiner Pläne. Ja, er verging sich für deren Umsetzung sogar an seinem eigen Fleisch und Blut und beschloss es mit eigener Hand zu töten - und doch war er loyaler als viele der hochrangigen Offiziere der Armee oder sogar seine eigene Leibgarde, mit seinen kreativen Ideen Bahira nicht nur für den Moment zu beschützen, sondern auch für alle zukünftigen Generationen zu sichern, die da noch kommen würden.
Schade nur, dass Hassan dagegen sehr wohl Skrupel empfand und sich gegenüber seines neuen und auch ausgesprochen hübschen Spielzeuges gerade noch viel zu beschützend und sogar verantwortlich zeigte, obschon sie nur eine ungläubige, undankbare und sich wild gegen alles protestierende, wie auch handgreiflich sträubende Frau war.
Es war ein wirklich gut durchdachter Plan gewesen, dass Gutenberg sich selbst um das Ableben der unwilligen

Prinzessin kümmerte, dann von Angreifern „schwer verletzt“ werden würde und der tragische Tod der europäischen Prinzessin von Bahira auf das Konto ihrer zahlreichen Feinde gutgeschrieben würde.
Nun ... Sein Sohn war da aber wohl gerade noch anderer Meinung. Er wollte den hübschen Märchentraum mit seiner bisher so kratzbürstigen Schönen gerne noch eine Weile weiterleben und die Welt dann auf diese Weise überzeugen?
Nun gut ... Dann eben doch Plan B.
Gutenberg hatte schließlich, so wie immer, an restlos alles gedacht.
Auch daran, wie der Prinz seine Prinzessin nun vielleicht doch noch für sich einnehmen konnte. Durch eine Rettung ihres Lebens doch sicher alle mal. Denn welche Frau würde das nicht beeindrucken? Ein eindrucksvoller junger Mann, der sich gegen seinen erhabenen Fürsten und Vater auflehnte, und das ausgerechnet bei einer solch unwichtigen Sache wie einer Frau.
Doch man würde sie nun ab sofort genau im Blick behalten und sollte die liebe Selma sich auch weiterhin ihrer höchsten Pflicht verweigern oder der Prinz doch noch das Interesse an ihr verlieren und sich wieder seinen anderen Spielzeugen zuwenden, würde der nächste Plan augenblicklich umgesetzt.

Fürst Rashid stellte schließlich seinen Mokka beiseite und atmete tief und genüsslich durch.
„Ist diese friedliche Ruhe nicht einfach wunderbar, Gutenberg?“, fragte er seinen deutschen Berater lächelnd, der nur beifällig nickte und sich schweigend verneigte.
„Hassan versteht nun den Plan und erkennt auch seine Vorteile daran, auch wenn er natürlich, wieder mal, ganz wie von Ihnen vorausgesehen, seine neue Frau beschützen

und den Helden spielen muss. Natürlich wird auch sie auf Euren Plan hereinfallen. Habt Ihr gesehen, wie sie sich auf einmal an ihn geklammert hat? Er, der ihr zuvor noch so zuwider schien?
Nun gut, ... so geht das Spiel denn weiter. Lassen wir den Turteltauben nun etwas Zeit für sich. Denn wir brauchen schließlich noch ein paar schöne Berichte über den Prinzen und die Prinzessin und das vollendete Liebesglück. Bisher ist alles ganz genau so eingetreten, wie Ihr es vorausgesagt habt. Und wenn wir nun auch noch das Gerücht in die Welt setzen, dass der Prinz seine Prinzessin heute mit Zuhilfenahme seiner privaten Leibgarde schnellstens fortbringen *musste*, weil jemand einen Anschlag auf sie versuchte, kommt uns das natürlich sehr gelegen!"
Gutenberg nickte ebenfalls zufrieden und lächelte erneut sehr fein. „Der junge Mann aus Algerien befindet sich bereits im Verhör, Eure Hoheit. Wir konnten ihn natürlich noch *vor* den Gemächern der Prinzessin aufhalten, als er mit einem Messer bewaffnet eintreten wollte.", schnurrte Gutenberg fast schon genüsslich die erfundene Geschichte herunter.
„Was, wenn er redet, Gutenberg, und die falschen Leute ihm zuhören?", sorgte sich der Fürst nun doch ein wenig. Denn alles, was eine Zunge hatte, war potenziell gefährlich für ihre Pläne und damit auch für das Fürstentum. Doch Gutenberg winkte nur noch beschwichtigend ab. „Unsere Leute sind bereits an ihm dran, Eure Hoheit. Er wird die versuchte Tat unter der Folter sicherlich schon bald gestehen, dann schneiden wir ihm seine Zunge einfach heraus und er wird hingerichtet.", lächelte er noch zufrieden und zog schließlich die Augenklappe ab, um sein vollkommen gesundes Auge zu enthüllen. „Denn Pläne ... versteckt man am besten in Plänen, Eure Hoheit. Und diese wiederum führen uns letztlich zum Erfolg.", verneigte er sich noch

einmal ehrerbietig vor dem Fürsten, der nur wieder anerkennend schmunzelte.
„All Eure Pläne sind sowohl grausam als auch rechtschaffen, Gutenberg. Das Opfer weniger Individuen bedeutet das Überleben eines ganzen Volkes.
Ich habe es inzwischen verstanden, dass man gelegentlich Feuer mit Feuer bekämpfen und manchmal auch ein großes persönliches Opfer bringen muss. Ich bin mir sicher, auch Hassan wird dem noch zustimmen, wenn er irgendwann genug von den Vorzügen und dem Temperament seiner Bauern-Prinzessin hat.
Das sollte indes auch gar nicht so lange dauern. Denn gewöhnlich behält er seine Gespielinnen höchstens mal für ein paar Wochen, dann beginnen sie ihn auch schon wieder zu langweilen. Sobald es soweit ist, fahren wir fort.", beschied er seinen Berater zufrieden, der sich nur wieder tief vor ihm verneigte.
„Sollen wir denn nicht gleich zugreifen, Eure Hoheit, sobald sich uns eine gute Gelegenheit bietet?", fragte Gutenberg ihn noch ernsthaft.
Der Fürst überdachte kurz die Frage und schüttelte schließlich kurz den Kopf.
„Nein, es besteht gerade keine Eile. Denn auch mein Sohn ist sehr stur. Am Ende schadet er noch seinem eigenen Fürsten und Volk und begeht viel lieber eine große Narretei, als das Richtige und vor allem Nötige zu tun. Beobachten Sie die beiden also zunächst nur weiter und sorgen Sie dafür, dass die Bilder des versuchten Attentates auf die Kronprinzessin von Bahira in die Welt-Presse gelangen, Gutenberg. Der richtige Zeitpunkt wird dann sicher noch kommen.", entließ er seinen wirtschaftlichen Berater mit einer leicht handschlenkernden Geste aus der Audienz.
Konrad Gutenberg verneigte sich noch einmal sehr milde lächelnd vor dem Fürsten von Bahira, bevor er seine Augen-

klappe wieder aufzog, den Rücken über seinem Gehstock krümmte und aus dem Palastgarten des Fürsten hinaushumpelte.
Er war es vorerst vollauf zufrieden. Denn der Fürst hatte natürlich recht. Diese Romanzen-Geschichte musste erst noch eine Weile weitergehen, musste noch ein paar Wellen schlagen und Menschen berühren.
Dass er nun ausgerechnet seine kleine, freche Selma doch noch einmal für seine Zwecke benutzen und dann einfach umbringen konnte, um dann letztlich nur durch diese Tat wirkliche Macht und Einfluss zu erhalten, war das Tüpfelchen auf dem I.
Der Fürst würde entscheiden, wann es soweit war. Doch zunächst einmal sollte das kleine, verwöhnte Prinzchen noch so richtig seinen perversen Spaß haben. - Was auch sonst?
Er lächelte grausam wie auch zufrieden.
Er hatte inzwischen gelernt abzuwarten, Geduld zu üben, in den schattigen Hintergrund zu treten und dann nur ganz allmählich seine stark vergifteten Fäden zu ziehen.
Auch dieses Mal würde es wieder so laufen und das kleine Luder konnte ihm nun auch nicht mehr entkommen, ganz egal ob nun der Prinz dieses Landes an ihrer Seite stand oder nicht. Seine Tochter Selma würde schon sehr bald sterben. Und wenn es nach ihm ginge, sogar auf höchst grausame und blutige Art und Weise.

Fortsetzung folgt...

Buchreihen der Autorin

Die Thia Damras Wüsten-Reihe

Teil 1. Wüstenprinz
Teil 2. Wüstenprinzessin (Kommt voraussichtlich im Sommer / Herbst 2020)

Die Thia Damras Slave-Reihe

Teil 1. My beauty Slave
Teil 2. My sexy Slave
Teil 3. My lovley Slave (kommt voraussichtlich im Herbst 2020)

Printed in Poland
by Amazon Fulfillment
Poland Sp. z o.o., Wrocław

87660112R00155